KB074724

파리지앵, 당신에게 반했어요!

파리를 파리답게
만드는 사람들의 이야기

파리지앵, 당신에게 반했어요!

글	이승예
사진	황채영
초판 1쇄 발행	2016년 11월 15일
2쇄 인쇄	2017년 3월 21일
2쇄 발행	2017년 3월 28일
발행처	이야기나무
발행인/편집인	김상아
아트 디렉터	박기영
기획/편집	김정예, 박선정
홍보/마케팅	한소라, 김영란
디자인	뉴타입이미지웍스
인쇄	중앙 P&L
등록번호	제25100-2011-304호
등록일자	2011년 10월 20일
주소	서울시 마포구 양화로 10길 50 마이빌딩 5층
전화	02-3142-0588
팩스	02-334-1588
이메일	book@bombaram.net
홈페이지	www.yiyaginamu.net
페이스북	www.facebook.com/yiyaginamu
블로그	blog.naver.com/yiyaginamu

ISBN 979-11-85860-25-1

값 17,000원

이 책은 2016년, 카카오 브런치북 프로젝트에서 대상으로 선정되었습니다.
이승예 작가의 브런치: https://brunch.co.kr/@seungyae613

파러지앵, 당신에게 반했어요!

파리를 파리답게
만드는 사람들의 이야기

이야기나무

프롤로그

나는 이 아름다운 도시를 사랑하고 있었다

파리지앵, 당신에게 반했어요!

에필로그

내 평생 잊히지 않을 아름다운 추억을 얻었다

나는 이 아름다운 도시를
사랑하고 있었다

초등학교 5학년 때였다. 처음으로 비행기를 타고 프랑스 땅을 밟았다. 부모님 손을 잡고 지구 저편에 있는 미지의 세계로 떠난 것이다. 어린 마음은 설렘으로 가득 찼다. 프랑스와 나, 긴 인연의 첫 단추가 끼워지는 순간이었다.

어린 시절 파란 눈의 선생님, 친구들과의 첫 대면은 신선한 충격이었다. 그 만남은 나의 오감을 자극했다. 마음껏 즐기고 누리던 시간들이었다. 그 시절이 그리웠고 못다 한 이야기들이 많았던 걸까? 나의 잠재의식은 프랑스를 계속 말하고 싶었던 모양이다. 20대 중반을 넘어서면서 그 이야기를 이어갈 기회가 생겼다. 나는 거침없이 파리의 방랑자가 되었다.

에어프랑스에 입사해 한 달에 3번, 왕복 1만 8,000킬로미터를 오가며 2박 3일을 파리에서 체류했다. 파리라니! 나는 무작정 걸었다. 보고 싶은 곳을 마구 휘젓고 다녔다. 아침 첫차를 타고 나가 막차로 돌아오는 때가 많아졌다. 자정을 넘긴 늦은 밤이 쌓여갔다. 호텔 방에 쓰러져 누웠다. 뭔가 허전했다. 말하고 싶었다. 만나고 싶었다. 새로운 것이 필요했다.

파리는 아름답다. 시인 아폴리네르Apollinaire의 시구가 떠오른다. "미라보 다리 아래 센 강이 흐르고, 우리의 사랑도 흐르는데Sous le pont Mirabeau coule la Seine. Et nos amours…." 센 강을 바라보고 있노라면, 외부의 모든 소음이 사라지고 마음이 고요해진다. 오직 심장이 뛰는 소리만 귓가를 울리고 어느새 내 눈가는 까닭 모를 눈물로 촉촉해진다.

나는 이 아름다운 도시를 사랑하고 있었다. 이 도시를 사랑했기에 이 도시를 채우고 있는 사람들도 사랑하고 싶었다. 그들과 대화하고 싶었고 그들의 생각을 읽고 싶었다. 그래서 나는 파리의 방랑자에서 파리의 기자가 되었다. 인터뷰를 통해 이야기를 만들어 가겠노라고 결심했다.

파리에 발을 디딜 때마다 그곳에 사는 사람들을 만났다. 그리고 인터뷰를 요청했다. 가능한 한 직업도 다양하고 광범위한 여러 층의 사람들을 만나고 싶었다. 메일 주소와 연락처를 수소문해 인터뷰를 요청했지만, 소속 매체 없이 개인 자격의 인터뷰 신청은 쉬운 일이 아니었다. 막막하기도 했고 파리에 머무는 시간이 적어 인터뷰이가 내 스케줄에 맞춰야 하는 민망한 상황도 발생했다.

프랑스인들에게 늘 똑같은 질문을 받았다. 왜 이런 인터뷰를 하느냐고. 그럴 때마다 서슴없이 '파리를 사랑하기 때문'이라고 말했다. 파리에 갈 때면 언제나 그렇듯 늘 흥분이 됐다. 새로운 만남에 대한 상상에 무언가 말로 할 수 없는 희열을 느꼈다. 인터뷰이들은 기꺼이 나의 친구가 되어 주었고 내 가슴을 두드리는 많은 말을 들려주었다.

이제 그들이 내게 남긴 수많은 이야기를 더 많은 사람들과 나누고 싶다.

이 책이 나오기까지 많은 분들께서 함께 해 주셨다. 항상 내 곁에서 기도해 주시고 격려해 주신 사랑하는 부모님과 동생 승하, 인터뷰가 성사되기까지 도움을 준 불특정 다수의 프랑스인들, 끊임없는 응원과 격려를 보내 준 에어프랑스 승무원 동료들, 마법을 부린 듯 예쁜 사진을 찍어 준 채영 언니, 인터뷰에 성공했을 때 자기 일처럼 기뻐하던 지인들…. 모두 고맙습니다. 그리고 소중한 기회를 제공해주신 다음카카오의 브런치 관계자와 멋진 책으로 만들어 주신 이야기나무 편집진께도 깊은 감사를 드립니다.

마지막으로, 이 모든 일을 이루어주신 나의 하나님 아버지께 최고의 감사와 영광을 올려 드립니다!

이승예

파리지앵,
당신의 _인생_ 에
반했어요!

프랑스 대통령의 제빵사

빵이 없는 세상은
상상조차
할 수 없어요

Ridha Khadher

리다 카데

파리지앵, 당신에게 반했어요!

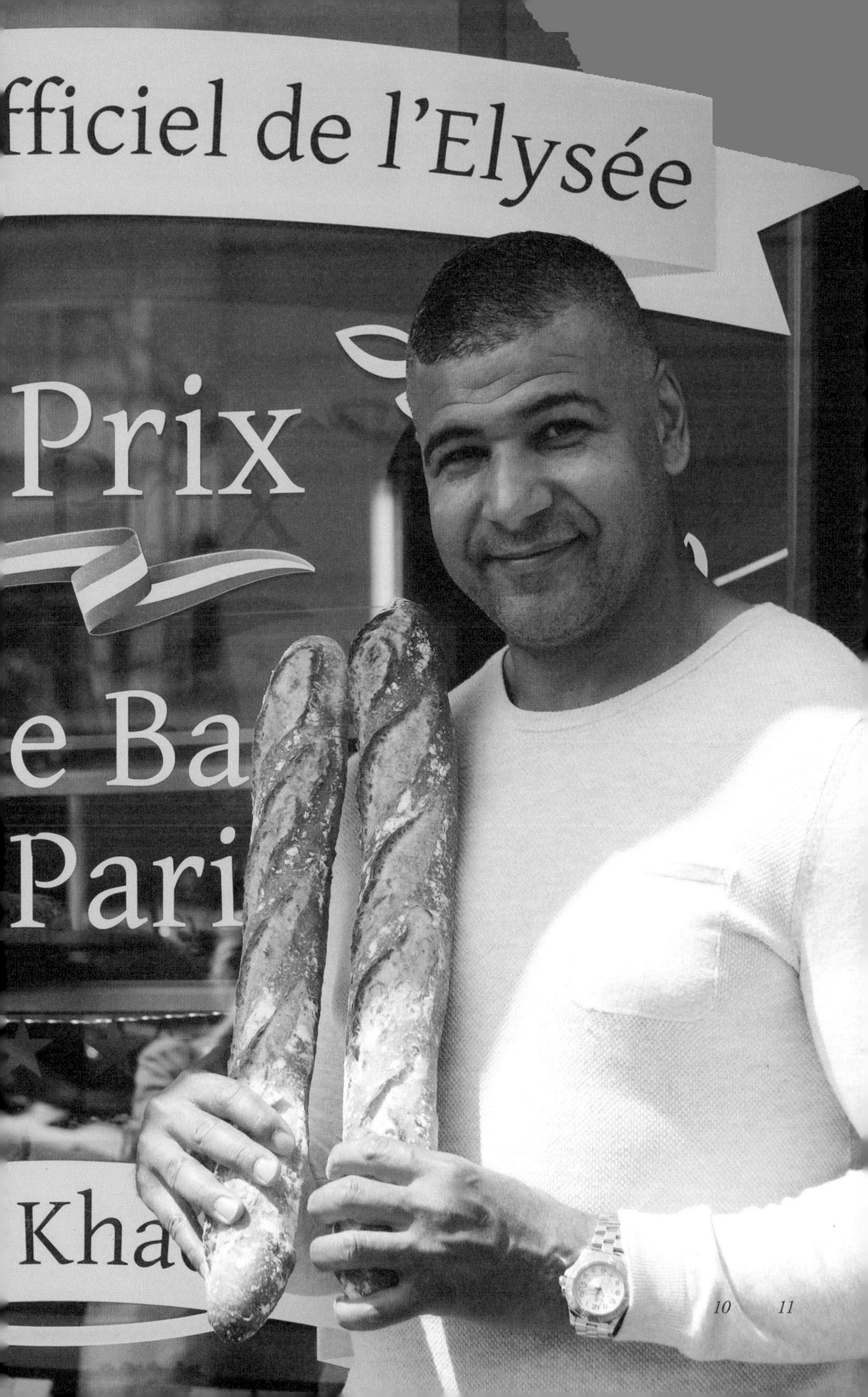
fficiel de l'Elysée
Prix
e Ba
Pari
Kha

Ridha Khadher

　전 세계 수많은 사람이 빵을 즐겨 먹고 있지만, 그럼에도 불구하고 '프랑스 빵'이라고 하면 엄지를 치켜드는 이유가 뭘까?

　프랑스의 식탁에서 빵은 식전부터 디저트까지 완벽한 식사를 돕는 음식이다. 프랑스 사람들의 97퍼센트가 날마다 빵을 먹고 빵이 없는 식탁은 상상조차 할 수 없다고 여긴다. 흔히 프랑스를 대표하는 빵으로 길쭉한 막대기 모양의 바게트를 꼽는다. 에펠탑을 배경으로 여행객들이 활짝 웃고 있는 사진 속이나, 각국의 프랑스 제과점 광고에서도 바게트는 단골손님처럼 등장한다. 가히 에펠탑에 버금가는 상징성이다.

　프랑스에서 빵은 단순한 음식이 아니라 문화이자 삶 자체다. 프랑스 정부는 빵을 문화유산으로 간주하고, 그 제조법을 법으로 정해서 엄격하게 관리한다. 그 내용을 살펴보면 "빵은 밀가루와 물, 소금으로만 만들어져야 하며 자연 발효시키거나 이스트를 쓰고 반죽은 냉동시키거나 다른 첨가물이 들어가지 않는다."라고 적혀 있다. 프랑스인의 빵 사랑과 자부심이 느껴지는 부분이다.

　아침에 먹을 빵을 사 오는 것으로 하루를 시작하는 프랑스인들이기에, 빵집은 마을마다 거리마다 넘쳐 난다. 획일화된 커다란 프랜차이즈 빵집보다는 작지만 신념을 지키면서, 좋은 재료와 개성 있는 맛으로 묵묵히 손님을 기다리는 빵집이 많다는 것도 프랑스만의 특징이다.

　파리 지하철 13호선 플레장스Plaisance 역 부근에 위치한 작은 빵집. 아침 6시가 가까워지면 이곳은 어느새 길게 줄을 선 사람들로 붐빈다. 빵집 이름은 오 파라디 뒤 구

르망Au paradis du gourmand, 우리 말로는 '미식가의 천국에서'라는 뜻이다. 이곳에서 만날 첫 번째 파리지앵은 이 집의 주인장인 리다 카데Ridha Khadher다. 그는 2013년 파리시가 주관하는 바게트 경연 대회에서 1위의 영예를 차지한 최고의 제빵 장인이다.

우승 상금은 4천 유로. 더불어 1년 동안 프랑스 대통령 궁인 엘리제 궁에 빵을 납품하는 자격까지 주어진다. 실이는 55에서 65센티미터까지, 무게는 250에서 300그램까지, 그리고 밀가루 1킬로그램 당 소금 함유량이 18그램이어야 한다는 엄격한 기준에 따라 구운 정도, 맛, 향기 등 5개의 평가 항목을 통과해야 하는 까다로운 심사 과정을 거쳐야 하기에 우승하기는 정말 어렵다고 한다.

이번 인터뷰는 사전에 약속도 따로 잡지 않았다. 무작정 그가 있는 빵집으로 찾아가겠다는 무모한 결심을 한 후, 이른 아침에 빵집에 도착했는데 그 명성처럼 빵집 앞에 길게 줄을 선 사람들을 보니 약간 긴장도 되고 가슴도 뛰었다. 줄이 끝날 때까지 한참을 기다린 후, 심호흡을 하고 빵집 안으로 들어갔다.

실내는 비교적 아담한 공간으로 베이지 풍의 벽과 바닥으로 꾸며져 있다. 바게트 대회에서 받은 상장과 올랑드 대통령과 찍은 사진도 눈에 띈다. 바게트, 마들렌, 크루아상 등 수많은 종류의 빵이 향긋한 냄새를 풍기며 진열되어 있다. 리다 카데 씨는 건장한 체격에 후덕한 인심이 묻어나는 인상이었다. 그의 에스코트를 받으며 빵집 안쪽에 위치한 그의 서재에서 인터뷰를 시작했다.

튀니지 출신이시죠. 프랑스에는 언제 오셨나요?

15살 때였어요. 18구에서 빵집을 경영하는 친형, 알리Ali를 돕기 위해서 프랑스로 왔어요. 처음에는 프랑스어를 전혀 못 했어요. 날씨도 튀니지에 비해 너무 추웠고 사람들도 튀니지만큼 상냥하지 않았죠. 형이 저에게 거는 기대가 컸어요. 기대에 부응하려고 매일 밤 12시부터 오후 5시까지 열심히 훈련했어요. 시간이 지나면서 파리에서 제빵사가 되고 싶다는 꿈이 생겼고 여러 제과제빵 전문 교육도 받았습니다.

성공하기까지 쉽지 않았겠어요.

저만의 빵집을 갖기 위한 방법은 하나였죠. 돈을 많이 버는 거였어요. 낮에는 제빵 실습을 했고 밤에는 경호원으로 변신해 자멜 드부즈Jamel Debbouze, 프랑스 배우. 〈아멜리에〉와 〈미션 클레오파트라〉 등에 출현, 조니 할리데이Johnny Hallyday, 프랑스의 국민가수이자 배우 등 수많은 스타

를 위해 일했어요. 또 복싱계에서도 제게 러브콜을 보내서 웰터급 복싱 경기에도 나갔어요. 그래도 자금이 부족해서 대출을 받으려고 했는데 어떤 은행도 제게 대출을 해 주려고 하지 않았죠. 기나긴 설득 끝에 겨우 한 은행이 승인해 주었어요. 지점장은 빵이 맛있는지 확인해 보기 위해 직접 빵집에 왔답니다. 그렇게 우여곡절 끝에 제빵을 배운지 17년 만에 제 이름을 건 빵집을 갖게 되었고, 이제 빵집을 연 지 7년이 되었네요. 내 가게를 연 다음부터 열심히 일하다 보니 저는 7년 동안 한 번도 가족과 바캉스를 떠난 적이 없어요.

힘든 시기를 이겨낸 원동력은 무엇이었나요?

어머니께서 뒤에서 많이 응원해 주셨어요. '넌 잘 될 거야. 견뎌 내야 해. 동생들에게 본보기를 보여 주렴. 네가 내 행복이야.'라고. 진지함, 바른 자세, 뜨거운 심장으로 살라고 하셨죠. 다른 사람들에게 친절을 베풀면 더 넘치도록 받게 되는 이치를 가르쳐 주셨어요. 배고픈 사람들이 오면 절대로 그냥 가게 두지 않아요. 샌드위치나 빵을 꼭 줘요. 어머니를 떠올리기만 해도 삶이 전진하는 기분이 들어요.

대회에서 우승한 뒤로 세계 언론이 주목하는 빵집이 되었어요. 갑작스러운 유명세를 어떻게 받아들이고 있나요?

영광이죠. 최고의 바게트를 만들어 냈으니까요. 제가 프랑스 사회에 잘 동화되었다는 걸 느껴요. 그동안 열심히, 정성을 다해서 일했거든요.

1위로 뽑히고 달라진 점이 있다면?

총 매상도 30퍼센트가 올랐고, 외국인 손님들이 많아졌어요. 손님들은 대통령과 똑같은 바게트를 먹는 걸 좋아해요. 손님들이 와서 '올랑드 대통령과 똑같은 바게트를 먹을 수 있을까요?'라고 묻는답니다. 한 번은 올랑드 대통령이 장관과 사업가들과 함께 튀니지를 방문할 때 저도 데려갔어요. 그때 대통령과 함께 다니면서 일정을 소화했는데 피곤하더군요. 대통령으로 사는 것도 힘든 것 같아요. 하하!

파리지앵, 당신에게 반했어요!

Briare 300 Gr
VALEUR AU KG 7,33 € LA PIÈCE 2,20 €

Campaillou 350 Gr
VALEUR AU KG 6,29 € LA PIÈCE 2,20 €

Intégral Bio ou Épeautre 400 Gr
VALEUR AU KG 6,25 € LA PIÈCE 2,50 €

la Coupe
0€10

ou Son 350 Gr
LA PIÈCE 2,00 €

Fagot / Buche
VALEUR AU KG 5,50 € LA PIÈCE 2,20 €

Pain au 6 Céréales 350 Gr
VALEUR AU KG 6,57 € LA PIÈCE 2,30 €

Pain de Campagne au Levain 400 Gr
VALEUR AU KG 5,50 € LA PIÈCE 2,20 €

파리지앵, 당신에게 반했어요!

바게트 맛의 비결은?

옛 전통 방식 그대로 재현해 만들었어요. 도구의 힘보다는 사람의 노력과 정성으로 만드는 거죠. 인위적인 재료를 쓰지 않고 밀가루, 소금, 그리고 1퍼센트 정도 아주 적은 양의 효모를 섞어 24시간 발효시켰다 굽는 빵이라고 보면 돼요. 우리 가게의 전통 바게트가 제가 24년긴 매일 17시간씩 일하면서 얻은 진정한 열매예요. 바게트 레시피가 완성되기까지 3년이 걸렸죠.

대통령께서는 어떤 빵을 좋아하시나요?

올랑드 대통령은 몸매 관리를 위해 작은 사이즈의 빵을 선호하시죠. 미니 전통 바게트로 샌드위치를 만들어 드세요. 또한 바삭바삭한 식감을 가진 바게트도 좋아하시고요. 제가 매일 아침 배달해드리고 있답니다.

근데 살이 빠지지 않으셨더라고요. 호호호.

바게트가 맛있으니 잘 드실 수밖에 없겠죠. 하하하.

성공하겠다는 마음이 강했던 것 같아요.

네. 프랑스에 온 이유였으니까요. 그리고 이렇게 이민자도 성공할 수 있다는 사례를 만들었다는 게 큰 기쁨입니다. 저는 프랑스인이 된 것이 자랑스러워요.

외국으로 진출할 생각도 있나요?

브라질과 진행하고 있는 프로젝트가 있어요. 어쩌면 미국과도 연결이 될 것 같고요. 일본에서는 바게트 1천 개를 비행기로 실어 갔어요. 그리고 요즘 80명 정도 되는 일본인 관광객이 버스 한 대를 대절해서 매일 저희 빵집에 와서 바게트를 사 가고 사진도 찍어 가죠. 한국에도 수출하고 싶어요.

당신에게 빵이란?

빵이 없는 세상은 상상조차 할 수 없어요. 단순히 기호식품을 넘어서 프랑스인들의 삶을 나타내는 하나의 상징이죠.

"제가 프랑스 사회에
잘 동화되었다는 걸 느껴요."

파리지앵, 당신에게 반했어요!

짤막한 그의 답변에서 24년간 제빵사로서 외길 인생을 걸어온 그의 자긍심이 느껴졌다. 이곳의 바게트는 갈색의 단단한 껍질과 대비되는 촉촉한 속살 때문에 매일 먹어도 질리지 않는 것으로 유명한데, 이 빵을 보고 있으면 자연스레 이곳을 이끄는 리다 카데의 모습이 겹쳐진다. 아마도 지난 세월의 고단함을 모두 이겨낸 강인한 승리자의 모습과 내면에 부드러운 감성을 간직한 사람이어서가 아닐까.

인터뷰를 마치고 그가 선물로 준 바게트를 안고 가까운 공원의 벤치에 앉았다. 하늘을 보며, 바게트의 질기고 딱딱한 표면을 뜯었다. '오늘 수고했어.'라고 나 자신에게 말했다. 어느새 입안에는 바게트의 속살이 느껴지고…. 폭신한 빵 속을 혀로 음미하며 '첫 번째 인터뷰 축하해!' 하고 미소 지었다.

*Au Paradis du Gourmand
156 Rue Raymond Losserand, 75014 PARIS
Tel +33 (0)9 62 30 47 13

소르본 대학의 철학 교수

저는 행복에
관심이
별로 없어요

Michel Puech

미셸 퓌에슈

파리지앵, 당신에게 반했어요!

Michel Puech

철학이란 무엇일까? 막연한 궁금증을 갖고 있던 중, 우연히 인터넷에서 소르본 대학교의 철학 교수, 미셸 퓌에슈Michel Puech를 알게 되었다. 그는 이미 한국에도 소개된 『나는 오늘도』라는 철학 시리즈를 9권이나 출간한 작가였고 과학적 분석을 통해 철학을 사유하는 과학 철학자로서 프랑스 매체에도 자주 등장하는 유명인사였다. 나는 평소 알고 싶었던 프랑스의 철학 교육을 빌미로 컴퓨터 키보드를 두드리며 퓌에슈 교수와 접촉을 시도했다.

"프랑스인을 말할 때 지성을 빼놓을 수가 없는데, 아마도 그것은 프랑스인이 어릴 때부터 철학을 배워서 사유 능력을 키웠기 때문에 가능한 것이라고 생각합니다. 이런 철학을 바탕으로 프랑스의 교육에 관해 이야기를 나누고 싶습니다. 교수님의 책을 읽고 이렇게 용기 내어 메일을 보냅니다. 꼭 만나주세요!"

"오케이! 소르본 17번가 소르본 누벨 대학교 입구에서 12월 1일, 월요일 오후 4시 30분에 만나요."

즉시, 그리고 아주 간결한 답변이 왔다.

약속에 늦지 않기 위해 일찌감치 클뤼니 라 소르본Cluny-La Sorbonne 역에 도착했다. 이 역을 포함해 소르본 대학교가 있는 지역을 라탱지구Quartier Latin라고 부르는데, 이곳은 800년 전통의 대학가로 골목마다 고풍스러운 서점들이 늘어서 있어 학구적인 분위기를 느낄 수 있었다. 시간에 좀 여유가 있어서 서점과 상점 사이를 한가롭게 거닐다가 드디어, 소르본 대학교 입구에 다다랐다. 추운 날씨 속에서 왠지 영화에서 본 듯한 대학 캠퍼스와 오버랩되며 입구를 오가는 학생들을 무심코 바라보고 있는데, 갑자기 교수님이 나타나 미소를 띠며 다가왔다. 우리는 반갑게 악수를 나누었고, 교수님은 앞장서서 친절하게 나를 안내했다. 파리에 올 때면 늘 소르본 대학교를 구경하고 싶었지만 그때마다 경비원이 출입을 막았다고 하자 교수님은 관광객이 너무 많아서 통제를 시작했다고 말해 주었다. 나는 베일에 싸여 있던 학교 내부를 볼 수 있다는 기대감에 부풀었다.

교수님 책을 보면서 참 따뜻했어요. 어쩜 이렇게 예쁜 생각을 하게 되셨어요?

그냥 조금 더 생각했을 뿐이에요. 내가 책을 쓴 것도 어떤 내용, 가치관 혹은 진실을 전달하겠다는 의도가 아니라 사람들에게 조금 더 생각할 기회를 제공한 것이죠.

올해 프랑스 철학 대입시험 문제인 '우리는 행복하기 위해 살고 있나 Vivons-nous pour être heureux?**'에 대한 답이 뭐라고 생각하세요? 문제를 듣기만 해도 제가 지금껏 살아온 과정을 되돌아보면서 내가 지금 행복한지 고민하게 되는 문제인 것 같아요. 하하하.**

이 문제는 아주 보편적인 바칼로레아Baccalauréat, 우리나라의 대학입학수학능력시험에 해당 주제죠. 전 사실 행복에 관심이 별로 없어요. 사랑한다는 말만 하고 아무것도 안 하면 안 되는 것처럼, 행복도 느끼는 거지 말로 하는 게 아니에요. 이건 좋은 질문이 아니에요. 내가 지금 행복한가 하는 질문은 대답하기도 어렵고 사람을 매우 불안하고 걱정스럽게 만들죠. 행복하려면 뭘 가져야 하지? 돈이 더 많아야 하나? 더 젊어야 하나? 같은 질문을 하게 만들면서 말이죠. 행복해지는 방법, 방식은 따로 있는 게 아니에요.

신을 믿으시나요?

모든 종교가 전쟁을 일으켜 이 세상과 인간을 아프게 하죠. 인간과 자연을 그냥 순수하게 사랑하는 건 어떨까요? 다른 사람을 해치지 않는다는 조건 하에는 종교를 가질 수도 있다고 봅니다.

교수님도 고민이 있으신가요?

고민이 엄청 많죠. 인간에게 고통을 유발하는 모든 것에 관심이 많아요. 또 내 수업이 어땠는지 책이 잘 팔릴지 걱정하지만, 숨 쉬는 것처럼 자연스럽게 긍정적으로 사고하고 대처하는 습관을 들여서 괜찮아요. 최근에 심각한 병을 앓았는데 그 시간을 통해 내면이 더욱 풍부해졌어요. 스스로 긍정적인 생각과 행동을 할 수 있도록 단련해야 해요.

고등학교 때부터 철학을 배우는 것이 프랑스에 어떤 영향을 끼친다고 생각하나요?

아무런 영향도 못 끼쳐요. 학교라는 지배 아래에 숙제나 시험이 있기 때문에 학생들이 하기 싫어하는 게 당연하죠. 또 학교에서 배우는 건 데카르트나 플라톤이 무슨 말을 했는지 배우고 철학자의 사유를 따라가는 데 그치기 때문에 사는 데 아무런 도움이 안 되죠. 그저 지겹고 의무적인 공부밖에 안 되는 거예요. 예를 들어 아까 언급했던 대학 시험 문제 '우리는 행복하기 위해 살고 있나?'에서 선생님이 기대하는 답변은 학생 본인의 의견이 아닌 철학자의 철학과 이론이죠.

교수님의 철학은 무엇인가요?

저에게는 무슨 신조, 무슨 주의가 없어요. 그 반대말은 풍부한 지식이 될 수 있을 것 같은데 주어진 상황을 받아들이고 열린 마음으로 답을 얻을 수 있는 능력이 발휘되어야 하는 거죠. 누군가가 나에게 어떤 이야기를 해 주면 무언가를 얻게 되고 우리는 대답을 하게 되죠. 대답에 따라서 그 대화가 다른 형태로 새롭게 진전되고 전개되는 것처럼 삶도 마찬가지예요. 우리가 삶을 선택할 순 없지만 우리는 어떻게 대답할지 선택할 수 있어요. 그래서 삶과의 대화가 무척 중요하죠. 그 대화가 좋은 쪽으로 이어질 수 있도록 하기 위해서….

흐억. 단 하나도 내가 예상한 답변이 아니었다. 얼마나 내가 틀에 박힌 사고를 하고 있었던 것인지…. 교수님과 인터뷰를 하면서 철학은 원래 어려운 것이 아니라 삶을 들여다보고 잘 가꿔나갈 수 있도록 도와주는 것 같다고 느꼈다. 더 좋은 삶을 살기 위해서 새로운 무언가를 찾고 바꾸는 것이 아니라 시각의 전환을 통해서도 더 좋

"우리가 삶을 선택할 순 없지만
우리는 어떻게 대답할지
선택할 수 있어요."

파리지앵, 당신에게 반했어요!

은 삶이 실현될 수 있음을 깨닫는다.

프랑스의 철학 교육에 대하여, 의외로 교수님은 부정적인 견해를 피력했다. 하지만 교수님의 말씀처럼 고3 때부터 시작하는 철학 수업의 의미와 중요도가 비록 미미할지 모르나, 철학을 배우고 시험 보는 것 자체가 인문적인 가치를 존중하고 프랑스인의 사고에 깊이를 더하는 기초적인 지렛대가 되지 않았는가 하는 생각을 해 본다. 이것이 바로 프랑스의 힘이 아닐까!

인터뷰 내내 조곤조곤 설명해 주시고 친절하고 따뜻하게 대해 주셨던 교수님의 모습이 그의 책의 문구처럼 좀 더 나은 삶을 살기 위한 지혜의 보고로 다가왔다.

가치가 있는 것은 시간이나 인생의 질이다. 지금 이 순간 우리가 살고 있는 시간의 질을 인식하는 것, 이것이 바로 충만하게 사는 길이다. 이렇게 매 순간 깨어 있는 삶이야말로 가장 충만하고 능동적인 삶, 삶이라는 이름에 걸맞은 삶일 것이다.
- 『나는 오늘도: 살다』, 미셸 퓌에슈 지음, 올리비에 발레즈 그림, 심영아 옮김, 이봄(2013), 94-95쪽.

인터뷰를 마치고 본격적으로 대학교 내부를 안내해 주셨는데, 중세의 모습이 떠오르는 고전적인 조명과 장식이 마치 시간여행을 하는 듯한 착각에 빠지게 했다. 수업이 한창인 강당을 교수님과 빼꼼 훔쳐보기도 하고 학생증이 없으면 절대로 출입이 불가능한 중앙도서관도 들어갈 수 있었다. 이러한 교수님의 은밀한 친절과 특별한 배려로 학교 구석구석을 돌아본 후, 교수님과 이별의 커피를 마시며 아쉬운 작별을 고했다.

파리 지하철의 행복 검표원

저에게
미소를
보여 주세요

Emmanuel Arno

에마뉘엘 아르노

파리지앵, 당신에게 반했어요!

Emmanuel Arno

지하철 검표원이 떴다! 이 검표원은 조금 특별한 검표원이다. 그가 파리 지하철에 나타난 이유는 승차권을 검사하기 위해서가 아니다. 오히려 승차권은 전혀 신경 쓰지 않는다. 그는 바로 당신의 행복을 검사하러 왔기 때문이다.

파리 지하철이 더러운 건 이제 누구나 아는 사실. 지하도에서는 지독한 냄새가 나고, 열차는 낡아 빠졌다. 연착과 파업, 한두 역 건너뛰기, 공사 등으로 정차하지 않고 통과하는 일은 다반사, 객차 안에서는 사람들 사이에 꼼짝없이 끼어 있어야 한다. 그럼 나같이 파리를 사랑하는 사람도 저절로 무표정해지고 불편한 기색이 나오기 마련이다. 정글과도 같은 지하철이기에 낙천적인 프랑스인들마저 여유를 잃어버린 것일까? 파리의 지하공간에서는 웃음과 행복이 모두 사라져버린 양 승객들의 표정은 무심하기만 하다.

하지만 이런 상황들을 전혀 개의치 않고 오히려 그 흐름에 역행하여 사람들을 웃게 만들고 이야기꽃을 피우는 사람이 있다. 바로 행복 검표원, 에마뉘엘 아르노Emmanuel Arno 씨다.

나는 약속 장소인 19구에 있는 비스트로 레스카르고L'Escargot에 먼저 도착했다. 그의 아지트라고 소개를 받았는데, 오래된 빈티지 스타일, 어둑한 분위기의 카페 겸 펍이다. 바 형식으로 쭉 이어진 테이블 그리고 대충 들어놓은 듯한 의자가 멋스럽다. 경쾌한 재즈 음악이 흘러나와 어깨가 들썩인다. 에스프레소 한 모금을 마시자마자 행복 검표원의 상징인 빵모자를 쓰고 확성기를 든 아르노 씨가 나타났다. 나를 일으켜 세우더니 그 펍에 있는 사람 모두에게 나를 소개하고 인사를 건넨다. 순간 당황하고 어

리둥절했지만 기분은 나쁘지 않았다. 오히려 기분 좋은 호기심이 꿈틀거렸다. 데낄라에 살짝 취한 건지 원래 그런 건지, 그는 인터뷰는 뒤로하고 본인의 파란만장한 인생 이야기를 늘어놓는다. 기자 생활할 때의 이야기, 목숨을 잃을 뻔한 사건, 뉴욕 그리고 암스테르담에서의 생활, 옛날 영화, 연극, 시 등 인생 그리고 예술과 문학의 전 장르를 넘나들며 이야기는 끝이 없다.

"바르베스 로슈수아Barbès-Rochechouart, 파리 지하철 2, 4호선에 걸쳐 있는 역는 위험한 동네니까 근처에도 안 가는 게 좋아요. 마약 취재를 하다가 마약 중독자 3명이 칼로 내 목을 찔렀는데 다행히 응급처치에 관한 기사를 쓴 적이 있어서 곧바로 자가 지혈을 하고 공중전화까지 가서 신고한 다음에 쓰러졌죠. 그렇게 3일 동안 코마 상태에 있었어요. 그때 첫째 딸이 보도 기자로 계속 일할 것인지 동생과 자신이 나이를 먹어 가는 모습과 손주가 커 가는 모습을 곁에서 지켜볼 것인지 결정하라고 했죠. 그 후 3년 동안 뉴욕에 있었어요. '펑카델릭'이라는 그룹의 보컬 조지 클린턴George Clinton의 프랑스 담당 매니저로 일했죠. 나이가 75살인데 우리보다 더 젊게 사는 사람이에요. 그리고 파리로 돌아와서 보도 기자는 아니지만 기자로 살기로 결정했어요. 근데 여전히 위험한 일이긴 해요. 왜냐하면 아름다운 여성으로 가득한 〈나의 작은 파리My Little Paris〉패션, 미용, 식도락 등 특별하고도 스타일리시한 파리의 핫이슈를 소개하는 인터넷 사이트라는 여성 웹진에서 일하거든요."

언제 그리고 어떻게 이런 일을 하게 되었나요?
2009년에 뉴욕에서 돌아온 지 얼마 안 됐을 때였어요. 파리 지하철을 탔는데 감옥에 갇힌 것 같은 표정을 하고 있는 파리지앵들에 진저리가 났어요. 가만히 있을 수는 없었어요. 변화가 필요하다고 느꼈죠. 행복 검표원이라는 아이디어가 떠올랐고 전 외치기 시작했죠. '신사 숙녀 여러분, 행복 검표원입니다. 저에게 미소를 보여 주세요!'

파리와 비교할 때 뉴욕의 지하철은 어떻던가요?
뉴욕은 더 자유로운 분위기에요. 서로 쉽게 대화하죠. 파리에서라면 '왜 나한테 말을 걸지? 울랄라! 내 지갑을 노리고 있나?'하고 생각하죠. 항상 경계하는 태도고 사람들을 불신해요.

행복 검표원은 어떻게 일하는지 설명해 주세요.

일단 예고 없이 객차에 들이닥치죠. 한 손에 확성기를 들고 정치, 철학, 인생, 그리고 함께 사는 것에 대한 중요성을 주제로 작은 연설을 해요. 그리고 사람들이 나에게 미소를 날려 줄 때까지 졸졸 따라다니죠. 제 목표는 최대한 많은 미소를 수확하는 거예요. 제가 좋아하는 저의 희생자는 아침 시간에 특히 까다롭고 불평이 많은 사람과 저녁 시간에 투덜거리는 사람들이에요. 그들을 즐겁게 해 주기 위해 저는 짓궂은 장난을 친답니다.

근데 미소를 얻는 일은 무척이나 고생스러울 것 같아요. 노하우가 있나요?

어머나! 질문이 끝나기 무섭게 갑자기 시범에 나서는 이 분! 카페를 순식간에 극장으로 만들어 버린다.

"신사 숙녀 여러분, 행복 검표원입니다. 저에게 미소를 보여 주세요! 저 혼자 할 순 없죠. 제가 담임인 반에서는 척하는 학생이나 딴짓하는 학생은 없어야 해요. 걱정하지 마세요. 박수 치는 건 몸에 해롭지 않답니다. 죽지 않는다고요! 오히려 더욱 살아 있다는 느낌을 받아요. 아, 좀 피곤하신 것 같은데 분발해야겠어요. 그거예요! 눈부신 미소네요. 흠잡을 데가 없네요. 유혹하는 미소예요. 로맨틱한 미소예요!"

사람들의 미소에 근사한 이름을 지어주는 행복 검표원. 결과는 정말 놀랍다. 굳어 있던 사람들의 얼굴에 생기가 돌고 여기저기서 웃음소리가 들려온다. 그리고는 하나같이 그를 향해 엄지손가락을 치켜세운다.

정말 끼가 많으신 것 같아요.
사실 2년 전 프랑스 유명 배우 브루노 솔로Bruno Solo의 초대를 받아 올림피아 극장과 파리 카지노에서 오프닝 공연을 맡기도 했었죠. 이번 9월에는 '행복 검표원 군단'이라는 제목의 페스티벌을 열 거예요. 다양한 아티스트들을 초대할 건데 첫 무대에는 탭댄서, 불을 뿜는 곡예사 그리고 그리오Griot, 아프리카의 전통적인 구송口誦 시인가 될 거예요. 두 번째 무대에는 모로코, 프랑스, 미국 출신의 오페라 가수 3명이 꾸며 줄 예정이죠. 다

"작은 행복을 진주처럼 꿰어서
목걸이를 만드는 게 행복이지 않을까요?"

문화 공연이야말로 행복 검표원과 잘 어울리는 것 같아요.

잊을 수 없는 이야기가 많을 것 같아요.

어느 날 지하철에서 10살짜리 꼬마 아이가 제 코트 끝자락을 잡아당기며 말을 걸어왔죠. '아저씨, 행복 검표원이 꼭 있어야 한다는 게 슬프지 않나요?'라고…. 나는 그 아이에게 '장래가 밝은 꼬마 철학가'라는 별명을 붙여 줬어요. 그의 말은 틀린 것이 없죠. 또 3년 된 이야기인데 하루는 RER_{Réseau Express Régional} 파리와 그 주변, 주로 일드프랑스를 연결하는 프랑스의 급행 철도 B호선에서 미래의 엄마가 될 오렐리Aurélie라는 임산부가 탔어요. 훌륭한 미소의 소유자였죠. 그 객차에 45명 정도가 있었는데 좋은 분위기였어요. '미래를 담고 있는 이 멋진 미소를 보세요! 다 함께 박수갈채를 보낼까요?'라고 그녀를 소개했죠. '실례지만 여자애인지 남자애인지 알 수 있을까요?'라고 조심스럽게 물어보자, 여자애이고 3개월 안에 나온다고 그녀는 대답했어요. 그래서 나는 진짜 가족처럼, 기쁜 소식을 전하는 아빠처럼 '여러분, 딸이래요! 맙소사!'라고 외쳤죠. 그러자 모든 사람이 일제히 박수를 치며 휘파람으로 환호했죠. 처음으로 아이를 세상에 내놓는 건데 따뜻한 응원의 손길에 감동했다며 오렐리가 제 블로그에 글을 남겼더라고요. 기억 나는 게 또 있어요. 어느 날 아침에 4호선 지하철을 돌고 있는데 한 빵집 주인이 말을 걸어오더군요. '당신에게 드릴 게 없네요. 오늘 새벽에 만든 따끈따끈한 브리오슈Brioche 괜찮으세요? 한 가지 부탁드려도 될까요. 저는 댁처럼 말솜씨가 없어요. 결혼을 하고 싶은데 도와주세요.' 그래서 제가 승객들에게 전파했죠. '여기 결혼하기 딱 좋은 미소가 있네요. 게다가 뛰어난 제빵사랍니다. 제가 증명해드리죠. 마침 저에게 이 따뜻한 브리오슈를 선물해 줬거든요.' 이 이야기들이 예쁜 건 무엇보다도 진실하고 인간적이기 때문이에요.

금발에 파란 눈동자를 가진 18살 소녀도 기억나요. 그녀는 그 객차 안에서 누가 봐도 눈에 띄는 미녀였어요. 제가 지하철에 올라타자 전화를 끊더니 제게 다가왔어요. '마침 잘 만났어요. 오늘이 아빠의 쉰세 번째 생신인데요. 실직한 지 5년 만에 방금 직장을 구하셨다고 전화가 왔어요!' 하면서 기뻐하는 거예요. 그래서 즉흥적으로 객차 안에 있는 사람들에게 기쁜 소식을 알렸죠. 모두가 '와!' 하면서 감탄사를 터뜨렸어요.

파리지앵, 당신에게 반했어요!

행복이란 무엇이라고 생각하세요?

행복이라는 건 인생의 여정과도 같아요. 날마다 작은 행복의 순간들을 차곡차곡 모아 진주처럼 꿰어서 큰 목걸이를 만들면 그게 바로 행복이지 않을까요?

행복 검표원이라는 직업의 의미는 무엇일까요?

행복한 사회의 척도를 나타낸다고 생각해요. 대개 슬픈 공간인 지하철에 약간의 즐거움을 불어넣을 수 있는 너무나도 근사한 일이죠. 미소가 없는 사람에게 미소를 되찾아 주는 것. 미소가 있는 사람에겐 그 미소를 다른 사람에게 전염시키는 것. 그렇게 행복한 순간을 다른 사람들과 함께 나누는 것. 바로 그것이 행복 검표원의 역할이죠.

제 미소도 평가해 주세요.

와! 기쁨과 사랑이 넘치는 미소네요. 너무 맑고 순수해요. 저는 아름다운 영혼을 가진 사람을 좋아해요.

하지만 그에게 가장 빛나는 미소는 바로 그의 부인의 미소였다. 둘의 첫 만남과 프러포즈는 당연히 지하철에서 이루어졌다는 사실.

그가 지나간 길에서 낯선 사람들이 옆 사람과 몇 마디를 주고받으며 행복해하는 것은 어두웠던 공간에 불빛이 하나둘 켜지는 것처럼 아름다운 모습일 것 같다. 어쩌면 몇 년 동안 서로 마주치면서도 그냥 지나치던 인연일 수도 있었겠지…. 그의 깜짝 검문은 때로는 감동적인 만남으로 때로는 따뜻한 우정에 이르게 할 것이다.

만약 더 많은 행복 검표원이 있다면 대중교통 타는 것이 더욱 즐겁지 않을까? 아니 우리가 바로 행복 검표원 본인이 된다면 어떨까?

나의 다음 여행 때 지하철에서 만나면 나의 이야기로 연설해 주겠다는 행복 검표원의 약속을 간직하며 행복한 미소를 머금는다.

테르트르 광장의 화가

그림은
계산도 질문도
아니에요

M. Samvel

삼벨

파리지앵, 당신에게 반했어요!

M. Samvel

파리에서는 좋은 날씨가 이어지고 있었다. 이런 날씨에는 몽마르트르 언덕에 가서 파리 시내를 내려다보며 책을 읽어도 좋고, 테르트르 광장Place du Tertre을 쭉 돌며 화가들의 그림을 감상해도 좋다. '언덕의 꼭대기'라는 뜻의 테르트르 광장은 거리의 화가와 여행자들로 늘 북적이는 몽마르트르의 관광명소다. 파리의 명소를 그린 여러 가지 크기의 캔버스를 구경하는 재미, 능숙한 손길로 저마다 다양한 캐리커처를 그려 나가는 화가들의 솜씨를 평가하는 재미도 쏠쏠하다. 이런 예술적이고 보헤미안적인 분위기가 좋아서 오늘도 이곳으로 발걸음을 했다.

광장의 한쪽은 이젤 위에 얹혀진 초상화 캔버스들이 줄지어 있다. 오늘은 왠지 평소 해 보고 싶었던 일을 꼭 하고 싶다. 멋진 내 초상화를 만드는 일이다. 많은 화가 사이를 비집고 다니며 샘플을 둘러보고 내 마음을 가장 사로잡는 화가에게 초상화를 부탁하기로 했다. 갖가지 샘플 중에 옆모습만 그리는 화가가 눈에 들어왔다. 50대 중반의 수염이 덥수룩한 부드러운 인상의 아저씨다. 나의 옆모습은 과연 어떤 모습일까? 잘 떠오르지 않는다. 화가의 손으로 그려진 나의 옆모습을 들여다보는 것도 재미있겠다 싶어 그에게 다가갔다.

그에게 먼저 딜을 했다. 초상화 작업을 마치고 인터뷰에 응해 주겠는지 물어보니 자기는 말이 없어서 인터뷰에 적합하지 않다고 한다. 그래서 질문 내용을 보여 줬더니 한 번 훑어본 뒤, 갑자기 인터뷰를 하겠단다. 이유를 물으니 질문들이 재미있단다. 그렇게 딜이 성립됐다.

그의 시선이 내게 집중되었다. 적막한 공간 속에 시간이 멈춘 듯 앉은 자세를 유지

한 상태에서 나는 사각사각하는 화가의 연필 소리를 들으며 이런 생각을 했다. 아, 설렌다. 누군가의 모델이 된다는 건 이토록 짜릿한 일이구나!

몇 분이 흐르자 긴장이 풀리면서 여유가 생겼다. 시계를 봤더니 겨우 10분이 지났을 뿐이다. 지나가는 사람들이 화가의 그림을 감상하기 위해 걸음을 멈춘다. 나와 그림을 번갈아 보는데 얼핏 보니 하나같이 진지한 얼굴들이다. 떨려서 피가 거꾸로 치솟는 느낌이지만 하얀 캔버스 위에 그려지고 있는 내 얼굴을 상상하며 마음을 가다듬었다. 그런데 어라, 벌써부터 몸의 곳곳이 점점 굳어지기 시작한다. 나는 같은 자세를 유지하는 일이 얼마나 힘든 건지 비로소 깨달았다. 어깨라도 살짝 비틀고 싶지만… 그런 나의 불편함이 밖으로 드러났는지 화가는 우아하고 교양이 넘치는 말투로 '아주 좋아요. 아름다워요.'를 반복하며 격려해 준다. 감성 충만한 손동작으로 시선을 모아 주는 것도 잊지 않는다.

드디어 40여 분이 지나고 화가가 작업 종료를 알렸다. 나는 곧바로 편안한 자세를 취했다. 낯선 여자의 옆모습! 그러나 찬찬히 살펴보니 내 얼굴의 특징이 하나, 둘 … 드러난다. 나 자신도 인지하지 못했던 잠재된 나를 표현해 주었다는 느낌이랄까? 긴 비행의 고단함이 묻어나는 나, 온화한 표정의 나 같기도 하고…. 내가 이렇게 표현될 수 있다는 사실에 놀랐다. 그림을 보니 이 화가에게 더욱 호기심이 생겨 얼른 이름을 물어보았다.

이름이 어떻게 되시나요?
삼벨Samvel이에요. 여기서 일한 지는 15년 됐죠.

테르트르 광장은 시에서 운영하고 있어서 이곳에서 그림을 그리기 위해서는 시에서 운영하는 학교에서 선발시험을 치러야 하는 걸로 알고 있어요.
제가 지원했을 때는 그저 그림만 시에 보내면 됐어요.

한 번에 붙으신 거예요?
네.

한 번에 붙으셨다니 행운아이시네요.
글쎄. 행운인지 아닌지는 잘 모르겠네요.

지원했을 때 어떤 목표 또는 야망이랄까? 뭐 그런 것들을 갖고 계셨나요?

어떠한 목표도 없었어요.

그럼 왜 지원했어요?

내가 좋아하는 걸 하려고요. 야망이랑은 다르죠. 꿈도 아니고 야망도 아니죠. 그것뿐이에요. 아주 간단하죠? 당신이 기대했던 답변이 아닌 걸 알아요. 당신은 경쟁 사회에 살고 있기 때문이죠.

프랑스는 안 그런가요?

제가 안 그래요.

　아니, 진짜 이 사람 정체가 뭐지? 예상하지 못했던 답변에 나는 빵 터졌고 삼벨 씨도 그런 내가 재미있는지 같이 웃는다.

그럼 선생님이 지금 하시는 것에 대해서 만족하시나요?

내가 원하는 걸 하고 있는 이상 저는 항상 만족해요.

그게 다인가요?

네, 그게 다예요.

시에서 허가받지 않고 광장 주변에서 초상화를 그리는 사람들이 많아서 손님을 다 뺏어갈 것 같아요. 또 근처 상점에서 파는 그림은 테르트르 광장의 그림이 아니라 중국에서 만든 가짜 그림, 위조 그림이라던데 이런 것들이 신경 쓰이지 않나요?

저랑 상관없는 일이에요.

그들은 훨씬 싸게 파는 데도요? 사기꾼으로 느껴지지 않으세요?

저랑 상관없는 일이에요.

진짜로요? 헉! 왜죠?

판단은 사람들의 몫이에요.

일하는 조건은 어때요?

모든 일은 다 힘들죠. 조건이 좋은 일을 알고 있다면 말해 줄래요?

하루 벌이는 얼마나 되죠?

말해 줄 수 없어요. 왜냐하면 어떤 수치를 알려줘도 그건 거짓말이 될 거예요. 정확하지도 않고 그건 진짜가 아니니까요. 안정적인 것이 아니기 때문이죠. 안정적인 거라면 급여를 받고 생활하는 것이겠죠. 벌이는 날씨나 관광객에 따라서 달라져요.

오늘은 날씨도 좋고 관광객도 많으니 좋은 날이네요?

매일이 좋은 날이에요.

파리지앵, 당신에게 반했어요!

날씨가 안 좋고 관광객이 적으면 많이 벌지 못하겠죠?
돈을 많이 벌지 못한다고 해서 그게 저에게 안 좋은 건 아니에요.

헉, 그런가요?
오늘 돈을 못 벌어도 저렇게 빛나는 태양이 있잖아요. 피식!

아, 네. 그럼 돈도 못 벌고 태양도 없다면요?
그래도 울지는 않을 거예요.

테르트르 광장에 많은 관광객이 몰리기 시작하면서 상업적인 면이 두드러지는 것 같아요. 더 많은 관광객을 끌어들이기 위해서 테르트르 광장이 혼을 팔았다고 하는 데에 동의하시나요?

　나는 정색하며 물었고, 그동안 쿨하게 답변하던 삼벨 씨는 말을 멈췄다. 침묵이 흘렀다. 잠시 후 예기치 못한 대답이 돌아왔다.

흠. 굉장히 어려운 질문이네요. 제가 보기에는 이 질문을 쓴 사람한테 물어봐야 할 것 같은데요?

저 … 전데요?
그럼 당신이 저보다 더 잘 알겠네요.

네? 전 모르는데요?
당신이 질문한 거잖아요. 저는 그런 생각이 없어요. 그 생각은 당신 거잖아요. 제 게 아니에요. 당신은 그렇게 생각하지만 전 아니에요.

그렇다면 제 의견에 대해서 선생님은 어떻게 생각하시는데요?
무엇이 당신에게 그런 생각을 갖게 한 거죠?

파리지앵, 당신에게 반했어요!

제가 다큐멘터리를 봤는데, 관광객은 기념품을 원하기 때문에 화가는 자신의 예술을 펼치기보다는 파리의 기념물을 그려야 하는 상황이라는 걸 봤어요. 그래서 그림이 발전하는 것도 어렵고. 화가들 간의 관계도 전 같지 않고….

잠깐, 여기서 질문! 요즘 시대에 사람들의 관계가 전과 같나요?

아 … 그렇죠.

무슨 일이 생긴 거죠?

기술의 발달로 우린 더욱 개인적이 됐죠.

맞아요.

화가들이 상인처럼 한국어나 외국어를 쓰면서 호객 행위를 해요. 전에는 어땠나요?

어제와 오늘이 다른 것처럼 당연히 달랐죠. 전에는 물론 지금 같은 경제 위기가 없었죠. 이 세상에 경제 위기가 있다면 테르트르 광장에도 있는 거예요. 그리고 내일은 또 어떨지 저도 모르는 일이고요. 여기도 다를 게 없거든요. 똑같은 지구 아닌가요?

아 … 맞아요. 그럼 선생님은 혹시 인생을 걸고 걸작을 만들고 싶지 않나요?

아니요. 그런 생각 안 해요.

화가들의 꿈 아닌가요?

전 안 그래요.

다른 화가들은요?

잘 모르겠는데요.

다른 화가들이랑 소통 안 하세요?

소통하지만 그들을 대신해서 답할 순 없네요. 전 제 입장에서만 답할 수 있어요.

파리지앵, 당신에게 반했어요!

네….

삼벨 씨의 상상을 초월하는 답변에 나는 백기를 들었다.

초상화 말고 다른 것도 그리시나요?
다른 것도 그려요. 당신을 그려줄 수 있어요.

전 이미 그려주셨잖아요.
머리를 그렸으니 그 나머지도 그릴 수 있어요.

우리는 동시에 웃음을 터뜨렸다.

맞아요. 선생님 말씀이 맞네요. 푸하하하! 그래도 아주 훌륭한 걸작을 만들고 싶지 않으세요?
누굴 위해서?

선생님을 위해서요!
하지만 전 이 세상에 남지 않고 떠날 건데요?

그럼 테르트르 광장에 있는 것만으로도 행복하신 거예요?
당신이 생각하기엔 어때요? 제가 행복해 보이나요?

네, 행복해 보이세요. 그림은 선생님에게 어떤 의미죠?

정적. 체감으로는 10분이 흐른 것 같았다. 머릿속에 온갖 생각이 스친다. 내가 뭐 잘못했나? 뭐지? 왜 대답을 안 하시는 거야! 삼벨 씨가 드디어 입을 떼어 말했다.

대답하기 어려워요. 왜냐하면 제가 어떤 문장을 말해도 제한적일 거예요. 문장은 모든 걸 담을 수 없죠.

"당신이 생각하기엔 어때요?
제가 행복해 보이나요?"

파리지앵, 당신에게 반했어요!

대답해 주셔서 감사해요. 그림을 정말 사랑하시는 게 느껴졌어요! 정말! 다른 질문을 해 볼게요. 어떤 얼굴을 그리는 걸 좋아하세요?

저는 특색 있는 사람을 그리기 좋아해요. 얼굴이 아니라 그 안에 내재되어 있는 걸 보죠.

그게 보이시나요?

네, 보이기 마련이죠. 흥미로운 특색과 긍정적인 기운을 주는 얼굴.

흥미로운 특색이 뭐죠? 저는 흥미로운 특색이 있었나요?

네.

어떤 특색이요?

당신의 얼굴은 예쁜 이목구비와 아름다운 선이 있고 깊은 눈매를 갖고 있어요. 이 모든 게 내면을 나타내죠. 당신은 약간의 짓궂으면서 영리한 면이 있어요. 긍정적이라고 해드리죠.

우리는 동시에 크게 웃음을 터뜨렸다. 우하하하하하하!

테르트르 광장 같은 곳이 다른 어디에 또 존재할까요?

아니요. 그렇지 않을 것 같아요. 자, 당신의 모든 질문에 해당하는 답변을 해드릴게요. 그림은 계산이 아니에요. 질문서도 아니죠. 셈하거나 평가할 수 있는 것도 아니에요.

또 한 번 정적이 찾아왔다.

어렵네요.

뭐가 어려워요? 아주 간단한걸요.

"그거 제가 좋아하는 걸
할 뿐이에요."

파리지앵, 당신에게 반했어요!

삼벨 씨가 가볍게 윙크한다.

오늘도 관광객으로 붐비는데 가끔은 조용히 혼자 그림 그리고 싶지 않으세요?
저는 조용히 혼자 그림 그리는데요? 절 방해하는 건 아무것도 없죠.

테르트르 광장에 출퇴근하는 시간이 정해져 있나요?
당신, 지금 또 계산하고 있어요!

제가 사고 싶은 그림이 있었는데 그 화가가 이 이른 시간에 벌써 사라졌더라고요.
피곤한가 보죠.

근데 그렇게 자리를 비우면 시청에서 뭐라고 하지 않아요? 벌금 같은 걸 문다든가?
왜죠? 당신 또 계산하고 있네요! 맙소사!

하하하. 알겠어요. 오늘 덕분에 많이 배워서 머리가 복잡해요. 인터뷰는 여기까지입니다!
끝났나요? 당신은 인터뷰에 만족하나요?

네! 물론이죠!

우문현답이라는 게 이런 걸까? 호들갑스럽지도 현란하지도 않은 모습, 삼벨 씨의 말투는 침착하면서도 여유롭고, 냉정한 머리와 따뜻한 가슴이 동시에 느껴진다. 나는 삼벨 씨의 말처럼 모든 걸 재고 따지고 계산하는 삶의 방식에 익숙하다. 이런 습성에 도움을 받아 테르트르 광장의 운영법을 찾아보았다. 그 조항과 법규가 10쪽에 달했다. 거기에는 실용적 예술터의 상징인 이곳의 이미지를 더욱 촉진시키고 더 잘 관리하겠다는 의지가 담겨 있다. 이런 제도 안에 있기 때문에 삼벨 씨가 저토록 원초적 자유를 누리는 것이 아닐까?

에어프랑스의 사무장

삶의 기쁨도
함께 비행해요

Bénédicte d'Erceville

베네딕트 데르세빌

파리지앵, 당신에게 반했어요!

Bénédicte d'Erceville

"승객 여러분, 안녕하십니까? 파리행 에어프랑스 267편에 탑승하신 것을 진심으로 환영합니다. 기장을 비롯한 승무원 일동은 여러분을 모시게 된 것을 대단히 기쁘게 생각합니다. 비행기가 파리에 도착할 때까지 여러분의 편안하고 안전한 여행을 위하여 최선을 다하겠습니다. 안전벨트를 착용하여 주시고, 즐겁고 편안한 여행되시기 바랍니다."

내 목소리가 기내에 퍼진다. 그렇다. 나는 에어프랑스에서 기내 통역 업무를 담당하고 있다. 기내에서 한국인 승객과 프랑스 승무원 사이의 의사소통을 도우며 한국 승객들이 무엇을 필요로 하는지 가장 먼저 듣고 실행에 옮긴다. 이 과정에서 한국인 승객과 프랑스 승무원 사이의 문화적인 차이나 갈등이 없도록 하는 것 또한 나의 역할이다. 나아가 승객들이 부탁하지 않아도 먼저 나서서 어떻게 도움이 될 수 있을지 고민하는 한편, 프랑스 승무원들과도 즐겁고 기쁘게 일하기 위하여 최선을 다하고 있다.

에어프랑스의 탑승 승무원은 3명의 운항 승무원과 나를 포함한 13명의 객실 승무원으로 구성되어 있다. 큰 키에 늘씬한 몸매, 본능적으로 한 번 더 뒤돌아보게 되는 승무원이지만, 알고 보면 대부분 40대이거나 50대인 경우가 많다. 에어프랑스의 승무원은 외모, 인종, 연령에 구애받지 않는다. 비행 때마다 함께 일하는 승무원이 새롭게 구성되기 때문에 모두 초면이지만, 우리는 무조건 반말을 사용한다. 흰 수염이 덥수룩한 산타할아버지 같은 승무원에게 말 놓기가 정말 힘들지만 … 한편으로는 이해

도 된다. 왜냐하면 반말은 가족이나 친구, 또는 오랫동안 친숙한 관계일 때 사용하는 어법으로, 우리를 금세 친근한 동료애로 뭉치게 한다.

우리의 업무 분위기는 진지함보다는 오히려 활기와 유머가 넘쳐난다. 고상한 장난과 품위 있는 찌질함이 배인 말들! 그들에게는 일 자체도 당연히 즐겨야 하는 삶의 일부다. 한번은 이런 일이 있었다. 한 팀이 되어 함께 비행하게 될 승무원들과 서로 인사를 나누는데 그들 가운데 예전에 함께 비행한 적이 있는 사무장이 있었다. 매번 비행할 때마다 승무원들이 계속 바뀌기 때문에 전에 함께 일하던 승무원을 다시 만나기란 아주 드문 일이라, 나도 모르게 아는 체를 해가며 호들갑스럽게 인사를 했다. 그런데, 상대방은 정색하며 전혀 모른다는 표정을 짓는 게 아닌가! 나는 황당하기도 하고 섭섭하기도 해 머쓱해져 있는데, 그가 갑자기 추억에 잠긴 표정으로 "우리 그때 좋았잖아? 너와 함께 사랑했던 순간들을 어떻게 잊을 수 있겠니?"하며 느끼한 목소리로 천연덕스럽게 말하는 게 아닌가! 그 순간, 주위에 있는 승무원들 모두 폭소를 터뜨렸다. 사실 기내에서 일하면서 이런 말장난은 쉼 없이 일어난다. 그리고 그것은 승무원 간에만 국한되지 않고 승객과도 자연스럽게 이어진다.

이번 비행에서 만난 사무장은 60대로 보이는 아주 귀여운 소녀 같은 할머니였다. 일하다 잠깐 여유가 생긴 틈을 타 내가 쓰고 있는 글에 대해 설명하며 나의 인터뷰이가 되어 달라고 했다. 그녀는 흔쾌히 응하면서, 진지한 표정을 짓고 엄숙한 목소리로 주위를 환기시켰다. "내가 제일 좋아하는 기자와 스케줄이 잡혔으니 방해하지 말라." 며 카메라 앞에 섰다. 익살맞은 표정을 짓는 그녀는 꼭 개그맨처럼 보인다. 천생 유쾌한 사무장! '끼 덩어리' 베네딕트와의 인터뷰를 공개한다.

자기소개를 해 줘.

내 이름은 베네딕트 데르세빌Bénédicte d'Erceville이고 근무한 지 30년 됐어. 나는 에어프랑스의 다이너소어이지. 사무장이 된 지는 11년이 됐고, 나는 내 직업을 사랑해!

에어프랑스에 뽑히려면?

사람을 사랑해야 돼. 다른 사람과 다른 문화에 대해 열려 있는 마음을 가져야 하고. 또 여러 개의 언어를 구사하고 유목민의 삶을 좋아해야 하지.

승객을 위한 서비스는 어디까지 할 수 있을까?

우리는 최선을 다해서 승객을 모시고 있어. 하지만 우리의 정체성은 확고해. 우리는 유럽의 전통이라는 자부심이 있거든. 가끔은 승객의 요구를 받아들일 수 없을 때도 있어. 하지만 상대를 이해하고 공감한다는 걸 증명해 보여야 하지.

승객들과의 관계는 어때?

승객들에게 기쁨을 주고 싶어. 우리가 승객들에게 제공한 서비스에 대해서 만족하며 비행기에서 내리게 하는 것이 우리의 목표야. 그게 아니라면 이 직업에 종사하는 게 무슨 의미가 있겠어?

에어프랑스의 약점이 있다면?

서비스가 조금 덜 규격화되어 있지. 집요함이 부족하지만 무엇보다 진실해. 승객과 승무원의 관계가 인간적이지. 서비스의 질은 완벽한 수준이 아니라고도 볼 수 있지만 승객과의 개인적인 접촉이 타 항공사보다 자연스럽게 이루어지니까 그 부족함을 메워 줄 거야.

다른 항공사와 다른 점이 있다면?

확실한 아이덴티티가 있어. 럭셔리, 예술, 고급스러움. 프랑스라는 나라의 가치와 문화가 반영되어 있지.

에어프랑스는 '프렌치 터치'라는 서비스를 강조하는데 무슨 뜻이야?

승객 개개인에 대한 맞춤 서비스? 이건 자연스럽고 즉흥적으로 이루어지지. 어쩌면 다른 나라는 갖고 있지 않은 것일 수도 있어. 승객 한 사람 한 사람의 고유한 개성과 인격을 인정해 주는 거라고 할 수 있지.

"상대를 이해하고 공감한다는 걸
증명해 보여야 하지."

파리지앵, 당신에게 반했어요!

짧은 인터뷰였지만 베네딕트의 말이 비행기 안에서 실현되는 것을 매번 목격한다. 실제로 승무원들은 승객과 눈을 맞추며 한 명 한 명을 기억하고 많은 시간을 승객과 대화하는 데 쓴다. 최종 목적지가 어디인지, 왜 여행을 가는지, 어떤 직업을 갖고 있는지, 그 도시에 무엇이 흥미로운지 물어보는 것은 기본, 열정적인 대화와 함께 가벼운 농담은 필수! 기내 면세품을 판매하면서 승객이 고른 상품을 가지고 마치 모델인 것처럼 이 모양 저 모양 우스꽝스러운 포즈를 취하는가 하면, 물건값을 물어보니 "1억 원!"이라며, 터무니없는 가격을 아무렇지 않은 표정으로 말한다. 엉뚱한 상황 속에서 어쩔 줄 몰라 하는 승객에게 농담이라며 카드를 받아 들고 결제한 후, "이건 제가 갖겠습니다."라며 카드를 안주머니에 쏘옥 넣는 시늉을 한다. 당사자는 또다시 당황하고…. 하하하!

에어프랑스에서, 승객과 승무원의 관계는 서비스를 제공하고 받아야 하는 관계 이전에 인간 대 인간의 만남이다. 승객이 승무원에게 뭔가 요구를 했는데 쌀쌀맞기 그지없는 반응을 보일 때도 있다. 의아하고 어리둥절할 테지만 일이 이렇게 된 데에는 승객이 그들에게 먼저 모욕감을 주었기 때문이다. 프랑스인은 낯선 사람에게 말을 걸 때 무조건 "안녕하세요Bonjour.", "죄송합니다Pardon 또는 Excusez-moi." 라든지 "부탁합니다S'il vous plaît."라는 말로 시작해야 한다. 그들은 무례한 사람을 싫어한다. "대접받으려면 대접받게끔 행동하라."는 것이 그들의 신조다. 비행기 내에서도 승무원과 승객 간의 평등, 배려와 예의, 인격의 존중 등 인간이 지켜야 할 기본적인 덕목은 당연히 지켜져야 하는 것이다.

인터뷰 후에 문득, 2개의 문장이 떠오른다. 프랑스인들의 낙천적인 기질을 엿볼 수 있는 일상적인 말.

"그게 인생이야C'est la vie."
"인생은 아름다워La vie est belle."

삶을 관조하고, 극복하며, 종국에는 삶의 기쁨을 지향하는 프랑스인들의 인생관이 에어프랑스 승무원들의 기내 서비스에도 그대로 적용되는 것 같다.

파리의 여배우

당신에게 키스를
보냅니다

Brigitte Bardot

브리짓 바르도

파리지앵, 당신에게 반했어요!

Brigitte Bardot

1950년대 미국에 마를린 먼로가 있었다면 프랑스에는 브리짓 바르도Brigitte Bardot 가 있었다. BB라는 애칭으로 불리던 그녀는 귀엽지만 뾰로통한 얼굴에 날렵한 캣츠 아이라인 이미지로 프랑스의 전형적인 금발의 뷰티 아이콘으로 남아 있다.

성공한 기업가의 딸로 태어난 그녀는 〈엘르ELLE〉와 같은 패션잡지의 모델로 활동 하다가 로제 바딤Roger Vadim 감독의 눈에 띄어 영화 〈그리고 신은 여자를 창조했다Et Dieu... créa la femme,1956〉의 여주인공으로 은막에 등장해 스타덤에 오르게 된다. 21년 간 48편의 영화를 찍으며 대중의 시선과 관심 속에 살다가 1973년, 39살의 나이에 돌 연 은퇴를 선언하고 브리짓 바르도 재단을 설립해 동물 애호가로 활동하기 시작했다.

영화에서의 바르도를 보고 있노라면 '신은 여자를 창조했다. 그러나 악마는 브리 짓 바르도를 창조했다.'는 유명한 광고 카피에 머리를 끄덕이지 않을 수 없다. 같은 여자가 보아도 '도발적이라거나 뇌쇄적인 몸매라는 것은 바로 저런 육체를 말하는 것 이구나!'하고 감탄하게 된다. 바르도는 암고양이와 흔히 비교되곤 했는데, 적절한 비 유가 아닐 수 없다.

한 시대를 풍미했던 배우로서, 여자로서, 한 인간으로서 80세를 넘어선 브리짓 바 르도의 인생 이야기를 듣고 싶다고 요청했더니 그녀가 손 글씨로 답장을 보내왔다. 정말 고마웠다. 빽빽하게 채워진 편지가 나를 감동시켰다.

젊었을 때의 사진을 보면 진정한 여성의 아름다움을 표현하고 있다는 느낌이 듭니다. 배우 로 활동하던 시절 개인적으로 어떻게 보내셨는지요?

그 당시에는 제 자신의 이미지에 갇혀 있었고 저의 일거수일투족이 관심의 대상이었어요. 끊임없이 영화에 출연했죠. 개인적으로도 파란만장한 시기였습니다.

배우로서 전성기를 맞고 있었을 때 돌연 은퇴하신 이유가 궁금합니다.
보여 주기 위한 삶에 지쳤었고 저의 인생과 영화에서 늘 중요한 위치를 차지하고 있던 동물이 처한 상황을 개선하는 데에 힘을 쏟고 싶었습니다.

현재는 동물보호 운동으로 유명하십니다. 어떻게 해서 동물보호 운동에 나서게 되었고 지금 이끌고 계신 동물보호협회에서는 어떤 활동을 하고 있는지요?
새로운 일을 한다는 것이 쉬운 일은 아닙니다. 사람들은 모험에 쉽게 뛰어들지 않죠. 필요한 모든 것이 은쟁반에 올려져 나오는 안락한 삶을 떠날 수 없는 거예요. 자세한 내용을 다 말할 수는 없지만 많은 고민 끝에 내린 결정이라고 할까요?
처음에는 저의 이미지가 언론에 의해 희화화되고 동물보호 단체로부터 무시도 당했죠. 주목받기 위해 인기 배우가 변덕을 부린다는 말도 들었어요. 처음으로 나선 대규모 투쟁은 캐나다로 가서 어린 물개 학살을 전 세계적으로 비난한 일이었죠. 당시에는 아직 자체 협회가 없었어요.

특별히 애착을 갖는 동물이 있습니까?
모든 동물이 소중하지만 개인적으로 아주 좋아하는 코끼리, 그리고 코뿔소처럼 멸종 위기에 놓인 동물을 보호하는 일이 특히 제게는 시급해요.

동물을 인간과 동등한 존재로 생각하는지 아니면 그 이상의 의미가 있는지 궁금합니다.
인간과 동물을 비교할 수는 없죠. 인간은 세상을 지배하지만 모든 것을 파괴하죠. 동물은 그런 인간의 힘에 휘둘려 노예 같은 상태에 놓인 거고요. 하지만 우리가 살아가는 데 필요한 생태계의 균형을 위해서는 야생동물의 터전을 존중해 주는 일이 시급합니다. 그렇지 않으면 야생동물은 멸종될 테니까요.

II CORÉE du SUD

4) Tous les animaux sont dans mon cœur mais ceux qui risquent de disparaître comme les éléphants que j'adore et les rhinocéros occupent l'urgence de mes combats

5) On ne peut pas comparer la race humaine et la race animale. Les premiers sont les maîtres du monde et détruisent tout, les seconds sont à la merci d'une puissance qui les réduit à l'esclavage. Pourtant l'équilibre écologique de notre survie demande d'urgence un respect des territoires impartis aux animaux sauvages, sinon ils disparaîtront.

6) Non aucun pays n'est à citer en exemple hélas !

7) C'est loin tout ça. La vérité. Dieu créa la femme. l'ours et la poupée.

8) Je n'ai ni regrets, ni remords.

9) Non, le cinéma n'est plus ce qu'il était sauf aux États-Unis.

10) Je m'assieds dessus.

11) Les Français m'aiment et je les aime, mais j'ai une formidable cote d'amour un peu partout.

2015   Brigitte Bardot

동물에 대한 프랑스인의 애정은 전 세계적으로도 잘 알려져 있습니다. 실제로 그런지요?

아뇨! 동물을 진실로 사랑한다고 예로 들 수 있는 나라는 하나도 없어요. 아아! 안타까운 일이죠!

필모그래피가 화려합니다. 어떤 작품이 좋으셨나요?

당연히 〈진실La Vérité, 1960〉, 〈그리고 신은 여자를 창조했다〉, 〈곰과 인형L'Ours et la Poupée, 1970〉입니다.

배우라는 직업을 선택한 것을 후회해 본 적이 있으십니까?

후회도, 미련도 없습니다.

요즘의 영화계 소식은 계속 보고 계신지요? 예전의 영화와 지금의 영화는 어떻게 다릅니까?

아뇨, 안 보고 있습니다. 미국 빼고는 그 어느 곳도 영화가 예전 같지 않습니다.

시대를 통틀어 프랑스 최고의 섹시 심벌이라는 타이틀에 대해서는 어떻게 생각하십니까?

별로 신경은 안 씁니다.

1950~60년대에 태어난 전 세계 사람들 대부분이 알고 있는 유명한 배우이신데, 프랑스인에게는 어떠한 이미지이신시요?

프랑스인은 저를 사랑하고 저도 그들을 사랑합니다. 무엇보다 저는 삶 자체를 엄청나게 사랑하고 있지요.

몸매 유지를 위해 일상적으로 하고 계신 것이 있습니까?

특별히 몸매에 신경 쓰지는 않아요. 살면서 그보다 더 중요한 일이 많으니까요. 다만 45년 넘게 채식을 하다 보니 자연적으로 몸에 균형이 생기면서 건강이 좋아진 것 같아요.

젊었을 때는 전 세계에서 미의 화신으로 통했고 지금은 스스로 중요하다고 생각하는 일을 위해 열심히 활동하고 계십니다. 어떤 삶이 더 만족스러운지 궁금합니다.

배우로서의 삶과 동물보호 운동가로서의 삶, 이 두 가지 삶은 떼려야 뗄 수 없죠. 제가 영화를 통해 유명해지지 않았다면 제가 이끌고 있는 동물보호협회가 이처럼 주목받지는 못했을 거예요.

남편이신 베르나르 도르말Bernard d'Ormale 씨도 프랑스에서 유명한 인물이시죠? 두 분의 일상에 대해 말씀해 주시겠습니까? 현재 행복하신지요?

남편은 제 인생의 동반자에요. 나를 깊은 슬픔에 빠지게 하는 이 어렵고 고통스러운 투쟁, 동물보호를 위한 투쟁에서 저를 도와줍니다. 동물이 학대받는 한 우리는 행복할 수 없어요.

사랑을 어떻게 정의하시겠습니까?

진정한 사랑이란 조건 없는 사랑이죠.

종교가 있으십니까?

전 가톨릭 신자이고 성모 마리아를 존경합니다.

고마워요, 레아Léa, 저자의 영어 이름. 당신에게 키스를 보냅니다.

영화가 현실을 예견한 걸까? 〈그리고 신은 여자를 창조했다〉를 보면, 치정극인 이 영화에서 브리짓 바르도가 이미 개, 고양이, 토끼, 새 등을 사랑으로 기르고 아끼는 모습을 볼 수 있다. 자극적인 행동과 대담한 옷차림으로 남자들을 애태우는 고아 소녀 줄리엣이 가진 건 아름다운 육체뿐, 깊은 고독 속에 동물들만이 그녀의 친구가 되어줄 뿐이다. 줄리엣은 사랑을 갈구하고 있었던 것이다. 우연의 일치인지는 모르겠지만, 현실 속에서 바르도는 많은 남자를 만났으나 헤어짐을 거듭했고 그 상처 난 마음을 달래기 위해 동물보호 운동에 뛰어든 것이 아닌가 하는 생각을 하게 된다. 마치 영화 속의 줄리엣처럼….

우리나라를 개고기를 먹는 나라라고 혐오했던 바르도지만 왠지 그녀를 감싸주고 싶은 생각이 든다. 더구나 그녀는 우리가 하지 못하는, 몹쓸 인간에 의해 멸종되어 가는 동물들의 구제를 위하여 애쓰고 있지 않은가. 그리고 또 하나, 지금은 스크린 속에만 남아있지만 한 때 세계를 흥분시킨 은막의 스타였기 때문에 더 감싸주고 싶다. 영화 속 그녀는 여전히 사랑스럽지 않은가!

페르 라셰즈의 묘지 가이드

제 인생은
하나의 작품으로
남을 거예요

Bertrand Beyern

베르트랑 베이에른

파리지앵, 당신에게 반했어요!

Bertrand Beyern

페르 라셰즈Cimetière du Père-Lachaise에 왔다. 할아버지 산소를 찾은 이후 묘지를 찾은 것은 처음인 것 같다. 그것도 타국의 공동묘지라니! 파리까지 와서 공동묘지를 구경 갔다고 하면 우리 엄마나 친구들도 의아해할 테지만 내가 찾은 페르 라셰즈는 다르다. 쇼팽, 모딜리아니, 발자크, 몰리에르 등 프랑스를 비롯한 전 세계의 위대한 사람들이 잠들어 있고 또한 아름다운 정원식 묘지로 유명하다. 무덤을 둘러싼 섬세한 조각들과 잘 가꿔진 정원은 방문객들에게 깊은 인상을 주고 있다. 나는 묘지 투어를 하기로 했다. 묘지 투어란 해당 묘지의 유래 및 묘지에 안치된 사람들에 관한 해박한 지식을 가진 묘지 가이드Guide au cimetière와 함께 묘지를 관람하는 일이다. 이상하게 생각할 수도 있겠지만 프랑스에서는 이러한 묘지 투어가 일반화되어 있다.

아마도 이러한 묘지 투어가 자연스럽게 여겨지는 것은 무덤도 하나의 생활 속의 공간으로 생각하는 이곳의 장례문화에서 비롯된 것이 아닐까 생각해 본다. 프랑스를 비롯한 유럽에서, 무덤은 사람이 생활하는 공간에서 많이 발견된다. 저택 내에 있기도 하고 바티칸 성당을 비롯한 유럽의 대부분 성당의 지하에는 죽은 자의 관을 많이 보관하고 있다.

가이드는 베르트랑 베이에른Bertrand Beyern 씨였다. 그는 우리가 매일 아침 회사에 가는 것처럼 페르 라셰즈로 출근한다. 그는 죽음의 발치에서, 십자가의 그늘에서, 끝이 없는 고독한 오솔길에서 삶의 의미를 발견한다고 한다. 그는 강연도 하고 책도 쓰는 소위 잘나가는 실력자 묘지 가이드이다. 구름은 흐르지 않고 낮게 머물렀다. 1월의 찬 공기가 묘지를 스산하게 만들었다. 묘지 가이드와 8명의 방문객 중에 동양인은 오직 나와 친구뿐이다. 우리는 서로 정답게 인사를 나눴다.

가이드는 페르 라셰즈의 역사에 대해 설명을 시작했다. 1804년, 나폴레옹 1세는 건축가 브롱냐르Brongniart에게 묘지를 설계하도록 명했다. 나폴레옹은 "모든 시민은 인종이나 종교와 관계없이 묻힐 권리가 있다."고 선언했다. 이것은 당시로써는 혁명적이었는데 그전에는 무신론자, 비기독교 신자, 자살한 이들은 신성한 교회 묘지에 묻힐 수 없었기 때문이다. 브롱냐르는 묘지 설계 면에서 나폴레옹만큼 혁신적이었다. 그는 찾아온 이들이 조각품들을 감상하며 나무가 늘어선 산책로를 거닐 수 있고, 죽음의 이미지를 승화시키는 정원 같은 묘지를 구상했다.

루이 14세의 고해신부이자 파리의 대주교였던 '페르 프랑수아 드 라 셰즈Père François de la Chaise'의 이름을 딴 이곳, 페르 라셰즈는 현재 파리의 묘지 중에서 가장 규모가 크다. 넓이가 44헥타르바티칸 전체면적과 동일에 이르고 30만 구가 넘는 시신이 안치되어 있다. 거대한 규모 때문에 내부의 수많은 묘비는 지도를 봐도 찾아다니기 어려울 정도이므로 이곳에 오는 연인들은 꼭 붙어 다닐 수밖에 없다. 왜냐하면 떨어지는 순

파리지앵, 당신에게 반했어요!

간 미아가 되기 때문이란다. 입담 좋은 가이드의 얘기에 한참을 웃으며 듣고 있자니 이제 본격적인 투어가 더 기대됐다.

가족 단위로 혹은 연인끼리 산책하는 모습이 보인다. 우리 일행은 움직이기 시작했다. 역사적인 인물의 무덤을 미로 찾기처럼 찾아가는 즐거움도 있었고 그 이름을 발견하는 기쁨도 컸다. 그들의 무덤 앞에 서면 거대한 존재감이 느껴지기도 하면서 동시에 내가 그들의 무덤 앞에 있다는 것이 비현실적이라는 생각이 들었다. 어디선가 헌책방에서 날 법한 오래된 냄새가 났다. 이 냄새는 여기, 언제부터 자라고 있었는지 짐작할 수 없다. 겨울나무에서 나는 걸까? 아니면 채 꺼지지 않은 양초에서? 그것도 아니면 날갯짓하며 사라지는 비둘기가 남기고 간 것일까?

나는 이곳 페르 라셰즈의 많은 유명인사 중에서도 오스카 와일드를 꼭 만나고 싶었다. 왜냐하면 그는 죽는 날까지 날 웃게 만들었기에. 그는 값싼 레프트뱅크 호텔의 침대에 누워 죽어 가고 있었다. 그는 방의 벽지가 마음에 안 들었지만 참을 수밖에 없었다. 그리고 죽기 직전에 친구들을 돌아보며 이렇게 말했다. "이 벽지가 죽든지 아니면 내가 죽든지!"

오스카 와일드는 한참 동안 내 눈앞에 나타나지 않았다. 그리고 수많은 묘비를 거쳐 바로, 드디어, 마침내 그의 묘가 내 앞에 나타났다. 사진에서 본 것보다 더 아름다운 모습이었다. 그의 묘비를 뒤덮은 수많은 키스 자국! 와일드에게 경외심을 표현했던 전 세계의 수많은 익명의 사람과 더불어 나도 과감히 붉은 립스틱 자국을 남겼다. 눈물이 왈칵 쏟아질 것 같은 '만남'의 자리였다.

잘 정돈된 묘비의 사이사이를 걸으며 우리 일행은 가이드 베이에른 씨의 열정적인 이야기에 귀 기울였다. 그는 그동안 수집해 온 자료들을 꺼내 보이며, 짐 모리슨, 에디트 피아프, 프루스트, 외젠 들라크루아, 이브 몽땅 등등…. 여러 인물에 얽힌 운명, 사랑, 비극을 들려주었다. 산 사람과 죽은 사람이 즐겁게 공존하는 유쾌한 공동묘지의 오후였다.

작품 전시장이 따로 없다. 가도 가도 끝없는 각양각색의 묘비들, 아름다운 조각물과 장식물들…. 베이에른 씨의 길고 긴 가이드는 묘지 폐장시간인 6시가 다 돼서야 끝났다. 4시간의 긴 투어였지만 한순간처럼 느껴진 흥미진진한 시간이었다. 모두가 작별 인사를 나눈 그 자리에서, 그는 또 인터뷰 요청에 즐겁게 응했다. 이 끝없는 에

파리지앵, 당신에게 반했어요!

너지는 도대체 어디에서 나오는 것일까?

파리에는 묘지가 여러 개 있는데 페르 라셰즈에서만 가이드를 하시나요?

아니요. 파리에 있는 모든 묘지의 가이드를 해요. 그리고 나 자신의 교양을 위해서 유
럽의 모든 묘지를 돌아다니죠.

어떻게 묘지 가이드라는 직업을 갖게 됐나요?

부모님과 함께 6살 때에 페르 라셰즈에 처음 왔어요. 어린아이였으니까 놀러 나온 것
처럼 신났죠. 또 자연이 있고 여러 석상이 있고 읽을거리가 있었으니까요. 활발한 아
이에게 페르 라셰즈는 천국이었어요. 부모님께서 화가 들라크루아, 소설가 알프레
드 드 뮈세에 대해서 말씀을 나누시는 걸 듣고 어른들의 인생에서 필요한 거라고 느
꼈어요. 그래서 크리스마스 선물로 페르 라셰즈에 대한 책을 사달라고 부모님께 부
탁했죠. 그리고 몇 년 동안 그 책에 있는 정보들을 공부했어요. 어린아이는 많은 것
을 터득할 수 있지요. 고등학교 수업시간에 선생님께서 아는 시인을 대라고 하셨는
데 에밀 블레몽, 파르스발 그랑 메종 등을 척척 말할 수 있었어요. 그들을 아는 사람
은 반에서 제가 유일했죠.

묘지에서 뺄셈도 배우셨겠네요?

아이들이 묘지에 오면 먼저 읽는 걸 배우죠. 나도 묘지에 왔을 때 이끼가 낀 글자를
해독했고 출생연도와 사망연도를 뺄셈했어요. 나이를 가늠해 보는 거죠. 묘지는 야
외 사전인 셈이죠. 거기서 인생이 짧든지 길든지 그 길이는 우리가 결정할 수 없다
는 걸 깨닫게 돼요. 하지만 인생에는 넓이, 두께와 농도도 존재하죠. 그것들은 우리
에게 달려 있어요.

그럼 어렸을 때부터 파리에 사셨나요?

아니요. 저는 지방에 사는 행운을 누렸어요. 욕망하는 대상이 멀리 있을수록, 호기심
이 충족되지 않을수록 인간은 더욱 열정으로 가득 차죠. 왜냐하면 행동하는 것보다
끊임없이 상상하는 쪽이 더 쉬우니까요. 제가 페르 라셰즈에 자주 올 수 있었다면 그

파리지앵, 당신에게 반했어요!

저 한 바퀴 돌고 지루하다고 느꼈을 거예요. 멀리 있다는 건 신화적이죠. 살아 있는 사람들만으로는 충분치 못해요. 제 서재에는 살아 있는 작가보다 죽은 작가들이 더 많죠. 그리고 저는 죽은 사람들이 만든 음악을 즐겨 들어요.

베이에른의 독특한 화법에 잠시 당황하여 나도 모르게 엉뚱한 질문이 튀어나온다.

헉! 죽은 사람들이라뇨? 그게 어떻게 가능하죠?

엉뚱한 아가씨, 모차르트나 마이클 잭슨 같은 사람을 말하는 거예요. 제 직업의 핵심은 '추억'이에요. 기분 좋은 추억이요. 무엇이 삶을 행복하게 하죠? 여행하고 먹고 사랑하고 꿈꾸는 것, 그리고 추억하는 거예요! 잊지 않고 추억한다는 건 아주 멋진 일이잖아요!

가이드가 되기 위해 어떤 공부를 하셨나요?

대학교에 입학했는데 묘지와 관련된 학과가 없어서 나중에 도움이 될 거라 여기고 역사, 지리, 사회 같은 것을 공부했어요. 가능한 많은 수료증과 학위를 땄죠. 하지만 저는 급여 명세서를 단 한 번도 받아 본 적이 없어요. 이 사실에 저는 무척 자부심을 느껴요. 평생 이 일만 했다는 증거니까.

돈은 많이 버시나요?

아니요. 가짜 가이드들이 판을 치거든요. 하지만 사람들이 저를 찾지 않아도 제가 하는 일의 질을 떨어뜨릴 수 없어요. 제가 할 일을 할 뿐이죠.

페르 라셰즈는 왜 특별할까요?

페르 라셰즈는 범세계적이에요. 세상에서 가장 큰 묘지도 가장 아름다운 묘지도 아니지만, 찾아오는 사람들은 누구나 페르 라셰즈에 있는 인물들을 알고 있어요.
폴란드인은 쇼팽의 묘비를 찾고 미국인은 짐 모리슨을 찾지요. 아일랜드인은 오스카 와일드에게 인사하고 싶어 하죠.
묘지는 도시를 반영해요. 파리가 가진 역사로 기념물이 발에 치일 정도로 많은 것처럼 페르 라셰즈에서도 50미터도 못 가서 쇼팽, 오스카 와일드 등의 묘비를 만날 수 있어요. 그 촘촘한 밀도가 이 묘지의 특별함이에요.

한국 사람들은 묘지를 무서워해요. 죽은 영혼이 돌아다닌다고 생각해서 해코지할까 봐 겁을 내며, 도시 외곽이나 산에 묘지를 조성하죠. 어떻게 생각하세요?

위험에 직면했을 때는 원인과 결과가 존재해요. 그런데 사람들은 항상 이유와 결과를 헷갈려 해요. 죽음이 무섭다면 죽음의 원인이 무엇인지 생각해 봐요. 병, 전쟁, 사고 같은 것들이죠. 그렇다면 죽음이 아니라 이런 것들을 피하고 무서워해야죠. 죽음은 반드시 오기 마련이에요. 죽음의 결과가 바로 무덤이죠. 한 장소를 지정해서 이름을 새기고 날짜를 상기시키는 것은 사회가 발견한 아마 가장 부드러운 해답이 될 수 있겠어요. 우리를 오싹하게 한다는 이유로 무덤을 없앤다고 해도 사람들은 계속해서 죽을 거예요. 무덤은 잘못이 없답니다!

저의 집 옆에는 오토바이 가게가 있어요. 그 앞을 지나면서 오토바이 사고로 죽은 사람들을 생각할 때 저는 더욱 죽음을 가깝게 느끼죠. 죽음의 이유와 결과를 헷갈리지 말아요.

한국인의 입장에서, 도시 외곽도 아니고 도심에 묘지가 있다는 것이 낯설어요. 프랑스인에게 묘지는 그만큼 친근하다는 뜻인가요?

꼭 그렇지만은 않아요. 도시 외곽에 묘지가 있기도 해요. 파리는 넓지 않아요. 과거의 파리는 지금보다 더 작은 도시였죠. 페르 라셰즈도 처음에는 외곽이었고 시골이었지만 파리가 점점 발전하고 넓어지면서 도시의 중심이 여기까지 온 거예요. 이제는 파리에서 나무가 가장 많이 우거진 곳이라 도시에서는 누릴 수 없는 고요에 둘러싸여 있고 잠시 쉬어 가기 좋은 곳이 되었죠.

한국에서는 납골당을 장려해요. 땅이 부족하니까요. 프랑스에서는 어떻게 이 문제를 해결하죠?

북한이랑 빨리 땅을 합쳐야겠네요. 프랑스도 묘지 부지 부족에 시달리고 있어요. 프랑스인은 화장보다는 매장을 선호하지만 넓은 면적의 묘를 쓰는 경우는 드물고 대부분 공동묘지에 묻힌답니다. 분양 묘지의 면적은 2제곱미터 정도이고 공동으로 사용하는 가족 묘지가 많죠. 분양 분묘도 영구 매장보다는 10년에서 50년 정도의 시한부 매장을 허용하는 경우가 많고요. 머지않아 프랑스는 오래된 묘지를 다 제거하고 19세기의 모든 추억을 다 잃어버리게 될 테죠. 지속이 아닌 신속이 중요한 시대니까요.

페르 라셰즈는 파리의 또 하나의 유명한 묘지인 몽파르나스와 어떤 차이가 있나요?

네. 파리의 우안 지구와 좌안 지구의 차이점을 아시나요? 페르 라셰즈가 있는 우안 지구는 상업이 발달했죠. 동사로 말한다면 '갖다'라고 표현할 수 있어요. 부를 상징하죠. 좌안 지구는 동사 '알다'로 말할 수 있죠. 여기엔 몽파르나스 묘지가 있는데 사르트르가 묻혔고 학식이 풍부한 지식인들의 묘지가 되었어요. 이런 이미지 때문에 지식인들은 우안 지구를 피하기도 하고요. 묘지마다 약간의 특성이 있답니다.

한국에서는 유명 인사들의 묘지가 어디 있는지 일반인들은 잘 모르죠.

안타깝네요. 19세기에 프랑스에는 페르 라셰즈에 대한 책밖에 없었지만 제가 처음으로 프랑스에 있는 모든 묘지에 대한 책을 냈죠. 그리고 느낀 건 가치가 있다는 거예요. 독일, 아일랜드, 영국, 미국의 도시마다 유명인사의 리스트와 그 묘지들을 관리하고 있어요. 한국이 특별한 거죠.

일반인들이 유명 인사의 묘지를 찾는 이유는 무엇일까요?

호기심 때문이죠. 죽은 사람들에게 이곳은 마침표예요. 죽은 사람들은 묘지에서 나올 수 없잖아요? 우리처럼 묘지에서 걸어 나올 수 있는 행운을 가진 사람들에게 묘지는 출발점이 될 수 있어요. 죽음에 대해 사색할 수 있는 시간은 실존의 시간 외에는 없으니까요. 그래서 우리는 죽음을 기억하면서, 현재를 다시 더욱 사랑하며 살아가게 되는 것이죠. 묘지는 살아 있는 사람들을 위한 곳이에요. 죽은 사람들만을 위한 곳이었다면 묘비명도 묘비도 없었겠죠. 우리가 추억하게 하기 위한 장소인 거예요.

사후 세계를 믿으세요?

음. '죽음 전에 제대로 된 삶이 있었는지?'로 질문을 바꿔도 될까요? 왜냐하면 제대로 된 삶을 살고 있는지 생각해보는 게 우선일 것 같네요.

파리지앵, 당신에게 반했어요!

"하지만 인생에는
넓이, 두께와 농도도 존재하죠.
그것들은 우리에게 달려 있어요."

기독교에서는 구원과 부활을 말하죠. 천국과 지옥에 관해서도 말하고요. 프랑스 사람들은 기독교에 관해 얼만큼의 믿음이 있나요?

사회가 많이 비기독교화되었죠. 교회에 문제가 있어요. 가톨릭 교회가 부활에 대한 올바른 개념을 사람들이 받아들이도록 설명하는 데 성공한 적이 없죠. 성경에서는 다시 태어나는 날 몸을 통해 살아난다고 말하지 않아요. 하지만 신자가 필요했던 교회는 늘 부활을 육체와 연결시켰어요. 육체를 관에 넣고 관을 지하 묘소 안에 넣고 지하 묘소는 묘비 아래서 보호받으며 썩고 부패할 몸을 잘 보관하죠. 지금은 전혀 믿지 않아요. 영적으로 가난한 세대죠.

프랑스 사람들은 어떻게 죽음을 받아들이나요?

받아들이지 않아요. 겁이 많고 준비가 안 되어 있죠. 옛날 세대처럼 사려 깊고 현명하지 못해요. 노화나 건강 쇠약도 받아들이지 못하는 걸요. 장례를 치르지 않거나 무덤에 가지 않는 것으로 죽음을 이길 수 있다고 믿죠. 페르 라셰즈가 너무 잘 조성되어 있고 멋있어서 여기에 죽은 사람들이 있다는 것을 잊을 정도죠. 그래서 사람들이 아이들과 산책하는 거예요. 묘지의 매력적인 분위기로 인해 죽음을 잊어버리는 거죠.

묘지 가이드로 일하면서 어떤 보람을 느끼세요?

묘지 가이드는 저의 일부예요. 혼자서 더 자주 온답니다. 그저 새로운 것을 접하고 배우고 책 한 권을 읽고 조금이라도 성장하며 꽉 찬 하루를 보내는 것. 그렇게 매일을 살다 보면 제 인생은 하나의 작품으로 남을 거예요.

좋아하는 묘비명이 있나요?

루이스 드 빌모린Louise de Vilmorin, 프랑스 소설가이죠. 그녀의 묘비명은 '사람 살려!Au secours'. 이 안에 모든 게 담겨있지 않나요?

혹시 생각해 놓으신 묘비명이 있다면?

갑자기 제게 무슨 일이 생긴다면 저는 매장을 원해요. 묘비명은 아직 생각해 보지 않았어요. 유언도 마찬가지고 장소도 예정된 게 없답니다. 하지만 묘소는 아마 노르망

디 지역이 될 것 같아요. 이곳 페르 라셰즈에 있을 수 없어요. 직장이 너무나 생각날 것 같거든요. 허허!

그는 장의사도, 묘혈을 파는 인부도, 묘비를 만드는 대리석공도 아니다. 하지만 묘지는 그의 삶의 일부다. 그는 인생살이의 공연이 막을 내린 무대의 뒤편에서 그 무대 뒤를 탐험한다. 그의 죽음에 대한 사유思惟에는 유머가 있고 밝음이 있다.

그들, 그 죽은 자들의 묘비에서 나왔다. 박제가 된 그들의 모습이지만 그들은 나에게 인생에 대한 새로운 생각들을 불어넣어 주었다. 나는 그 생각들을 제대로 흡입하려는 듯, 숨을 몰아쉬며 파리의 차가운 공기를 한껏 마셔댔다. 죽은 자들은 어느덧 내 영혼의 멘토가 되었다. 파리의 거리도 숨을 들이마시듯 자연스럽게 나를 받아들였다.

죽음은 정말 산 자를 위한 것일지도 모른다. 죽은 이는 존재하지 않지만 살아 있는 사람의 가슴에, 머리에, 기억이라는 이름으로 작은 자리를 세내어 살고 있는 것이다. 죽은 이가 남긴 어떤 것들은 산 자의 강렬한 욕망이 되었을 것이고 살아가는 이유일지도 모르겠다. 그것은 또 다른 방식으로 죽은 이가 살아 있는 방법이다. 그것이야말로 영원히 사는 법, 그것이 어쩌면 우리가 또다시 태어나는 방법일지도 모르겠다.

죽음에 대하여 너무 많이 생각했나? 피곤이 몰려온다.

*Cimetière du Père-Lachaise
16 Rue du Repos, 75020 Paris
Tel +33 (0)1 55 25 82 10
www.pere-lachaise.com

에펠탑의 열쇠고리 장수

돈을 벌면
가족에게
돌아갈 거야

M. Bamba

밤바

M. Bamba

그들을 만나러 가기 전부터 떨렸다. 어떻게 말을 걸어야 할까? 인터뷰하려고 다가갔다가 해코지를 당하면 어떡하지? 걱정이 많았지만 에펠탑 근처에서 열쇠고리를 파는 흑인들의 삶이 궁금했던 나는 트로카데로 광장Place du Trocadéro으로 갔다. "봉주르!"하고 1유로를 건네니 열쇠고리 4개가 손에 들어왔다. 차마 입이 떨어지지 않아서 뒤돌아 발만 동동 구르다가, 친구들에게 에펠탑 열쇠고리를 선물하기로 마음먹고 다시 그들에게 다가갔다.

"저기요! 5유로 치 주세요." 라고 하니 흑인 4명 정도의 무리가 반가워하면서 내게 관심을 보인다.

"한국인이야? 중국인이야?"

"난 한국인이야. 너희는?"

그날 세네갈에서 파리에 온 지 2달이 조금 넘은 25살 청년, 밤바Bamba와 나눈 대화는 이러했다.

에펠탑 열쇠고리는 누가 사?
중국인이랑 한국인이 많아. 백인들도 있고.

장사는 잘돼?
매일 10시간씩 일하면 한 달에 300~400유로 정도 벌 수 있어.

이 에펠탑 열쇠고리는 어디서 오는 거야?
너랑 바로 가까운 곳인 중국에서 와.

나머지 시간에는 뭐해?
잠을 자. 아니면 친구들이랑 영화를 다운받아 보든지.

어디 살아?
저기 에펠탑 뒤가 보이지? 파리 18구에 있는 기 모케Guy Môquet라는 곳에서 10명이
함께 살아.

왜 세네갈을 떠나왔니?
돈 벌려고.

"매일 10시간씩 일하면 한 달에
300~400유로 정도 벌 수 있어."

파리지앵, 당신에게 반했어요!

밤바가 갑자기 눈동자를 굴리며 주위를 살피더니 경찰이 근처에 있다면서 자신을 따라 오라고 했다. 나는 밤바 일행과 함께 열심히 뛰어야겠다는 마음을 먹었는데, 몇 걸음 가지 않아 멈췄다. 밤바가 말했다.

"나 불법 이민자인 거 알지? 여기는 그래도 감시가 덜 한 편이야."

인터뷰는 계속됐다.

경찰들과의 관계는 어때?
조심하는 정도 그뿐이야. 관광객들이 많아서 우리를 못 잡거든.

프랑스에서 이루고 싶은 게 뭐야?
나에겐 남동생과 어머니가 있어. 그들은 내가 돈을 벌어 오길 기대하고 있지. 돈 벌면 바로 가족들에게 돌아갈 거야.

좀 더 나은 세계로의 탈출을 꾀하며 파리로 온 아프리카 사람들···. 관광객들에게는 생계를 위해 일하는 기특한 청년으로 비추어지지만 정작 프랑스인에게는 세금을 내지 않는 도둑처럼 여겨진다. 이런 불법 판매는 6개월 이하의 징역 또는 3,750유로 이하의 벌금을 내야 한다. 그러나, 관광객이 넘치는 곳에서 결집력이 강한 200명이 넘는 불법 체류자들이 곳곳에 있다면 공권력도 그들을 어찌하기 어렵다.

불법 이민자라고 하더라도 인권을 존중하고 관용을 베풀기로 유명한 프랑스. 나 역시 이들과의 대화를 통해서 어찌 보면 순진하기도 한 그들의 삶이 고단하고 어려운 현실을 통해서 자칫 범죄로 이어질 수 있다는 것에 대해서 안타까운 마음과 함께 상실감도 느끼게 된다.

파리. 막연한 동경과 환상에 빠지게 되는 이름이지만 그 화려한 이면에 감춰진 불편한 진실들···.

꿈과 현실의 교차를 느꼈다.

파리지앵,
당신의 예술 에
반했어요!

 랑뷔토 가의 거리 시인

 파리의 그래피티 아티스트

 파리의 영화감독

 로베르네 집의 예술가

 물랑루즈의 무용수

 파리의 일러스트레이터

 리옹 역의 뮤지션

랑뷔토 가의 거리 시인

이 시대는 시를
필요로 해

Antoine Bérard

앙투안 베라르

파리지앵, 당신에게 반했어요!

길가에 책상 하나, 그 위에 타자기 한 대, 그리고 책상 앞에 앉아 있는 한 사내, 그의 손은 타자기 위에 올려져 있다. 행인이 멈춰 서서 그에게 한 단어를 불어넣는다. 그러자 그는 무언가를 쓰기 시작한다. 거리 시인프랑스어로 Poète public이며, 프랑스나 유럽 또는 미국 등지의 유명관광지나 대로에서 일반인들을 상대로 시를 지어주며 생계를 이어가는 시인을 말한다. 앙투안Antoine이다.

퐁피두 센터Centre Pompidou 광장 옆 랑뷔토 가Rue Rambuteau에서 그를 발견할 수 있다. 당신이 주제를 정하면 그 내용을 담는 것은 그의 몫이다. 그가 시를 쓸 동안 곁에 앉아 잠자코 기다리고 있는 잠깐의 순간, 당신은 그의 시적 영감이 되고 그는 당신의 시어가 되는 것이다.

그를 발견한 뒤 나는 나무 뒤에 섰다. 글을 쓰기 전에 골똘히 머릿속에서 문장을 구사하고 있는 그를 방해할까 봐 선뜻 다가가기 힘들었다. 이윽고 틱!톡!틱!톡! 엔틱한 타자기의 경쾌한 타음이 거리에 울려 퍼진다. 이 아날로그 로맨티시스트의 타자기 소리가 사람들의 향수를 자극한다. 이렇게 우리들이 잊고 살던 아날로그 감성이 어느 젊은 커플의, 엄마와 딸의 그리고… 이 거리에 있는 모든 사람의 마음에 하나둘씩 피어난다. 나도 용기를 내어 그에게 다가가, '파리'와 초등학교 시절 프랑스에 처음 도착해서 가장 친하게 지냈던 단짝친구 '아델'을 위한 시를 부탁했다.

그의 작업이 끝나고 함께 퐁피두 센터 앞 광장에 앉았다. 큰 키에 금발 그리고 파란 눈. 30대의 미소년이랄까? 우리는 처음 만나는 사이였지만 어색함 없이 어울렸다. 하늘의 구름도 아름답게 흐르고 있었고 달콤한 맥주도 한 잔 마시며 지루할 틈이 없을 정도로 서양이 질 때까지 이야기를 나눴다.

어떻게 거리에서 시를 쓸 생각을 하게 된 거야?

2010년, 미국의 뉴올리언스에 갔을 때 길에서 시를 쓰는 사람을 봤어. 그를 본 순간 나도 할 수 있다는 생각이 들었지. 2011년 3월에 파리에 돌아왔을 때부터 거리 시인이 된 거야.

거리 시인의 역할은 뭐라고 생각해?

프랑스에는 옛날부터 전통적으로 문맹자를 위해서 행정기관에 보내는 공문이나 프러포즈 편지를 대신 작성해 주는 거리 작가가 존재했었어. 나도 여러 사람의 상황에 맞춰서 꼭 필요한 시를 쓰고 싶었어. 아까 네가 파리를 주제로 시를 써달라고 했을 때 내가 바로 응하지는 않았었지. 아마 파리에 관한 시를 써달라는 요청을 그동안 150번 정도 받았을 거야. 그래서 너에게 몇 가지 질문을 한 거지. 파리의 건물들, 벽, 창문, 지나가는 사람은 넘쳐나지만 그것은 누구나 생각하는 파리에 관한 일상적인 이미지야. 나는 너만의 인생에 대해서 이야기를 하고 싶은 거야. 네가 간직하고 있는, 예를 들면 파리의 지독한 고독, 영원한 축제, 기쁨 같은 거 말이야. 사랑 이야기도 저마다 특징이 있고 유일한 게 있어. 나는 그 특징을 파악해서 내 시를 이끌어나가게 만들지.

당신 앞에 가장 많이 멈추는 사람들은 누구지?

모든 사람들이야. 한 부류로 정해져 있지 않지. 문학적인 교육은 못 받았지만 짧고 소박한 시가 필요한 사람들을 위해 시를 쓸 때가 종종 있는데 그때마다 좋은 시를 쓰려고 노력해. 나에게 시를 주문한 사람을 무시하거나 업신여기지 않아. 그건 정말 용납할 수가 없어. 나는 정말 정성을 다해서 친절을 베풀며 그들을 바라봐. '이 사람은 매력 있다.', '이 사람은 놀랍다.'라고 여기면서. 그렇지 않으면 좋은 글을 쓸 수 없거든. 오늘 너도 봤겠지만 프랑스어를 하나도 못하는 사람들이 있어. 하지만 오늘 독일 커플들에겐 프랑스어로 시를 썼지. 그들은 내게 시를 쓰는 데 큰 자유를 줬어. 그들은 바로 지금 내가 느끼는 파리를 써달라고 주문했지. 그래서 난 정말 진실된 얘기를 했어. 귀엽고 로맨틱한 걸 쓰지 않았어. 힘들고 무거운 걸 썼어. 하지만 그들은 그걸 원했어. 내가 통역해 줬고 내가 쓴 시에 대해 굉장히 만족해했지. 만약 내가 '또 관광객이네.'라고 생각했다면 글을 쓰는 게 정말 지루했을 거야. 그들이 찾던 게 바로 이런 거였고 그들은 행복해했고 나도 마찬가지였어. 파리에서 3일 동안 머무는 그들에게 어쩌면 이 시만이 유일한 진짜일지도 몰라.

사람들은 자신을 위한 시를 요청하는 편이야? 아니면 다른 사람에게 선물하기 위해서?

대체로 다른 사람에게 선물하기 위한 거야. 그런데 수만 가지 경우와 가지각색의 이야기가 존재해. 그들 자신을 위한 시, 다른 사람들을 위한 시, 다른 사람을 주제로 한 다른 사람을 위한 시, 자신을 주제로 한 다른 사람을 위한 시, 다른 사람과 나를 주제로 한 시, 사라진 사람에 관한 시, 새로 온 사람에 관한 시, 다시는 돌아오지 않을 사람에 대한 시….

특별히 기억에 남는 주제는?

정말 말도 안 되는 이야기를 할게. 어떤 소녀가 내게 이런 주제를 줬어. '저는 아빠를 사랑해요. 그를 갈망해요. 남자친구도 알고 있답니다. 저는 아빠에게 빠졌어요. 그

"내가 만들어 낸 공간은 도시 속에서
시를 읽으며 휴식을 취할 수 있는 리듬이
탄생하는 곳이거든."

파리지앵, 당신에게 반했어요!

누구도 아빠 위에 있을 수 없어요.' 내 뇌를 분리해서 바퀴를 단 뒤 멀리 도망치고 싶었어. 근친상간의 욕망이라니! 이치에 맞지 않는 거잖아.

어쨌든 주제가 나에게 와 닿지 않는다면 좋은 시를 쓸 수 없어. 누가 누군가의 죽음에 대해서 얘기한다면? 예를 들어 상을 당한 사람을 위해서 시를 써야 할 때도 있거든. 그 사람이 말을 꺼낼 때 이미 나는 그 감정의 무게를 느끼곤 해. 그럼 나도 내가 잃었던 사람을 다시 회상하곤 하지. 누군가의 죽음이 어떤 건지 알고 글을 쓰기 위한 나만의 방법이야. 하지만 나는 한 번도 결혼한 적 없고, 아이도 가져본 적이 없어. 60세인 적도 흑인인 적도 파리에 있는 한국 여자였던 적 없어서 상상, 감정이입, 공감 능력이 많이 필요해. 내가 그의 입장이 될 수 있도록 최대한 나의 마음을 열려고 하지.

컴퓨터보다 타자기로 시를 쓰는 것이 생각에 영향을 준다고 생각해?

컴퓨터의 시초는 계산기였지. 타자기는 문서를 작성하기 위해 만들어진 거야. 물론 가지각색의 글쓰기 도구들이 있지만, 예를 들어 핸드폰으로 어떻게 좋은 글을 쓸 수 있겠어? 그건 분명한 사실이야.

타자기는 글쓰기를 실행하는 데 좋은 영향을 주는 것 같아. 타자기는 실용적인 기계야. 인터넷에 방해받지 않고. 화면에 방해받지도 않지. 집에 타자기랑 같이 있다고 생각해 봐. 집을 나갈 때 타자기를 떠났다가 다시 돌아와 책상에 앉으면 바로 앞에 있는 타자기와 원고가 날 꾸짖으며 말을 걸지. '글을 써. 너 글을 안 쓰는구나. 글을 써야 돼.'라고. 타자기는 물리적으로 존재해.

책의 형태로 출판할 계획은 없는지?

작업한 시는 보관은 하지만 책을 펴낼 계획은 없어. 각각의 시는 하나의 특별한 이야기에 해당해. 시에 관한 설명이 필요하지. 공중 앞에서 시를 낭독하거나 나만의 시집을 출판하는 건 가능하겠지. 그러나 내가 다른 사람들을 위해서 쓰는 시들은 정말 특별해. 특별한 사람을 위해 쓴 시지. 특별한 사람의 특별한 상황에 맞춰 쓴 시는 절대적으로 출판할만한 좋은 시라고 볼 수 없어. 그 사람에게 내가 바치는 시고 그 사람의 상황이랑 너무 완벽하게 일치하기 때문에 다른 독자는 이해할 수 없을지도 몰라. 아름답다고 생각할 순 있겠지만 그 당사자만큼 공감하진 못할 거야.

당신의 시가 누군가의 삶을 바꾼 적이 있는지?

이 일을 시작한 지 얼마 안 됐을 때, 공부벌레인 한 남자가 찾아왔어. 한 여자를 정말 사랑했는데 그 여자도 공부벌레였지. 그녀는 친구가 없었고 그 남자도 친구가 없었어. 그 남자는 나한테 그녀를 위한 시를 부탁했지. 어느 날 그 남자가 돌아왔어. '그래서 성공했어?'라고 물었더니 '응! 대박 성공했어!'라고 대답했어. 이런 경우엔 확실히 알 수 있지.

또 내 책상 주위에서 만나 사랑에 빠진 사람들도 있어. 내가 만들어 낸 공간은 도시 속에서 시를 읽으며 휴식을 취할 수 있는 리듬이 탄생하는 곳이거든.

내 시가 사람들의 인생을 바꾼다고 생각하지는 않아. 하지만 변화의 시작은 될 수 있지. 그 변화의 순간을 밝게 비추고 사람들이 변화를 받아들이도록 독려할 수 있겠지. 어떤 일이 벌어졌다는 증거자료인 셈이지. 시를 통해 그 순간을 존재하게 함으로써 언제든 그 순간을 회상하고 기운을 되찾게 하는 도구가 되는 거야.

예쁜 아가씨와 늙은 아저씨의 시 값은 똑같아?

최소한의 가격으로 10유로를 제시하기는 하지만 결정은 손님들이 하지. 그리고 예쁜 아가씨라 해도 공짜로 시를 쓰지는 않아.

당신이 하는 일이 지금 우리 시대에 특별히 중요하다고 생각해?

'시는 유용하다.'라고 말하면 이상하려나? 이 시대는 시를 필요로 해. 그게 아니라면 나는 손님이 없었겠지. 사람들은 누군가가 자신의 이야기에 귀를 기울여 주기를 원하고 자신의 이야기를 일상적인 언어가 아니라 조금은 다른 형태의 언어로 다시 듣고 싶은 거야. 시가 삶을 풍성하게 해 준다는 개념은 아니야. 오히려 그 삶의 단어들을 관통하고 쪼개기도 하는 거야. 정제된 표현의 결정체, 이건 마법이고 신기한 힘을 가진 물건이지. 우리에게 너무나 소중한 것이야.

미래 계획은?

내 목표는 정말 시를 원하는 사람들을 위해서 하루하루 글을 쓰는 거야. 나는 '시 원하시는 분! 시 써드릴게요!'라고 하지 않아. 용기를 내서 나를 방해할 만큼 치열하게

파리지앵, 당신에게 반했어요!

시가 필요한 사람을 기다릴 거야. 누가 정말 시를 원하는지 선별할 수 있는 좋은 방법이지. 내가 진지하게 이 일에 임하고 있다는 걸 느끼고, 나를 믿고 싶어 하고, 나와 함께 나누고 싶어 하는 사람 말이야. 때론 힘들 때도 있어. 내 시가 유치하다거나 사기꾼이라고 하는 사람도 있었지.

내 시가 항상 좋을 수만은 없어. 어느 날은 내 시가 완벽하고 아름답고 경이로워서 너무 행복할 때도 있고, 잘 썼지만 불행한 날도 있어. 물론 못 써서 불행한 날도 있고. 어떤 날은 너무 행복하지만 글은 정말 형편없을 때도 있지. 맨날 달라. 의지의 문제가 아니야. 내 심장과 열정이라면 뭘 하든 좋은 걸 잘할 수 있을 거라고 믿어. 내가 사람들을 싫어하기 시작한다면 난 정말 사기꾼이 될 테고 시를 더럽히는 사람이 될 테지. 그때는 그만둘 거야. 이 일을 하면서 나만 생각하게 된다면 그때는 그만둘 거야.

디지털 시대의 문학의 역할을 거리 시인인 앙투안이 잘 구현해 주고 있다는 생각이 든다. 우리가 사는 삶은 절대로 디지털화할 수 없고 수로 환산할 수 없는 것이다. 문학은 우리가 삶의 순간이나 의미, 혹은 감정들을 다 포착할 수 없기 때문에 존재하는 것이 아닐까? 그리고 그 문학을 통하여 인간은 삶의 가장 지적이며 매력적인 유희를 즐기는 것이 아닐까? 내가 만난 파리의 모습을 앙투안은 이런 시로 표현해 주었다.

Rue Rambuteau, 75003 Paris
앙투안은 날씨가 포근한 날 오후 4시에서 8시 사이에
랑뷔토 가에 자리 잡는다.

Paris

ma patientée
ma licencieuse
ma bien réglée
les poings fermés
ma décision
t'ouvrir les lèvres
vois plus que le ventre de ton louvres
que le front de tes portes fermées

mon hâbleuse
ma secrète
mon interdite
ma parlée
mon inconnu
t'ouvrir les lèvres
et puis te goûter
dans les dialogues
que je fais avec moi-même
dans les dialogues
que ta langue
a fait sourdre
depuis ma fenêtre
pour que je me découvre

파리

나를 안달 나게 하는 파리
나의 자유로운 파리
나의 절도 있는 파리
나의 꽉 쥔 주먹
나의 결심
네 입술을 열어
루브르의 내부보다
너의 닫힌 문 앞보다
더욱 많은 것을 본다

나의 도도한 파리
나의 비밀스런 파리
나의 금지된 파리
내게 말하는 파리
내가 아직도 모르는 것이 많은 파리
네 입술을 열어
널 맛본다
내 자신과 하는 대화에서
너의 혀가 내 창문에서부터
들려주는 대화에서
그리고 내 자신을 발견한다

즉흥적이고
무질서한 게 사람 사는
모습 같았어

Thomas Vuille

또마 뷔에

Thomas Vuille

파리에서 예술경영을 공부하는 한국인 친구와 몽마르트르Montmartre 쪽에서 산책을 하고 있는데 친구가 갑자기 나보고 먼저 앞서가란다.

"응, 왜?"

"같이 걸리면 안 되니깐. 하나라도 살아야지. 그리고 무슨 일 생기면 나 모른 척하고 무조건 뛰어!"

"무슨 일인데?"

친구는 내 말은 듣지도 않고 눈, 코, 입만 뚫린 검은 복면을 쓰더니 "절대로 뒤돌아보지 마!" 라는 무시무시한 말을 남긴 채 내게서 멀어져 갔다.

이게 대체 무슨 일인가? 친구가 혹시 나쁜 짓을 하는 건 아닐까? 내 생애 최대 위기다! 나는 심각한 혼란에 빠졌고 심장이 조여 오기 시작했다. 온갖 생각이 머릿속에 난무하고 있는데, 친구가 불쑥 옆에 나타났다. 해맑게 웃으며. 알고 보니 자신이 사는 동네인 몽마르트르를 꾸미고 싶어서 스프레이 페인트로 재활용 수거함이나 우체통 등 공공시설물에 얼굴 모양, 풍선 등의 그림을 그린 것이었다. 이런 행위를 그래피티Graffiti라고 하는데 대체로 불법이라서, 발각되면 벌금을 물어야 하고 정도가 심각한 경우에는 징역형도 받는다고 한다. 친구는 이때다 싶었는지 내친김에 나를 이끌고, 방금 자신이 그린 것뿐만 아니라, 파리 이곳저곳에 숨겨진 자신의 작품을 자랑스럽게 보여 주었다. 또한 최고의 그래피티 아티스트인 뱅크시Banksy, 뱅크시는 영국의 그래피티 아티스트이다. 그의 정치적, 사회적 논평이 담긴 작품은 전 세계 도시의 거리, 벽, 다리 위에 스텐실 기술로 제작되는데 그의 행보는 연일 세계적인 화제를 일으킨다.의 작품도 보여 주었다.

뱅크시의 그래피티에 비한다면, 내 친구의 작품은 아주 귀여운 수준이었다. 그의 그림들은 내 친구의 것과 같이 단순하고 장난스러운 느낌의 이미지와는 전혀 다른 것이어서 눈길을 뗄 수가 없었다. 누구나 말하고 싶지만, 쉽게 언급하지 못하는, 사회적으로 민감한 문제들을 폭로하면서 한편으로는 세상을 향해 따뜻한 메시지를 전하는 듯했다. 그날을 계기로 나는 그래피티 세계에 눈을 뜨게 되었다.

파리의 거리, 특히 뒷골목에는 유난히 그래피티가 많이 그려져 있다. 파리 시내 곳곳에 숨겨진 그림 때문에 파리의 거리를 걷는 것이 한층 더 새롭고 즐거워졌다. 그것은 나의 '파리 보기'의 작은 보너스이자 감동이 아닐까 싶다. 어느 날 퐁피두 센터로 가는 골목길의 낡은 벽에서 고양이 한 마리와 맞닥뜨렸다. 『이상한 나라의 앨리스』에 나오는 고양이처럼 이빨을 보이며 활짝 웃는 노란 고양이였다. 이 동화적인 느낌의 고양이를 마주하는 순간 사람들은 어느새 나긋나긋하고, 말랑말랑하고, 노곤한 동심의 세계로 날아간다.

나는 단박에 이 고양이와 친해졌다. 치밀한 캐릭터는 아니지만 심플하고 단순한 모양의 이 고양이를 프랑스인들은 '고양이 아저씨Monsieur Chat'라고 부른다는 걸 알게 됐다. 첫 대면 이후, 이상하게도 똑같은 모습의 고양이 그래피티가 여기저기에서 눈에 띄었고, 그때마다 나는 친한 친구를 대하는 듯한 기분이었다. 길을 걷는 동안 보이지 않으면 이따금씩 일부러 고양이 얼굴을 찾아 낯선 골목길을 이리저리 기웃거리는 내 자신을 발견했다. 하루는 한국에서 친구를 따라 신사동 맛집 한추에 갔는데, 파리의 그 '고양이 아저씨'가 두 팔을 벌리며 가게의 벽 한 면을 차지하고 있는 게 아닌가! 한국에서 만나게 돼 놀랍고 너무 반가웠다.

인터뷰 때 사진을 찍어 주는 언니와 이런저런 이야기를 나누다가 그 '고양이 아저씨'를 그린 사람을 알게 되었다. 호텔로 돌아와 그의 홈페이지에 접속해 망설임 없이 바로 인터뷰 요청 메일을 보냈다. 답장을 기다리며 한 달이 지났을 무렵 나는 홍콩으로 여행을 떠났다. 여행 중 길을 헤매고 있는데 내 눈앞에 거대한 노란 고양이가 나타났다. 고양이를 완성하기 위해 열중하고 있는 바로 그 주인과 함께!

여행은 매 순간 어떤 일이 일어날지 모르는 미지의 세계 같다. 이렇게 신기한 우연이라니! 잠시 호흡을 가다듬고 '고양이 아저씨'의 주인에게 말을 붙였다.

"내가 한 달 전부터 파리에서 당신을 만나려고 했는데, 이곳 홍콩에서 당신을 만나게 될 줄은 꿈에도 몰랐어요."

그는 약간 수줍어하면서도 어리둥절한 표정을 지으며, 내 감정과는 달리, 약간은 싱겁게, 바쁜 일정 때문에 메일함을 확인하지 못했다고 담담하게 말한다. 그러면서 그는 이번 홍콩 방문에서, 퀸스로드Queen's Road에 있는 젠 호텔Jen Hotel의 40미터가량의 벽면에 그의 고양이를 그리기로 하였고 또한 아트 슈퍼마켓 갤러리Art Supermarket에서 전시회도 개최한다며, 이 전시회에 나를 초대했는데 안타깝게도 그땐 이미 내가 홍콩을 떠났을 시기였다. 그래서 우린 파리에서 만나기로 약속하고 헤어졌다.

그의 이름은 또마 뷔에Thomas Vuille. 그와 인터뷰를 하기로 했지만 그의 바쁜 스케줄 때문에 약속을 잡는 건 쉽지 않았다. 한국에서도 프랑스로 전화하며, 그의 매니저를 들들 볶아 겨우 약속을 잡았다. 하지만 약속 당일까지도 장소와 시간을 정하지 못해서 전전긍긍하는데 그에게서 전화가 왔다. 친구처럼 가벼운 어조로, 아침 10시, 퐁피두 센터 근처 카페에서 만나자고 한다. 늦게 오는 사람이 커피를 쏘기로 하자며!

드디어 카페에 그가 나타났다. 페인트가 잔뜩 튄 옷을 입은 그는 홍콩에서의 무심한 모습과는 달리, 연신 웃으며 내게 다가왔다. 한국 여자가 계속 전화했다는 매니저의 말을 전하면서, 이런저런 농담을 하고는 나이 차이와 관계없이 자유롭게 말을 놓자고 한다. 나 또한 반대할 이유가 없었다.

자기소개 좀 해 줘.
난 또마 뷔에, 38살 고양이 아저씨야. 어떤 소녀가 그린 고양이 그림에서 영감을 받아서 내가 지나가는 도시의 벽에 재현하고 있어. 이 상상의 동물을 그리기 위해 세계를 누비고 있지.

소녀 이야기를 더 해 줘.
1997년, 어느 날인가 우리 동네를 거닐고 있었는데, 또래 아이들로부터 따돌림을 당하고 있는 파키스탄 여자애가 예쁜 게 웃는 고양이를 그리고 있었어. 그 그림을 보더니 아이들이 다 같이 어울리기 시작하더라고. 너무 감동적이었지. 나는 그 고양이 미소에 담겨 있던 생기와 싱그러움을 그대로 간직해서 다시 그렸어. 그리고 길거리에

감동을 불어넣자고 생각했지.

어떻게 그래피티를 시작하게 됐어?

15살 때 그래피티를 처음 봤는데 살아 있는 생물체 같았어. 살아 있다는 건 점진적이고, 시의적절하고, 새롭고, 혁신적이고 변덕스러운 것이지. 우리가 지금 마시고 있는 커피도 형태가 똑같잖아. 티스푼이 딸려 나오거나 컵에 담겨 있지. 예술도 항상 똑같고 고정되어 있어. 반면, 그래피티는 즉흥적이고 무질서해. 어렸을 때 이런 무질서한 부분이 세상이 돌아가고 사람들이 사는 모습 같아 보였어.

너의 그림 스타일은?

소박함, 천진난만함, 단순함, 끝!

'고양이 아저씨'를 통해서 어떤 메시지를 주고 싶어?

헨젤과 그레텔 이야기 알지? 헨젤과 그레텔은 계모가 친아빠를 꼬여서 자신들을 숲 속에 버리자는 이야기를 듣게 돼. 떠밀려서 숲속으로 가게 된 남매는 기지를 발휘해 흰 조약돌을 떨어뜨리고 달빛에 하얗게 빛나는 조약돌을 따라 집으로 돌아오지. 우리도 모두 길을 잃었어. 내 그림은 조약돌을 하나씩 남겨 두는 것과도 같아. 예술적인 것 보다는 문화적인 거야. 인정, 인간미라고도 할 수 있겠지.

장소 선정은 어떻게 해?

산책하다가 여기 고양이가 있으면 예쁘겠다는 생각이 들면 그리는 거야.

'고양이 아저씨'는 여기저기에 있는 것 같아!

많이도 돌아다녔지. 프랑스 각 지역, 뉴욕, 런던, 제네바, 빈, 사라예보, 서울, 홍콩, 마카오, 도쿄, 다카르….

앞으로 어떤 장소에 그림을 그리고 싶어?

에펠탑 위!

파리지앵, 당신에게 반했어요!

그래피티가 반달리즘이라는 것에 대한 너의 생각은?

난 행인일 뿐이야. 무엇을 침범하겠다는 것도 아니고…. 반달리즘Vandalism, 문화, 예술 및 공공시설을 파괴하는 행위은 더욱 아니지. 왜 작은 그림 하나 못 그려? 그림은 가난하잖아? 누군가가 다른 사람한테 그림을 그리지 말라고 하는 건 말도 안 돼.

'고양이 아저씨'가 위험에 처한 적도 있어?

2014년도에 보수 공사 중인 샤틀레Châtelet 역 지하도 벽면에 나는 어떤 것도 파괴하지 않고 못생긴 회색 벽에 색칠을 좀 했어. 그 벽면은 어차피 다시 새롭게 칠할 예정이었지. 그런데 파리지하철공사RATP, Régie Autonome des Transports Parisiens는 소송을 제기했고 법원은 1,800유로를 내라는 판결을 했지만 결국 취소됐지. 우리가 사는 환경을 꾸미기 위한 아이디어는 누구나 낼 수 있는 거 아니야? 내 그림이 지하철 복도에 영구적으로 붙어 있는 광고 전단지보다 혼란스럽고 지저분한지 난 의문이야.

여기까지 인터뷰한 후 또마는 나에게 후속 일정에 함께 해줄 것을 제안했다.

"어반 아트 페어Urban art fair, 남아공, 독일, 영국, 벨기에, 이탈리아, 프랑스, 네덜란드, 스위스 등 총 8개 국가의 대표로 구성된 국제 전시회다. 이 전시회는 '스트릿 아트'를 주제로 하고 있으며, 2016년 4월 21일부터 4월 24일까지 파리의 유명한 복합문화공간인 까로뒤땅플르Carreau du Temple에서 처음 전시회를 가졌다. 두 번째 전시회는 2017년 4월 19일부터 4월 23일까지 첫 번째 전시회와 같은 장소에서 개최될 예정이다.에 마무리할 작업이 있고, 그다음 말라코프Malakoff에 미팅하러 갔다가 지하철역에 그림 그리러 갈 건데 같이 갈래? 내 친구도 올 거야!"

"물론이지!"

나는 조금의 망설임도 없이 대답했다. 잠시 후, 또마의 오랜 친구 리베르도 합류했다. 그는 팔에 새긴 '고양이 아저씨'의 문신을 내게 보여 줬다. 날씨가 좋아 우린 걷기로 했다. 걷다가 '고양이 아저씨'가 나타날 때마다 우린 걸음을 멈추고 '고양이 아저씨'를 감상했다. 또마는 옆에서 설명을 덧붙여 주었다. 또마는 '고양이 아저씨'를 그린 그래피티 아티스트이긴 하지만, 내게는 그 역시 '고양이 아저씨'로 불려도 전혀 어색하지 않을 것 같다. 고양이 작품만 생산하는 이 사람이야말로 '고양이 아저씨'가 아니고 무엇이란 말인가!

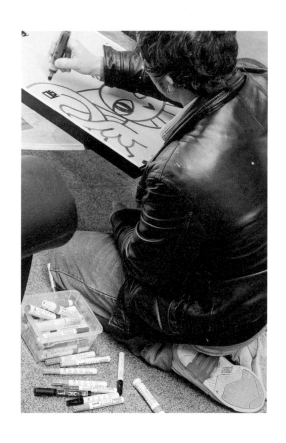

파리지앵, 당신에게 반했어요!

"땅에다 그리니까 그림이 지워지더라고. 그래서 사람들의 손발이 닿기 힘든 높은 건물의 담벼락에 그리기로 했지. 지붕 위에 올라가면 내가 몰랐던 새로운 세계를 발견하게 돼. 매혹적이야. 도시가 잠든 시각, 내가 마지막으로 깨어 있는 사람인 거야. '내가 이 세상의 주인이다!'라는 이런 생각이 절로 든다니까. 낄낄낄."

"아휴, 정말 고양이다운 말이네! 너는 선생에 고양이였던 게 분명해. 그렇게밖에는 설명할 수 없는걸!"

어반 아트 페어는 정식 오픈 전이었지만 우리는 또마의 동반자 자격으로 내부를 구경할 수 있었다. 길거리에서 보던 그래피티가 갤러리의 새하얀 벽에 걸려 있었다. 그래피티와 캔버스의 궁합이 신선하다. 이색적인 전시였다. 또마가 마치 전위예술을 하듯, 자기 작품이 담긴 유리 액자 위에 덧그림을 그리고 액자 뒷면에도 매직으로 그림을 그렸는데 왠지 얌전한 모습이었다. 고양이 아저씨에게 액자는 거리에 비하여 비좁은 것 같기도 하고. 그래도 액자에 담긴 그래피티를 집에 걸면 활기차고 경쾌한 분위기일 것 같다.

우리는 근처 앙팡 루즈 시장Marché des Enfants-Rouges에 있는 레스토랑에서 식사를 했다. 또마의 다음 미팅 장소까지 택시를 타고 갈 예정이었는데, "그래피티를 택시에 그릴까?", "아니면 레스토랑 화장실 뒤에?" 등 이런저런 말장난을 하며 즐겁게 식사했다. 미팅 장소인 말라코프에 도착해 거대한 세트장 같은 그래피티 전시장으로 들어갔다. 또마가 미팅을 할 동안 우린 강렬한 색감의 그래피티를 체험했다.

미팅 후 전시장을 나온 우리는 파리 남쪽 지역의 말라코프 역에서 지하철을 타고 몽파르나스Gare Montparnasse 역에 내렸다. 우린 빠른 걸음으로 고양이 아저씨 또마를 뒤따랐다.

"지하철에 오면 갤러리에 온 기분이야! 엄청 큰 종이들이 여기저기 붙어있잖아! 거기에 그림 그리는 게 너무 좋아! 다 내 꺼야!"

지하철역 통로에 들어서자, 그는 매직으로 단숨에 완벽한 원을 그려 고양이를 완성한다. 이 세계에선 마구 휘갈기고 도망가야 하기 때문에 시간과의 싸움이 필수다. 지하철 안에서도 그래피티 작업은 끝없이 계속되었고 … 우리는 샤틀레 역에서 내렸다.

"도시의 압박이 날 창조적으로 만들어! 경찰한테 잡힐 수도 있고 좋은 사람이나 나쁜 사람이 갑자기 나타나 무슨 일을 저지를지 모르지! 이게 나를 자극해. 나는 수줍고 내성적인 성격이지만 그래피티를 그릴 땐 또 다른 자아가 튀어나와. 원래 급할 때 좋은 것들이 나오는 법이지! 그래피티가 주는 아드레날린이야말로 제일 좋은 동기부여야."

그의 말이 맞다. 상냥한 그가 그래피티 작업을 할 때면 사냥꾼 모드가 되어 숨겨둔 야성을 드러낸다. 거침없이 공간을 그림으로 채우고 마치 고양이가 점프하는 모습처럼 달리는 그의 뒷모습은 야성미와 생명력으로 충만하다. 그는 무빙워크 손잡이에 올라타고 매달리며 아찔한 액션도 선보인다. 우리는 앞으로는 달려가는 또마를, 뒤로는 경찰이 오는지를 감시하느라 정신이 없다. 불안감에 마음은 급하기만 하고…. 한시도 긴장을 늦출 수가 없다. 숨이 차올라 헉헉거리면서도 낄낄낄 웃어댔다. 그의 퍼포먼스는 어린아이부터 노인까지 모두의 이목을 집중시켰다. 동화『피리 부는 사나이』처럼 모두들 또마를 뒤따르기 시작했다. 그가 프랑스인들에게 얼마나 큰 사랑을 받고 있는지 실감했다.

8시간 넘게 '고양이 아저씨', 또마의 일상을 함께한 것은 행운이었다. 그의 옆에서 매니저가 되고 친구도 되면서 힘이 되었다는 것이 뿌듯했다. 그가 하는 일을 진심으로 응원하고 싶고 모두 잘 되었으면 하는 생각이 절로 난다.

그래피티는 이제 단순한 낙서가 아니다. 강렬한 색감과 섬세한 드로잉의 조화는 예술성을 충분히 인정받고 있다. 그동안은 음지에서 행해질 수밖에 없었지만, 이제는 당당히 대중 앞에 나와 신선한 자극을 선사하고 있다. 칙칙한 회벽에 그려진 다채로운 그래피티는 밋밋한 도시에 생기를 불어넣고, '거리의 미술Street art'을 주도하며 예술의 대중화에 이바지한다는 긍정적인 평가도 받고 있다. 또한, 특유의 화려한 색채와 자유분방한 느낌 덕에 패션, 건축, 인테리어 등 다양한 영역에 응용되기 시작했다.

거리의 낙서에서 시작해 미술관에 들어오기까지, 그래피티에 대한 인식은 끊임없이 변해 왔다. 그리고 그 변화의 중심에는 도시를 도화지 삼아 자신의 생각과 감정을 자유롭게 표현하고, 다양한 시도를 통해 자체적인 양식을 구축한 아티스트들의 노력이 있었다.

"살아 있다는 건 점진적이고,
시의적절하고, 새롭고, 혁신적이고
변덕스러운 것이지."

파리지앵, 당신에게 반했어요!

도시에 꽃을 심듯, 짓궂은 웃음의 노란 '고양이 아저씨'를 어딘가에 심고 있을 '고양이 아저씨' 또마. 무심해 보이는 회색 도시의 유쾌한 변신! 그는 명백히 무죄다! 때로는 쫓기듯 그림을 그려야 할 때도 있고 소리소문없이 작품이 사라지는 일도 부지기수지만 그럼에도 그는 오늘도 지치지 않고 회색 벽에 물감을 덧칠한다.

www.monsieurchat.fr
Instagram : m.chat_official
Facebook : M.CHAT OFFICIEL

파리의 영화감독

평범한
사람의 일상을
영화에 담는 걸
좋아해요

Cédric Klapisch

세드릭 클랙피쉬

파리지앵, 당신에게 반했어요!

Cédric Klapisch

    지금까지 살면서 가장 기억에 남는 영화 2편이 있다. 하나는 〈스페니쉬 아파트먼트L'Auberge Espagnole,2002〉, 다른 하나는 〈사랑을 부르는, 파리Paris,2008〉라는 영화다. 먼저, 〈스페니쉬 아파트먼트〉. 다양한 나라 출신인 교환학생들이 함께 모여 사는 스페인의 한 아파트를 배경으로 한 성장영화다. 각국에서 온 학생들이 각기 다른 문화적 차이로 충돌을 일으키기도 하고 애틋한 동지애를 느끼기도 하며, 내적으로 성장하는 모습들을 리얼하게 그려내고 있다. 자아에 대한 혼동, 자유를 향한 갈망, 외로움과의 싸움, 미래에 대한 고민과 비애 등이 버무려져 성숙한 영혼으로 변화하는 과정이 내 안에 전이되는 듯하여 가슴이 뭉클했다. 영화 말미에, 파리로 돌아온 주인공 자비에Xavier는 재무부 공무원이 되어 일하기 시작하지만 곧, 안정된 일자리를 포기하고 아주 어린 시절 꿈이었던 책을 쓰기 시작한다. 영화의 마지막 장면. 자신의 꿈을 찾은 자비에가 마치 비행기가 이륙하듯 두 팔을 벌려 활주로를 질주하는 영상이 지금도 생생하다.

    두 번째, 〈사랑을 부르는, 파리〉. 주인공 피에르Pierre가 심장병 진단을 받은 후 자신의 삶을 돌아보고 또 다른 파리지앵들이 어떻게 살아가는지 관찰하는 내용으로 이야기가 전개된다. 러닝타임 내내 영화는 화려한 파리가 아니라 조용하고 은밀하게 살아가는 파리의 영혼들과 그 뒤안길을 보여 준다. 여러 인물의 삶의 단편들이 파리라는 도시를 중심으로 오묘하게 얽혀 있는데, 카메라는 시종 무심하게 파리의 일상을 담아낸다. 피에르에게는 어리석은 것도, 현명한 것도, 아름다운 것도, 추한 것도, 행복한 것도, 불행한 것도, 재미있는 것도, 지루한 것도 모두 다 인생이고 기쁨이다.

영화는 이 모든 것을 누리며 살아 있음이 얼마나 아름다운 것인지를 죽음을 앞둔 주인공의 입을 통해 말해 준다. 병원으로 가는 택시 안에서 운전기사에게 피에르가 말한다.

"파리가 그렇잖아요. 아무도 행복하지 않은 곳이라며 다들 불평하면서도 파리를 사랑하죠."

〈스페니쉬 아파트먼트〉를 본 것은 꿈 많던 대학교 1학년 때였다. 아무 이유도 없이 우연히 보았던 영화가 나의 미래를 바꾸어 놓을 줄은 전혀 몰랐다. 영화가 대학생들의 삶과 생각을 섬세하게 다루었고, 특히 타국에서 공부하는 교환학생이 겪는 정체성 혼란 등이 그 당시 나에게는 크게 공감되는 부분이면서도 한편으로는 도전적으로 다가왔다. 스토리도 좋았지만, 내가 이 영화에 빨려 들어가게 된 것은 주인공 자비에 역의 로망 뒤리스Romain Duris 때문이었다. 매혹적인 미소를 가진 미남이면서, 천박한 인간의 본성에서부터 내면의 변화무쌍한 감정까지 그의 말투, 표정, 행동 하나하나에 나는 반응하지 않을 수 없었다. 그래서인가, 나 또한 자비에처럼 온전한 내 자신을 찾고 싶었다. 대학 2학년이 되자마자 나는 프랑스 북부 릴Lille의 가톨릭 대학교 교환학생으로 한국을 떠났다.

영화 〈사랑을 부르는, 파리〉를 보게 된 것은 순전히 로망 뒤리스를 보기 위해서였다. 〈사랑을 부르는, 파리〉에서 그는 또 다른 매력으로 내게 다가왔다. 〈스페니쉬 아파트먼트〉에서와는 달리, 죽음을 앞에 두고 삶을 관조하는 모습이 더없이 애틋하게 느껴졌다.

마지막 장면. 병원으로 가는 택시 안에서 피에르는 어쩌면 마지막이 될지도 모르는 파리를 돌아보며 슬픈 표정으로 웃는다. 다시 사랑할 수 없는 여자를 마지막으로 안아 보는 느낌으로 바라보는 파리의 아름다우면서도 외로워 보이는 전경들이 펼쳐지고…. 이때 왁스 테일러Wax Tailor의 노래 'Seize the day'가 흘렀고, 나는 기어이 눈물을 쏟고야 말았다. 밤늦게 피자를 먹으며 엉엉 우는 내 모습을 상상해 보면 참 가관이겠지만, 상관없이 엉엉 소리 내어 울었다. 음악이 이토록 관능적이어도 되는 걸까. 내 가슴을 미치게 파고들었다. 안개가 자욱해 흐릿한 회색빛의 파리는 내 뇌리에

박혀서 잊히질 않았다. 이 영화를 본 때가 릴에서의 교환학생 생활이 얼마 남지 않았을 무렵이었다. 결국 나는 한국에 돌아가기 전 이렇게 매력적인 파리에서 한 달 동안 체류하기로 결심했다.

우연의 일치인지 모르겠지만 이 두 영화를 세드릭 클랙피쉬Cédric Klapisch라는 감독이 모두 만들었다. 내 인생 최고의 영화를 만든 감독에게 자연스럽게 관심이 갔고 꼭 만나고 싶었다. 그의 영화는 극적으로 과장된 상황 없이도 영화를 끌고 나가는 힘이 있다. 진짜 인생을 얘기하는 것 같았고 아프기도 기쁘기도 한 감정이 모두 다 들어 있어서 양쪽의 감정이 모두 충족되는 무언가 말로 할 수 없는 희열이 있다. 어떻게 자기가 하고 싶은 말을 그렇게 위트 있게 영화 안에 다 담을 수 있을까? 대사를 좀 더 듣고 표정을 좀 더 살피고 음악을 좀 더 듣기 위해 나는 리플레이를 수도 없이 반복했다. 그러고 보면 나는 정말 오랫동안 세드릭 클래피쉬의 영화를 끔찍이 사랑해 온 팬이었다.

내가 그의 진짜 팬이라는 것을 알게 된 걸까? 섭외는 의외로 쉽게 이루어졌다. 반신반의하며 인터뷰를 요청했는데 감독님께서 바로 승낙해 주신 것이다. 인천공항에서 파리 샤를 드골 공항에 도착하자마자 그를 보러 뛰어갔다. 11구에 위치한 그의 단골 카페에 도착하니 그가 먼저 와있었다. 내 인생에 중요한 영화 두 작품을 남긴 사람을 대면하는데, 떨리지 않을 재간이 없었다. 몸가짐을 단정히 했다. 그리고 목소리가 갈라지지 않도록 침을 삼켰다. 하지만 그럴 필요가 없다는 걸 금방 알게 됐다. 클래피쉬 감독님은 친한 친구를 대하듯 스스럼없이 정겹게 나를 맞아 주었다. 그의 따뜻한 환대가 유명 감독과 일반인의 망망대해 같은 거리감을 순식간에 제거했다. 만난 지 5분 만에 우리는 단지 영화에 대한 이야기로 격하게 공감하며 대화의 포문을 열었다.

감독님과 인터뷰하기 위해 〈스페니쉬 아파트먼트〉를 다시 봤어요. 감독님은 어떤 장면을 제일 좋아하나요?

주인공 자비에가 바르셀로나에 도착하는 장면이요. 자비에가 내레이션으로 이렇게 말하죠. '어떤 도시에 도착하면 모든 게 낯설다, 처녀처럼…. 이 도시에 살게 되면 이 거리를 열 번, 스무 번, 천 번 정도 걷게 된다. 잠시 뒤 모든 것이 우리의 소유가 된다.' 여행에 대한 복잡한 개념 그리고 실용적인 발견을 전달한 거예요. 그밖에도 좋아하는 장면이 있는데, 아파트 거주 학생들이 클럽에서 나오는 장면이에요. 두 개의 다른 촬영 장면을 겹쳐서 편집했고 다프트 펑크Daft Punk의 노래를 입혔어요. 무리 지어 취한 느낌을 잘 살려 주죠.

저도 그 장면 정말 좋아해요. 감독님 영화의 모든 음악이 하나같이 다 좋아요.

20년 동안 같은 작곡가 로익 뒤리Loïc Dury와 일하고 있어요. 대사는 지적인 부분을 맡지만, 음악은 지적이지 않고 바로 감정으로 이어지죠. 바로 심장을 만져요. 이유가 없는 거예요. 설명할 수 없어요. 연기자들의 말과 행동이 어떤 장면에 현실성을 부여한다면, 음악은 현실 밖의 이야기죠. 감정을 보태기 위해 있는 거예요.

다음 영화는 언제 나오나요?

지금 〈와인과 바람〉이라는 제목의 영화 시나리오를 집필 중이에요. 영화는 계절로 구분되어 있는데 촬영은 봄만 남은 상태예요. 유산에 관련한 이야기예요. 부르고뉴

파리지앵, 당신에게 반했어요!

지방의 어떤 포도원 농부의 죽음으로 자식 중 하나가 그 일을 물려받게 되는 거죠. 와인을 통해 그가 태어난 곳, 그의 과거, 가족의 정체성을 다시 발견하는 이야기예요. 2017년 1월 개봉을 목표로 하고 있죠.

어떻게 영화를 시작하게 되셨나요?
어렸을 때부터 영화 보는 걸 좋아했어요. 그리고 사진 찍는 것도 좋아했죠. 사진작가와 영화감독 중에 고민하다가 20대 때 이미지로 이야기를 전달할 수 있는 영화를 선택했어요.

감독님의 영화는 평범한 인간의 삶에 대한 이야기라 공감이 잘 돼요.
오랫동안 콤플렉스가 있었어요. 기발하거나 엉뚱한 개성도 없는데 어떻게 영화를 만들 수 있을까? 자문하곤 했죠. 지금은 평범한 제 자신을 받아들이고 그 평범함 속에 있는 것이 무엇인지 고민하고 있어요. 미국은 슈퍼맨처럼 존재하지 않는 특별한 사람들을 이야기하죠. 그러나 이 세상 사람들은 평범해도 각자 자신의 자리에서 자기만의 세계를 만들어 살고 있어요. 흥미롭지 않은 사람들의 일상 이야기를 영화에 흥미롭게 담는 걸 좋아해요.

〈스페니쉬 아파트먼트〉는 한국에도 잘 알려져 있어요. 이 영화의 아이디어는 어디서 얻으셨나요?
7살 어린 여동생이 있어요. 파리에서 건축학을 공부하고 바르셀로나에서 실제로 교환학생으로 있었어요. 일주일 정도 동생을 보러 갔었는데, 그때 제가 본 것이 절 사로잡았어요. 절 웃게 만들었죠. 동생은 비슷한 연령대의 다국적 친구들 6명과 함께 살았어요. 이 다양한 언어와 국적을 보고 이 매력적인 곳을 매개로 영화를 만들었고 영화의 제목도 〈스페니쉬 아파트먼트〉라고 지었죠. 교환학생 시절은 인생에서 최고의 순간이에요. 세계와 소통하고 교감하는 방법을 터득하고 생각의 깊이도 껑충 뛰겠죠. 자기 자신도 모르게 모든 것이 바뀌어서 돌아올 거고요. 〈스페니쉬 아파트먼트〉는 교환학생 홍보 영화에요. 하하!

"내 기대와는 항상 다른 일이 발생하죠.
그게 인생이 아름다운 이유가 아닐까요?"

파리지앵, 당신에게 반했어요!

2002년에는 〈스페니쉬 아파트먼트〉, 2005년에는 〈사랑은 타이밍!Les Poupées Russes〉, 2013년에 〈차이니즈 퍼즐Casse-Tête Chinois〉까지 총 3편의 시리즈를 통해 20대부터 40대에 접어든 주인공의 이야기를 그리셨어요. 어떤 이야기를 전해 주고 싶으셨나요?

이 이야기는 스페인에서 시작해요. 스페인에서의 삶은 일 빼고 나머지 모든 걸 다 가르쳐 줘요. 주인공 자비에는 경제학을 공부하러 갔는데 이렇게 여자를 대하고 외국에서는 어떻게 살아야 하는지 외국인들이랑은 어떻게 지내는지 배워요. 그가 배우고 싶었던 경제에 대해서는 하나도 안 배우죠. 하하하! 파티를 즐기는 방법, 행복해지는 방법, 어떤 사람을 사랑하게 되는지도 배워요. 그리고 결국, 영국 출신의 웬디Wendy를 사랑한다는 걸 깨닫게 되죠. 삶은 항상 예기치 못한 사건의 연속이에요. 나는 이런 걸 기대하지만 다른 일이 발생하죠. 그게 인생이 아름다운 이유가 아닐까요? 사람들은 인생에서 성공이란 내가 가졌던 꿈을 이루는 것이라고 생각해요. 저는 그게 슬프더라고요. 우린 꿈꿨던 걸 가끔은 이루지 못해요. 하지만 다른 꿈을 꾸게 되죠. 예전의 꿈보다 날 더 행복하게 해줄 수도 있는. 그게 흥미로워요. 인생은 예측불허죠.

주인공 자비에의 모험 속에 자전적인 요소가 있나요?

픽션과 저의 다양한 경험이 섞여 있어요. 이야기를 만들 때 저의 기억의 창고에서 꺼내 변형시켜요. 저도 2년 동안 뉴욕에서 산 경험이 있어요. 여러 명과 공동으로 세 들어 살았고 다양한 경험을 했죠. 뉴욕으로 떠날 때 여자 친구와 어머니가 공항에 배웅 나온 것부터 시작해서 뉴욕에서 친구를 사귀고 더 이상 외국인이 아닌 느낌이 들 정도로, 친구들과 한껏 정이 들어갔죠. 그러다가 결국 떠날 날이 다가왔어요. 2년 동안 같이 살던 친구들과 출국하기 전날, 마지막 송별 파티를 하고 새벽 5시에 나와서 8시에 비행기를 탔죠. 또 저는 3명의 아이가 있어요. 한 여자와 2명의 아이를 가졌고, 한 아이는 다른 여자와 가졌어요. 영화 〈차이니즈 퍼즐〉에서 2주에 한 번씩 애를 돌보는 건 제 얘기예요. 웬디가 자비에를 떠나 미국 남자랑 살고 있는데, 아이들을 보고 싶어 하는 자비에는 계속 그들과 마주쳐야 했죠. 자비에가 웬디의 집 문 앞에서 안으로 들어가지 못하는 것도 제 이야기예요.

자비에 역의 주연배우 로맹 뒤리스와는 총 7편의 작품에서 함께 작업했더군요.

와우! 우린 진지한 사이죠. 하하하! 우리의 만남은 〈위험한 청춘Le Péril jeune,1994〉 때로 거슬러 올라가요. 그는 19살이었고 연기를 한 번도 해 본 적이 없었어요. 저도 초보 감독으로서 그와 커리어를 함께 출발했죠. 그의 경력이 저의 것과 겹쳐지는 게 감동이라고 생각해요. 그의 연기는 매번 절 깜짝 놀라게 해요. 〈사랑을 부르는, 파리〉에서 물랑루즈 무용수로 춤을 출 때 곧이곧대로 흉내 내는 수준을 뛰어넘었어요. 죽어가는 인간의 초라함 그리고 물랑루즈 무용수의 품위까지 두 가지 모습을 연기했어요. 이건 오직 로맹의 재능과 멋 덕분이라고 생각해요.

〈사랑을 부르는, 파리〉의 출발점은 무엇이었나요?

전작에서 외국 촬영이 많았죠. 런던, 상트페테르부르크, 바르셀로나까지. 다시 돌아와서 나의 도시에 관한 이야기를 하고 싶었어요. 제가 만든 영화에서도 파리는 항상 등장했지만 겉핥기식이었던 것 같았어요. 사람들은 파리와 파리지앵을 부정적인 시선으로 바라보죠. 잘난 체하고 건방지고 부르주아적이고 불평이 많다고. 사실이에요. 절대 만족하지 않죠. 제가 좋아하는 점은 반항하는 거예요. 더 나아지려고 노력하고 그에 따른 발전이 분명히 있죠. 그리고 그게 느껴져요. 우리가 식도락, 패션의 나라라는 것이 결코 우연이 아니라고 생각해요. 파리는 우울하죠. 이상야릇하게 빠져드는 멜랑꼴리가 있어요. 화려하고 좋은 것 비천하고 더러운 것이 섞이고 혼재된 불협화음의 상태가 파리의 매력인 것 같아요. 그런 파리에서도 포장지를 걷어낸 속 알맹이, 아주 평범하고 일상적인 파리의 모습을 담고 싶었어요.

파리지앵들을 어떻게 생각하세요?

뉴욕에 사는 친구가 저에게 말했죠. 맨해튼은 멋진 공간이 없고 정신없어서 지옥이지만 사람들은 열정적이라고. 반면 파리는 건물도 멋있고 정원도 예쁘고 천국이지만 사람들은 만족하지 않는다고요. 파리지앵들의 행복은 다른 사람들과 같은 방식으로 드러나지 않아요. 티가 덜 나요. 행복을 잘 감추죠. 너무 보여지는 걸 좋아하지 않아요. 외적으로 보여지는 것이 아니라 내적으로 느껴야 하는 것이라고 믿거든요. 행복에 대해서 수줍어하며 사적인 비밀로 간직하려는 면이 전 너무 좋아요.

파리지앵, 당신에게 반했어요!

〈사랑을 부르는, 파리〉에는 죽음이 드리워져 있어요. 이 심각성은 어디서 오죠?

제 주변에 심각한 병을 앓는 사람들이 있었어요. 전 이 냉혹한 경험이 에너지를 줄 수도 있다는 것을 봤어요. 죽음에 대한 인식이 얼마나 삶의 맛과 의미를 느끼게 하는지 말하고 싶었어요. 그리고 저에게 파리는 기억으로 가득 찬 곳이에요. 거리는 고인의 이름을 따서 지었고 지하 묘지에는 해골이 넘치고. 파리에서는 살아 있는 과거와 역사를 느낄 수 있어요. 우리 이전 세대에 대한 존경과 지난 세기의 무게 말이죠. 파리는 시적으로 죽음이 맴도는 도시에요.

〈스페니쉬 아파트먼트〉에 출연할 당시에 로맹 뒤리스나 오드리 토투Audrey Tautou는 유명하지 않았을 때였고, 당신의 영화에서는 유명한 배우를 보기 드문 일이죠. 반면, <사랑을 부르는, 파리>에서는 줄리엣 비노쉬Juliette Binoche, 멜라니 로랑Mélanie Laurent, 프랑수와 클루제François Cluzet 같은 유명한 배우들이 나오네요.

저는 매 영화마다 새로운 얼굴을 발굴하는 걸 좋아해요. 〈사랑을 부르는, 파리〉에서는 다양한 인물과 다양한 장면이 나오죠. 영화 제목을 '파리영화〈사랑을 부르는, 파리〉의 원제'로 정했을 때 실제 파리의 모습처럼 일상과 기념물을 번갈아 보여 줘야 한다고 생각했어요. 센 강을 건너거나 에펠탑 앞을 지나가는 건 파리지앵에게도 특별한 순간이에요. 파리의 아름다운 풍경이고, 일상적인 요소를 지니고 있지만 결코 완전히 평범하다고 할 수 없는 것이죠. 배우들도 비슷해요. 유명 배우도 무명 배우도 필요했죠. 줄리엣 비노쉬, 파브리스 루치니Fabrice Luchini, 알베르 뒤퐁텔Albert Dupontel, 프랑수아 클루제, 멜라니 로랑과 작업하면서 평범함이 아닌 특별함 속에 있었어요. 그래서 HD가 아닌 스코프, 즉 영상을 횡적으로 변형시키는 영화 기법을 사용했죠. 파리의 이러한 신화적이고 장엄한 면을 찬양하고 싶은 의지가 있었어요.

감독님이 20대 때 레오 카락스Leos Carax 감독의 영화 〈나쁜 피Mauvais Sang,1986〉에서 스텝, 전기공으로 일할 당시에 처음으로 줄리엣 비노쉬를 만나셨죠. 나중에 비노쉬가 감독님의 영화에 출연했고요. 당신은 프랑스 최고 권위의 영화제인 세자르 영화제에서 여러 번 수상한 감독이 됐어요.

이 모든 걸 헤아리고 의식하지 않아요. 위로 올라가는 걸 느낄수록 현기증만 나죠. 제가 찾는 건 그 어지러움이 아니거든요. 저는 무의식적으로 작업하는 게 좋아요. 물론 25살 때 언젠가 영화를 만들겠다고 스스로 말하곤 했죠. 지금 영화를 만들고 있어요. 그것도 엄청난 사람들과 함께하고 있어요. 그건 물론 의식하고 있죠. 이런 배우들과 함께한다는 건 엄청난 특권이죠. 오늘날 제 마음에 드는 건 이 직업이 주는 기쁨을 맛보는 것이지 유명한 감독으로서 지위를 갖는 것은 아니에요. 이렇게 맛있고 자극적인 마약은 없을 거예요. 게다가 합법이라니….

파리에서 특별히 좋아하는 장소가 있나요?

없어요. 앞으로도 없길 바라고요. 파리가 굉장한 이유는 길을 잃을 수 있는 도시라는 거에요. 파리에서 제가 좋아하는 점이죠. 정말 가 봐야 할 장소가 무한하고 끝이 없기 때문이에요. 그래도 선택한다면 센 강과 생루이 섬에 강하게 끌려요. 제 인생의 중요한 순간에 그곳을 거닐었죠. 그리고 〈사랑을 부르는, 파리〉 촬영을 마쳤을 때 그곳이 필요했어요. 도시의 심장을 느끼기 위해.

　1시간가량 진행된 인터뷰에서 우리는 우리가 좋아하는 영화에 대해서 한없이 일방적인 애정을 쏟아냈다. 영화 속 명대사와 명장면을 동시에 외치는 일도 반복적으로 일어났다. 클래피쉬 감독님에게 '삶에 대한 철학이 무엇인가'라는 질문은 아껴 두기로 했다. 듣자마자 훅 빨려 들어간 그의 영화 〈사랑을 부르는, 파리〉의 마지막 배경음악인 왁스 테일러의 'Seize the day'에 그 답이 나와 있기 때문이다.

Seize the day

Hold them close
Petals of a rose
Thorns as well
Friends and foes
Have no fear

Don't you trust me? you must trust me

Seize the day, the day
Seize the day, the day

I don't mind whatever happens
I don't care whatever happens

What is going to happen now?
I can't see much in the future

Let them burn
Things of cotton
Admire the fire
Things undone
There's applause
There'll be encores
You're sincere
That's what we're

Have no fear

Don't you trust me? you must trust me
Seize the day, the day
Seize the day, the day

I don't mind whatever happens
I don't care whatever happens

하루를 붙잡으세요

꼭 껴안아 주세요
장미의 꽃잎이든
가시든
친구든 적이든
두려워하지 말아요

저를 못 믿나요? 저를 믿어야 해요

하루를 붙잡으세요, 하루를
하루를 붙잡으세요, 그날을

무슨 일이 일어나든 신경 쓰지 않아요
무슨 일이 일어나든 상관하지 않아요

이제 무슨 일이 일어날까요?
미래는 예측할 수 없어요

목화들이 타들어 가게 내버려 두세요
불을 감탄하면서
아직 이루지 못한 것들
사람들이 환호하네요
앙코르도 이어질 거예요
당신은 진실해요
그게 바로 우리예요

두려워하지 말아요

저를 못 믿나요? 저를 믿어야 해요
하루를 붙잡으세요, 하루를
하루를 붙잡으세요, 그 날을

무슨 일이 일어나든 신경 쓰지 않아요
무슨 일이 일어나든 상관하지 않아요

로베르네 집의 예술가

우리는
젊었었고
또 미쳤었죠

M.Pascal

파스칼

파리지앵, 당신에게 반했어요!

M. Pascal

백화점과 상점이 그득한 리볼리 가에는 괴상한 건물이 하나 있다. 처음에는 어느 괴짜의 집인가 하고 멈칫하고 그 다음에는 현란한 인테리어에 놀라 뒷걸음쳤다가 "살아 있는 예술가가 당신을 기다립니다."라는 간판을 보고 다시 들어섰다. 심상치 않은 분위기를 연출하는 이곳의 정체는 파리 현대 미술의 명소다. 원래는 불법 점거 아틀리에로 시작했지만, 프랑스 정부는 공공시설로 인정했다.

그 스토리는 이렇다. 1999년 11월 1일 밤, 3명의 젊은 예술가 칼렉스Kalex, 가스파르Gaspard, 브뤼노Bruno가 리볼리 가 59번지의 폐쇄된 빈 건물을 점거했다. 그리고 이 공간이 가난한 예술가의 주거 및 작업 공간임을 선포하고, 로베르네 집Chez Robert, 건물이 폐쇄되기 전부터 자리하고 있던 안경점의 이름에서 따왔다., 자유로운 전자Électrons Libres, 전자는 물질의 구성 요소를 이루는 아주 작은 입자에서 따온 말이다. 자유로운 전자라는 표현을 통해 '항상 빠르게 이동하고 자유로운 사람들'이라는 정의를 담고자 했다.라고 명명했다. 그들은 이 공간에서 각종 전시회, 퍼포먼스 등 문화 프로그램을 기획하여 시민들에게 무료로 공개했다. 1년 만에 4만 명의 관람객을 끌어들였지만 이곳에 합법적인 것은 하나도 없었다. 정부가 불법행위로 규정하여 경찰에 신고, 철수할 것을 명하자 소송을 제기했고 2000년부터 2006년까지 정부와의 긴 줄다리기 끝에 파리 시는 예술가들의 프로젝트를 지원하기 위해 건물을 사들였다. 2006년 3월에는 건물 개조와 보수 공사를 위해 문을 닫았고 2009년 9월에 다시 개방된 이후 예술가들은 이곳을 줄곧 지키고 있다.

입장료가 없어서 가벼운 마음으로 문을 열고 입구에 들어서지만 곧 어마어마한 에너지가 뿜어져 나온다. 벽, 계단, 바닥, 천장까지 어느 곳 하나 거친 붓 자국을 거치지 않은 곳이 없다. 나선형 계단을 따라 2층부터 7층까지의 건물을 둘러보기로 한다. 묘한 흥분이 느껴진다. 대학교 다닐 때 회화과나 조소과 작업실에 온 것 같은 기분도 들었다. 모든 공간은 작가의 성향에 따라 분위기가 달라진다. 다양한 장르와 스타일의 작품이 곳곳에 전시되어 있다.

'앗, 정말 살아 있는 예술가가 저기 있다!' 한참을 골똘히 고민하며 작업 중인 예술가를 바라보면서 몰래, 내 기억 속에 그대로 새겨 놓고 싶었다. 무언가를 어떻게 시작할지 고민하는 것은 귀찮기도 하지만 참 설레는 일이겠지. 구석구석을 관람하다 또다른 예술가와 눈이 마주쳤고 나는 그에게 말을 걸었다.

그림이 멋있네요. 무엇을 표현한 거예요?

제 그림은 오직 다른 이의 해석을 통해 숨 쉴 수 있어요. 제가 사람들에게 전달해야
하는 의미는 생각하지 않아요. 제가 무엇을 그리는지 의식은 하고 있지만 말이죠.

그렇군요. 그림이 꼭 날개를 잃은 천사 같아요. 근데 이거 설마 볼펜으로 그린 거예요?

네. 전 볼펜이 좋아요.·연필보다 더 강하죠. 물론 제 주관적인 견해지만.

볼펜으로 그렸다는 걸 정말 믿을 수 없네요. 이름이 뭐예요?

이 도시에서 사용하는 이름은 레오Léo예요.

나이는요?

사회에서는 26살이죠.

그게 무슨 뜻이죠?

나른 행성에서는 다른 나이예요.

파리지앵, 당신에게 반했어요!

하하! 네네. 그럼 어디 출신이에요?

이 행성에서는 이탈리아요. 저에게는 국적도 나이도 별 의미가 없죠. 진실은 존재하지 않아요. 그래서 유용하고 의미 있는 걸 찾아야 해요.

그럼 당신한테 의미 있는 건 뭐예요?

당신이랑 이렇게 이야기하는 거. 우리가 지금 여기 있는 거.

알 수 없는 4차원 매력의 레오와 인사하고 기하학적인 무늬를 그리고 있는 예술가에게 다가갔다. 그 그림은 뜻밖에 깊은 의미를 담고 있었다. 오스트레일리아 출신 로라Laura는 자연의 보이지 않는 세계에 대해 작업하고 있었다. 예를 들어 우리 몸의 세포의 상호작용 같은. 작업과 전시 그리고 관람과 참여가 동시에 이루어지는 이곳에 대해 더 알고 싶은 아드레날린이 치솟는다. 로라는 3층에 파스칼Pascal에게 가 보라고 말해 주었다.

아직 겨울잠에서 깨지 않은 듯 졸린 눈과 멍한 얼굴의 파스칼에게 나는 이곳에 대해 전부 알고 싶다고 달려들었다. 그는 오냐오냐하며 이야기를 풀어냈다.

옛날얘기 좀 해 주세요.

우리는 아틀리에를 확보하기 위해 방치된 건물을 불법 점거하기로 했죠. 파리에서 거주하는 건 힘든 일이거든요. 더군다나 아틀리에를 구하기란 하늘의 별 따기죠. 우리는 단순히 공간을 점유하는 것이 아니라 시민들에게 문을 활짝 열고 끊임없는 창작, 만남, 소통을 통한 과정으로서의 예술 공간을 만드는 것을 목표로 했어요. 예술의 신성함을 깨는 것이죠. 사람들이 쉽게 접근하고 예술가들도 벽을 허물고 순환이 되도록. 우리는 파리의 여러 곳을 불법 점거했어요. 하지만 매번 추방당했죠. 그러다가 1999년 11월에 이곳에 오게 됐죠. 건물에는 사람이 살지 않았고 점거 당시 그 건물은 금융회사인 크레디 리요네Crédit Lyonnais 소유였어요. 처음에 점거하기 위해 건물 뒷문 그리고 창문으로 들어갔는데 정확히 10년이 지나고 시장과 함께 앞문을 통해 들어갔죠.

합법적으로 되기까지 가장 많이 도움이 된 것은 무엇일까요?

이런 인터뷰들이요. 세계 각국의 사람들이 관심을 보여서 그것이 신문에 실리고 책, 다큐멘터리 등 다양한 매체로 퍼져나갔죠. 언론의 지지는 시민사회는 물론 정치계, 정부의 관심으로 이어졌어요. 정치인들은 우리의 존속과 도시에 생길 수 있는 문화 창구에 대해 질문을 다시 던지기 시작했죠. 그리고 좌파 정치인인 베르트랑 들라노에Bertrand Delanoë가 시장으로 당선되면서 많은 것이 바뀌기 시작했어요. 그는 예술적인 장소 확보에 도움을 주겠다고 공약했었는데 약속을 지켰어요. 파리 시가 건물을 산 거예요. 하지만 건물은 저희가 오기 전 이미 15년 동안 비어 있었고 그동안 물이 침투해서 마룻바닥과 지붕의 판자가 다 파손되고 손상된 상태였어요. 재건축을 하는 3년 동안 파리 9구에 있는 건물 한 층을 임대해서 생활했어요. 환상적인 곳은 아니었죠. 작업하고 기다려야 하는 시간이었어요.

전에 불법이었을 때랑 지금의 모습이랑 달라진 것이 있다면?

장애인을 위한 엘리베이터도 생기고 화재경보기도 새로 설치했어요! 전과는 달리 많은 걸 지켜야 해요. 합법적인 절차를 따라야 하니까요. 여기 있는 모든 예술가가 한 달에 130유로씩 납입금을 내요. 물이나 전기, 각종 안전장치에 드는 비용도 전부 우

리가 직접 책임지죠. 불법일 때는 돈을 내지 않았었죠.

예전의 모습은 어땠어요?

요리하고 먹고 자고 사랑을 나눴죠. 하지만 지금은 예술가들이 더 이상 여기서 살지 않아요. 방이 없거든요. 예전에 우린 젊었었고 미쳤었어요.

다른 불법점거 아틀리에와 다른 점은 무엇일까요?

지속된다는 것이죠. 보통의 불법점거 아틀리에는 짧은 수명을 갖고 있어요. 불안정하죠. 임시적으로 아틀리에 역할을 하다가 금세 탁아소나 학교로 탈바꿈하는 곳이 많아요. 리볼리 가 59번지는 파리에서 유일하게 영구적인 곳이에요. 하지만 저희도 시장의 정치 성향에 따라 언제든지 상황은 바뀔 수 있는 신세에요. 저희는 지금 시장인 안 이달고Anne Hidalgo와 같은 좌파 세력과 친해요.

이곳에 있는 예술가들에 관해서 얘기해 주세요.

개성 넘치는 예술 작품을 전시하는 무한한 잠재력을 가진 예술가들이에요. 총 30명으로 구성되어 있는데 20명은 영구적으로 10명은 3개월이나 6개월 정도 활동해요. 출신도 다르고 나이도 10대부터 50대까지 있어요. 성별, 인종, 종교, 국적 등 다양성과 차이를 인정하고 평등하게 생활하는 것을 지향하고 있어요.

그림 그릴 때 다른 사람들의 시선이 방해되지는 않는지요?

전혀요. 우리는 끊임없는 만남과 소통을 통해 영감을 얻어요. 사람들은 벽에 걸려 있는 그림을 보러 오는 것뿐만이 아니라 예술가들의 일하는 모습을 보고 싶어 해요. 그게 박물관이나 일반 갤러리와 이곳의 차이점이겠죠. 우린 여기 있어요. 우리가 관심 있는 건 민주적인 개념이에요. 귀족적이 아니라. 현대미술은 문학이나 음악에 비해 여전히 고상하잖아요? 그것을 깨는 거죠.

16년 동안 가장 기억에 남는 일이 있다면?

이곳을 점거한 뒤 며칠에 걸쳐서 쓰레기 더미를 치우고 청소하고 처음으로 대중에게

개방한 날 밤이에요. 우리는 계속 버티면서 공간을 지켜야 했죠. 추운 겨울이었고, 크리스마스가 다가오고 있었어요. 밖은 화려한 빛과 사람들과 차들로 가득 차있었죠. 정리를 하고 밤 12시 넘어서 창밖을 보며 우리는 말했어요. '여기가 우리 집이다. 이제 쉬자.' 이제 막 시작되는 역사와도 같았어요. 막 페이지를 여는 순간이랄까? 우리 앞에 펼쳐질 그 페이지가 바로 우리 앞에 있었어요.

작업할 수 있는 공간을 찾는 것도 있었지만 부동산 투기를 막는다는 의미도 있었어요. 몇천 제곱미터의 빈 건물들이 있는데 사람들은 여전히 밖에서 자죠. 참을 수 없어요. 아직 끝나지 않았어요. 처음에는 생존을 위한 것이기도 했지만 우리의 행위에는 사회적 근거와 의미가 있답니다. 경제적, 정치적, 문화적으로도 가치 있고 올바른 일이에요.

무언가에 얽매이지 않고 자유의지를 불태우며 살아가는 영혼들. 그들은 자신의 신념에 대해 확고한 의지와 추진력을 지녔고 선택에 따른 궁핍함을 한 치도 부끄러워하지 않고 불편해하지 않는 사람들이다.

로베르네 집이 합법화되어서 너무 다행이다. 이 집 전체가 하나의 끊임없는 문화기획, 퍼포먼스, 문화운동의 증거다. 어떤 문도 벽도 아무런 구애도 없이 예술이 물처럼 흔하게 소비되고 창작되고 있는 일상. 이러한 일상이 파리의 한복판에서 이루어지고 있다니! 파리, 이 도시의 힘이다. 실험적인 문화행동과 그들의 행동에 대한 적극적인 지원 그리고 사회적 관용이 부럽다. 우리나라에도 이런 형태의 아틀리에와 새로운 대안 문화공간들이 많이 만들어지기를….

마르지 않은 물감 냄새가 가득하고 정신이 몽롱할 정도로 휘황찬란한 색으로 물든 건물을 나왔다. 꿈에서 현실 세계로 돌아온 느낌이다. 로베르네 집의 색채가 너무 강렬하기 때문일까? 주위의 회색 콘크리트 건물들이 오늘따라 유독 우중충해 보인다.

Galerie Chez Robert Électrons Libres
59 Rue de Rivoli, 75011 Paris
Tel +33 (0)6 62 15 87 14
www.59rivoli.org

물랑루즈의 무용수

춤을 추면
100년 전의 벨에포크가
되살아나요

Sophie Escoffier

소피 에스코피에

Sophie Escoffier

파리에서 꼭 가고 싶은 곳이 하나 있었다. 지금 생각해 보면 파리의 대표적인 명소를 비롯해 구석구석까지, 나의 발길이 닿지 않은 곳이 별로 없을 것 같다. 하지만 아직까지 출입을 자의적으로 금한 곳이 있다. 바로 물랑루즈Moulin Rouge, '빨간 풍차'라는 뜻으로 건물 옥상에 있는 빨간 풍차 장식에서 명칭을 따옴. 그곳에서는 전라의 여성들이 춤을 춘다는 소문이 있어 나의 보수적 도덕성이 쉽게 접근을 허락하지 않았다. 물론 빈약한 주머니 사정도 한몫했다. 그러나 이런 장애물과는 별개로 오히려 금지구역을 보고 싶은 호기심은 더욱 고조되었다.

그러다가 우연히 니콜 키드먼이 주연한 영화 〈물랑루즈Moulin Rouge, 2001〉를 보게 되었다. 영화 속에서 니콜 키드먼은 눈을 뗄 수 없을 정도로 아름다웠다. 그녀의 표정, 몸짓, 목소리까지 전부 다! 〈물랑루즈〉의 화려함은 니콜 키드먼의 아름다움을 만나 더욱 찬란했다. 〈물랑루즈〉의 강렬하고 환상적 이미지가 나로 하여금 현실의 물랑루즈로 달려가게 했다.

물랑루즈는 사업가였던 조세프 올레르Joseph Oller가 1889년 10월 6일 개장했다. 그는 부자들의 본성을 자극해서 천박한 사람들과 어울리게 함으로써 그 품위를 떨어뜨리는 데 사업의 초점을 맞추었다. 어디서나 눈에 띄게 잘 보이도록 빨간색으로 풍차 모양의 건물을 칠하고 밤에는 불을 켰다. 물랑루즈는 파리에서 처음으로 전깃불로 장식한 건물이었다. 그것은 '여자의 궁전'이었다. 당시 사회에서 여자의 몸은 베일에 싸여 있어 남성들의 상상력과 판타지를 자극했다. 물랑루즈는 오늘날 '프렌치 캉캉1830

년경부터 파리의 댄스홀에서 유행한 사교춤으로 다리를 높이 차올리는 것이 특징'으로 불리는 춤을 공연했다. 다리를 허공으로 번쩍 올리고 얼굴은 속치마에 파묻는 춤인 프렌치 캉캉은 바로 대중적인 인기를 끌게 됐다. 매일 밤 10시 화려한 쇼가 펼쳐졌지만 한편으로는 술, 마약, 매춘이 암암리에 성행했던 환락가였다. 그러나 1915년 건물 전체가 불탄 후, 새롭게 건물을 지으면서 물랑루즈는 사창가라는 오명을 지우고 고급 관객을 겨냥한 화려한 카바레 쇼의 무대로 변신하였다.

나는 물랑루즈 홍보 담당자에게 인터뷰를 요청했다. 홍보 담당자는 쾌히 나의 요청을 수락했고 인터뷰 대상자로 무용수인 소피Sophie를 소개했다. 또 쇼 관람을 위해 2개의 좌석을 마련해 주었다. 이런 대박이라니!

몽마르트르 언덕을 잠시 내려오면 만나게 되는 물랑루즈. 이 동네는 치안이 좋지 않다. 붉은 풍차는 세월의 무게가 힘겨운지 퇴색되고 낡았으며 주변 건물들은 칙칙하고 지저분하기까지 하다. 물랑루즈가 있는 클리시 대로Boulevard de Clichy는 기상천외한 성인용품숍이 즐비하고 섹시한 란제리를 파는 가게도 많다.

인터뷰를 위해 물랑루즈에 도착하니 쇼를 보기 위해 많은 사람이 입구에서 아주 먼 곳까지 빽빽하게 줄 서 있었다. 그들을 헤치며 덩치 큰 경호원에게 내 소개를 했

파리지앵, 당신에게 반했어요!

파리지앵, 당신에게 반했어요!

디니 아무 말 없이 다른 직원에게 나를 데려다줬다. 그 직원은 내 이름을 확인한 후 물랑루즈 내부에 있는 바Bar로 안내해 주었다. 온통 빨간색으로 치장된 실내에는 각종 홍보 포스터들이 빼곡히 걸려 있었다. 아직 끝나지 않은 9시 공연에서 캉캉을 반주하는 요란한 밴드 소리와 관객들의 대단한 환호가 귓전을 때렸다. 어느새 다가온 웨이터 아저씨는 샴페인을 따라주며 나의 방문을 진작 알고 있었다며, 기분 좋은 환영의 말들을 건넸다.

이윽고 지배인이 나타나 무용수가 있는 방으로 안내했다. 어디가 벽이고 문인지 분간이 안 되는 벽면. 지배인이 벽면을 만지자 마술처럼 문이 열렸다. 안으로 들어서자 문이 닫히면서 외부의 떠들썩한 소리가 문 뒤로 완전히 사라졌다. 사방이 고요했다. 계단을 오르고 복도를 지나는데 가슴이 콩닥콩닥했다. 복도 제일 끝이었다. 우월한 비율을 뽐내는 아름다운 무용수가 은은한 미소를 지으며 앉아 있었다. 목부터 가슴까지 비즈로 장식된 상의와 가는 깃털 장식이 바닥까지 드리워진 빨간 플레어스커트는 열정과 유혹적인 이미지를 한껏 드러냈다. 9시 공연과 11시 공연 사이에 시간을 낸 것이라 정신이 없을 법도 한데 그녀는 한 치의 흐트러짐도 없이 나의 질문에 착실하게 답변을 해 나갔다.

본인 소개를 해 주시겠어요?

소피 에스코피에Sophie Escoffier입니다. 34세죠. 물랑루즈에 들어온 지 곧 10년이 되네요.

물랑루즈에서 무용수로 일하게 된 계기가 있나요?

세계적으로도 그렇고 프랑스 사람이라면 물랑루즈가 얼마나 유명한지 알고 있죠. 4살 때부터 춤을 시작해서 14살에 칸에 있는 무용전문학교에 들어갔어요. 오전에는 수업을 듣고 오후에는 춤을 배웠죠. 발레를 기본으로 각종 무용을 섭렵했어요. 제 마음 깊은 곳에서는 항상 물랑루즈 무대에 서는 게 꿈이었어요. 하지만 예술적인 면이라든가 신체 조건이 물랑루즈 무용수의 조건에 부합하는지 스스로 확신할 수 없어서 유럽 여러 곳에서 경험을 쌓았죠. 그리고 물랑루즈에 지원했을 때 무용 선생님께서 바로 계약을 제안하셨죠. 큰 기쁨인 동시에 스트레스이기도 했어요.

물랑루즈의 오디션은 어떻게 이루어지나요?

175센티미터 이상의 조화로운 신체를 가져야 해요. 무조건 마른 것을 선호하지 않고 건장한 체격이면서 여성스러운 몸매의 선을 갖춰야 하죠. 평가 항목은 기술, 예술성 그리고 유연성이에요. 선발 과정이나 트레이닝 과정이 무척 까다로워요. 5주 동안 혹독한 트레이닝을 거쳐서 무대에 오르게 됩니다.

환상적 몸매를 갖고 계신데, 오디션 때 심사위원들 앞에서 나체로 서시나요?

일반적으로 몸에 꼭 붙는 탑과 팬티를 입고 오디션을 보는데, 원하는 사람은 자신의 가슴을 드러낼 수도 있어요.

물랑루즈 무용수의 하루가 궁금해요.

일정이 빡빡한 작업의 연속이에요. 총 6일을 일하고 매일 저녁 두 차례 공연 무대에 서요. 집에서 저녁 7시에 나오면 7시 30분에 물랑루즈에 도착하고 메이크업과 의상 점검을 한 다음 45분간 준비운동을 해요. 쇼를 다 마치면 새벽 2시에 귀가하죠. 낮에는 리허설을 하구요. 몸매는 물론 기술도 꾸준히 유지해야 하니까 개인 시간에도 필라테스나 요가 같은 운동을 하고 춤을 연마하기도 해요.

물랑루즈를 정의하는 세 가지 단어가 있다면?

파리, 깃털물랑루즈의 무용수는 일반적인 천이 아니라 깃털로 된 무대의상을 착용 그리고 요정극물랑루즈를 대표하는 공연이죠.

진짜 노출을 하나요?

수족관에서 뱀과 수영하는 올가Olga를 제외하고 무용수들은 모두 스타킹 소재로 만든 바디 수트를 입어요.

노출이 심한 것 같은데 어떻게 생각하세요?

'물랑루즈를 보셨나요?'라는 질문을 먼저 하고 싶네요. 선입관을 가진 사람들도 공연을 보고 놀라는 것이 온 가족이 즐기기 좋은 공연이라는 점이에요. 아이들도 올 수 있

파리지앵, 당신에게 반했어요!

"우리를 보기 위해 세계 각국에서
오는 관객들을 볼 때 가슴이 벅차오르고
뿌듯함을 느낍니다."

어요. 물론 우리는 몸에 붙는 옷을 입고 상의를 탈의하기도 하지만 조명과 의상, 깃털 장식이 있기 때문에 선정적이지 않아요. 아주 멋진 프랑스 전통 공연이에요.

공연이 끝난 뒤 당신을 보기 위해 기다리는 뭇 남성들이 있지 않을까요?
전혀요. 관중과의 만남은 없어요. 초콜릿이나 꽃을 받기도 하지만 관중과 따로 연락하지 않아요.

특별히 당신을 보기 위해 매일 공연을 보러 오는 관객도 있나요?
아니요. 60명의 무용수가 진한 메이크업을 한 상태이므로 우리를 알아보기란 힘들죠. 대신 가족과 친구 그리고 연인들이 있어요. 물랑루즈는 프랑스인들에게 에펠탑과도 같은 상징성을 갖고 있어요. 항상 곁에 있기에 굳이 찾아가지 않는. 하지만 막상 발견했을 때의 그 놀라움이란 말로 설명하기 어렵죠.

만약에 무용수가 되지 않았다면 어떤 일을 했을 것 같나요?
그래도 무대 위에 있을 것 같아요. 연극이나 뮤지컬 배우나 어쩌면 스포츠 선수일 수도 있겠죠. 몸을 항상 움직여 왔고 작업의 도구이기도 하기 때문에.

무대에 있을 때 어떤 감정을 느끼시나요?

우리를 보기 위해 세계 각국에서 오는 관객들을 볼 때 가슴이 벅차오르고 아드레날린이 샘솟으며 뿌듯함을 느낍니다. 이러한 감정은 처음 물랑루즈에 왔을 때부터 지금까지 변하지 않고 온전히 유지되고 있어요.

물랑루즈 춤의 특징은?

프렌치 캉캉이죠. 신화적인 춤이고 오직 파리의 물랑루즈에서만 배울 수 있는 춤이에요.

당신에게 춤이란?

제 인생이에요. 어렸을 때부터 해 왔고 직업으로 가질 수 있는 행운을 얻었어요. 저는 아기 엄마예요. 아이를 낳고 4개월 만에 물랑루즈로 돌아올 정도로 춤은 제 몸이 늘 기억하고 가장 잘 알고 있는 것이에요.

물랑루즈 이후의 삶을 어떻게 그리고 있나요?

춤과 무대와 관계되지 않을까요? 이곳에서 경험한 많은 것을 이어가지 못한다면 아

쉬울 것 같아요. 저는 물랑루즈에 굉장한 애착이 있어요. 무대가 아니더라도 물랑루즈에 소속되어 일하고 싶어요.

영화 〈물랑루즈〉에서 니콜 키드먼이 주연을 맡은 주인공 샤틴은 유명한 배우가 되고 싶어 하죠. 물랑루즈에는 한 명의 스타만 있는 게 아니에요. 특별한 한 명의 스타가 아니라 쇼 전체를 즐기는 거죠. 스타는 없고 열정과 기량을 펼치는 예술가만 있을 뿐이에요.

　같은 여자지만 소피의 미모에 반해 인터뷰 내내 질문에 제대로 집중할 수 없을 정도였다. 나와는 달리 소피는 상당히 프로답게 인터뷰에 임했다. 인터뷰에도 나와 있듯이 그녀의 머리는 온통 춤으로 가득했고 자신의 삶과 직업에 자부심을 가지고 있었다.

　인터뷰를 마치고 이제 공연을 볼 시간. 공연장에 들어서니 100년 전 과거로 회귀한 것 같다. 100년 전 프랑스는 정치적 안정과 문화적 풍요를 누리던 시절, 이른바 벨 에포크Belle époque, 19세기 말부터 1914년에 발발한 제1차 세계 대전 이전까지의 경제, 문화, 예술 등 모든 분야에서 파리가 번성했던 화려한 시대를 일컬음라 불리었는데, 이를 본 떠 물랑루즈의 공연장 이름 또한 벨 에포크, 우리말로 '아름다운 시절'이라고 불린다.

　고풍스러운 공연장은 내부 좌석이 층층이 나열된 것이 아니라 대형 레스토랑이나 연회장 같았다. 객석은 객석대로 먹고 마시면서 즐기고, 공연은 공연대로 감상하는 자연스러운 분위기가 형성된다. 드디어 레드 벨벳 소재의 커튼이 걷히고…. 인도, 이집트, 미국 등 다양한 나라를 배경으로 멋진 노래와 춤, 묘기와 복화술, 개그까지 총망라한 클럽 공연이 눈앞에 펼쳐지는데 나는 그 색채감에 압도당해 버렸다. 쉴 새 없이 움직이는 캉캉 치마와 빨리 감기 버튼을 누른 듯 스쳐 지나가는 무용수들 속에서 소피의 얼굴도 보였다. 공연 내내 구름 위를 떠다니는 기분이었다. 구름을 발판 삼아 손을 뻗어 별을 잡고 싶었다. 공연에 심취해 있다 보니 2시간이 훌쩍 지나갔다.

　토플리스 공연은 나에게 낯설었다. 처음엔 여성들의 적나라한 노출이 생소했지만 시간이 흐를수록 화려한 의상보다 무용수의 신체적 아름다움에 매료됐다. 무용수들은 전라에 가까운 모습으로 칼군무를 선보이고, 여성의 신체가 간직한 아름다움을 극대화하는 동작들을 선보인다. 무용수들을 덮는 건 오색찬란한 빛과 깃털뿐. 인체는 세상 그 어떤 옷보다 아름답다. 완벽한 비율의 여체가 그토록 아름답게 느껴졌던 순간, 내가 느낀 문화적 충격은 이루 말할 수 없었다.

물랑루즈와 절대 떼어 놓을 수 없는 인물이 있다. 프랑스 인상주의 화가 앙리 마리 레이몽 드 툴루즈 로트렉Henri Marie Raymond de Toulouse-Lautrec, 1864~1901. 반고흐와 드가 등 후기 인상주의 작가들과 친분을 쌓으며 그림을 그렸고 특히 그가 그린 물랑루즈 포스터는 많은 사람들에게 강렬한 인상을 남김. 귀족물이 뚝뚝 떨어지는 이름에서 보듯 그는 유서 깊은 귀족 가문 출신이지만 키가 자라지 않는 장애로 성장이 152센티미터에서 멈춰버렸다. 평범한 생활이 어려웠던 로트렉은 가문으로부터 외면을 받고 그때부터 그림에 몰두했다.

그는 매일 밤 물랑루즈 한편에 앉아 무희, 웨이터, 배우, 서커스 단원들을 관찰하고, 술 마시고 그림을 그리면서 그들과 친구가 되었다. 무대 위 화려한 모습이 아니라 무대 뒤에 숨겨진 일상적인 모습을 생생하게 묘사했다. 사랑을 얻기 어려웠던 로트렉에게 매춘부와 무희들은 그의 친구이자 연인이자 모델이었다. 삶의 주체로서 그녀들을 표현하고 단순한 이미지나 소비적인 가치를 넘어 삶과 내면의 세계, 애수를 그렸다. 때로는 유머러스하게 때로는 냉철하게 때로는 과감하고 정확하게 화폭에 담았기에 그의 그림은 에로틱하거나 퇴폐적으로 보이지 않는다.

"내 다리가 조금만 더 길었더라면 그림 따위는 그리지 않았을 거야."라고 로트렉은 말했다. 결과적으로 장애는 그에게 좌절을 선물했지만 예술혼이라는 축복도 안겨 주었다. 이제 그는 물랑루즈를 떠났지만 그의 그림들은 여전히 축제가 벌어지고 있는 물랑루즈의 이야기를 진솔하게 전하고 있다.

Moulin Rouge
82 Boulevard de Clichy, 75018 Paris
Tel +33 (0)1 53 09 82 82
www.moulinrouge.fr

파리의 일러스트레이터

늘 다음 작업이 더 나았으면 좋겠어요

Soledad Bravi

솔르다드 브라비

파리지앵, 당신에게 반했어요!

Soledad Bravi

　일러스트레이터 솔르다드 브라비Soledad Bravi. 그녀의 그림엔 심오한 인생의 교훈도, 빵 터지는 폭발적 웃음도 존재하지 않지만 소소한 일상의 이야기 속에 '맞아 맞아' 하고 끄덕이게 되는 공감이 존재한다. 그녀를 알게 된 건 비행기에 실리는 여성 잡지 〈엘르〉 프랑스판을 통해서다. 매 주간 잡지 맨 마지막 페이지에 연재되는 그녀의 글과 그림을 읽는 일은 내게 아주 즐거운 노동이다. 도시 여성들의 면면을 세련되게 표현해 내는 귀엽고 사랑스러운 캐릭터, 허를 찌르는 문장과 유머, 멋 부리지 않아서 담백한 그림들. 이것들을 무기로 그녀는 패션지의 일러스트부터 유명 아동복 봉통Bonton과 봉쁘앙Bonpoint, 록시땅L'occitane, 나이키, 메르시Merci, 피에르 에르메Pierre Hermé 등 셀 수 없이 많은 굵직굵직한 기업들과 작업을 했다. 이렇게 많은 곳에서 그녀의 그림을 볼 수 있었지만, 그림 안쪽에 숨겨진 이야기가 듣고 싶었다.

만나서 반갑습니다.
한국과의 인연은 신기해요. 〈엘르〉 한국판 측에서 갑자기 일주일 전에 별자리를 그려달라고 부탁을 해왔죠. 그래서 전에 〈엘르〉 한국판에 그렸던 그림들을 들춰 봤는데 엄청 많은 양이 있더라고요. 한국과 오래 일했다는 사실을 새삼 느꼈어요. 오늘 아침에 별자리 운세를 소개하는 일러스트를 보냈는데 이렇게 당신과 만나게 됐어요. 한국과 관련된 작은 에피소드에요.

자기소개를 해 주세요.

저는 일러스트레이터예요. 아주 어린 친구들을 위해서 그림을 그리고 이야기를 만들어 내죠. 하지만 어른들을 위해서 작업하는 것도 좋아해요. 〈엘르〉처럼요. 혼자 틀어박혀 있는 것보다 사람들과 많은 일을 하는 걸 좋아하고요. 그래픽 디자인을 공부한후 광고 업계에서 아트 디렉터로 일을 하다가 그림을 그리기 시작했어요.

원래 그림을 잘 그리셨나요?

어릴 때부터 그림 그리는 걸 좋아했어요. 엄마도 일러스트레이터이시거든요. 학교가 끝나고 집에 오면 숙제는 안 하고 그림만 그렸어요. 우리 삼 남매는 정말 공부를못했죠. 그렇지만 상상력 레벨은 나쁘지 않았어요. 모두 미술을 전공했답니다. 오빠가 둘이 있는데 저보다 그림을 더 잘 그리죠. 더 섬세하고 학구적인 그림을 그려요.

사람을 표현하는 방식이 재밌어요.

막대기 같은 팔, 스파게티 면발같이 긴 다리, 특히 가슴을 뾰족하게 그리는 게 좋아요. 그림이 단순하지만 현실적이지 않았으면 좋겠어요. 그래도 많은 걸 이야기할 수있거든요. 여자가 소파에 스파게티 면발 같은 다리를 꼬고 누워 있으면, 그녀가 지금무사태평한 상태라는 걸 더 이상 설명할 필요가 없죠. 저는 글과 그림을 따로 구상해요. 제가 쓰는 글은 그림에 관한 단순한 설명이 아니거든요.

영감을 주는 것은 무엇인가요?

딸들과 남편, 친구와의 대화를 통해서 영감을 받아요. 또한 매 순간 아주 다양한 상황속에서도 영감을 받죠. 예를 들어, 백화점에서 우연히 개성이 독특한 사람을 마주치면 바로 그림을 그려요. 또 다른 예로는 도시 사람들은 예의가 없어요. 돈이 있으면자기가 왕인 줄 알죠. 그런 행동이 너무 화가 나서 때리고 싶기도 해요. 저는 그런 불쾌한 기분을 그림으로 유머러스하게 그려요. 저만의 작은 전투예요. 조롱하고 빈정대는 것보다 더 효과적인 것 같거든요.

자신의 그림이 사람들에게 어떤 영향을 주었으면 하나요?

레오 리오니Leo Lionni의 『프레데릭Frédéric』이라는 동화책은 제 인생 철학이에요. 작은 생쥐의 이야기죠. 많은 생쥐들이 다가올 추운 겨울을 위한 식량을 모으기 위해 열심히 일해요. 근데 프레데릭은 맨날 잠만 자고 아무것도 안 하죠. 어느 날 참다 못한 한 생쥐가 프레데릭에게 말하죠. '야 프레데릭, 너 좀 심하지 않아? 우리는 열심히 일하고, 모으고, 줍고, 수확하는데 넌 왜 아무것도 안 해?' 프레데릭이 말해요. '아냐, 나도 겨울을 대비해서 일하고 있어.' 겨울이 왔어요. 생쥐들은 비축한 식량을 전부 먹고 마셨고 몸을 데울 장작도 떨어졌죠. 생쥐들은 프레데릭을 찾아갔어요. '너 이번 겨울에 모아 놓은 거 있다며? 그게 뭔데?' 그때 프레데릭은 이야기를 시작해요. 프레데릭은 생쥐들에게 태양에 대해, 보리의 색깔에 대해, 바다의 산들바람이 피부에 닿을 때 느껴지는 행복에 대해 이야기해 줘요. 프레데릭의 이야기는 생쥐들이 춥고 배고프다는 사실을 잊게 해주죠. 제 그림도 그런 이야기를 전해 주길 소망해요. 사람들이 제 그림을 보고 상상력과 시적인 감성을 느꼈으면 좋겠어요.

어떤 환경에서 작업하세요?

제 책상에서 작업해요. 뒤죽박죽 무질서가 전부 책상에 있어요. 그림, 엽서, 포스터, 새로 나온 책, 친구 책까지 널브러져 있어요. 각종 물건이 내뿜는 색깔들은 그야말로 난장판이에요! 며칠 전에 책상을 정리하느라 상자 몇 개를 가득 채워서 버렸는데 별로 표시가 안 나요.

또 저는 고요함이 필요해요. 지난주에는 재미있는 일이 있었는데 바로 위층에서 공사를 하는 거예요. 아침 8시에 나가서 밤 9시에 들어오는 남편도 미치게 만드는 소리였어요. 남편이 저보고 일을 어떻게 하느냐고 물었는데 저는 아무 소리도 안 들렸어요. 제가 책상에 있을 때는 아무 소리도 안 들려요. 관심이 없으니까요. 저만의 방울 안에 있는 거죠. 사실 소리마다 다른 것 같아요. 음악이 들리면 제 생각은 음악을 따라 달아나버려요. 그런데 드릴 소리는 아무리 커도 제 생각이 따라가지 않아요. 불행하게도 저의 딸들은 저의 이런 면을 하나도 닮지 않았어요. 딸들이 '이게 무슨 소리야!' 하고 소리치면 그제야 저는 '무슨 소리?'하고 답하죠.

작업이 잘 안 될 때 무얼 하는지 궁금해요.
친구들을 만나요. 그들의 바보 같은 말, 허튼소리, 웃기는 이야기를 들으면 다시 재생되는 느낌이 들거든요. 또 운동하고 식사하는 시간도 쉬는 시간이죠.

그림을 그릴 때는 어떤 점을 중요하게 여기나요?
제가 만족스러워야 해요. 그래야 사람들에게 보여 주고 팔 때 수월하죠. 요즘에는 인터넷상의 '좋아요' 수가 거슬려요. 이게 너무 가혹한 게 제가 너무 마음에 드는 그림엔 '좋아요' 수가 적다가, 그저 그런 그림은 '좋아요' 수가 폭발해요! 너무 이상해요. 중요한 것은 제 그림에 대한 저의 확고한 믿음이죠. 저 스스로 만족스럽지 않으면 다른 사람들의 반응을 의식하고 불안해할 거예요.

최근에 디저트 신이라 불리는 피에르 에르메와 손을 잡고 책도 썼어요.
피에르와 안 지는 벌써 9년 됐어요. 한 번은 엄청 단순한 초콜릿 케이크 레시피를 〈엘르〉에 실었었어요. 그걸 보고 피에르 에르메가 연락을 해 왔죠. 제품포장 상자의 일러스트를 그려 달라고요. 그렇게 피에르를 알게 됐고 어느 날, 그에게 요리에 관한 책을 당신과 함께 만들고 싶다고 했어요. 제가 요리를 정말 못 하거든요. 예를 들면, 제가 케이크를 만들면 구멍이 숭숭 나는 거예요. 그래서 피에르에게 물었죠. '왜 제 케이크에는 항상 구멍이 나는 거지요?' 그래도 세계적인 피에르 에르메잖아요. 그런데, 이렇게 하찮은 질문을 하다니! 그가 어떤 표정을 지었는지 상상이 가세요?

파리지앵, 당신에게 반했어요!

일단, 저의 제안이 그의 흥미를 끌었던 것 같아요. 왜냐하면 그에게는 교육자석인 자질이 있었고, 그러한 자질을 발휘할 기회도 되는 셈이었죠. 특히 그는 디저트 만드는 방법이 설명하기 어렵다는 점을 오히려 좋아했어요. 그렇지만 그의 살인적인 스케줄 때문에 만나는 것조차 불가능했어요. 그래서 이렇게는 작업하기 힘들다고 했어요. 처음엔 그렇게 파투가 나고, 어느 날 함께 점심 식사를 할 때 제가 다시 제안했죠. 피에르는 수락했고요.

작업을 위해 그는 2달을 내줬죠. 당연히 그가 메뉴를 정했어요. 저는 사과 메뉴도 넣어달라고 졸랐죠. 결국 메뉴에 넣긴 했지만, 피에르는 사과 재료를 썩 좋아하지 않더라고요. 너무 쉬운 재료라고 생각한대요. 아무튼 2달 동안 일주일에 2번씩 피에르 에르메의 연구실을 찾았죠. 보조 파티시에 카미유는 제가 갈 때마다 피에르 에르메의 아이디어를 직접 실현하는 작업을 했어요. 그녀는 모든 레시피 과정을 보여 줬죠. 옆에서 피에르가 감독했고요. 저는 세계적인 파티시에 앞에서 겁먹고 위축됐지만 동시에 감탄했어요. 정말 믿기지 않는 광경이었죠. 케이크가 완성되면 눈이 휘둥그레졌어요.

여기서 가장 중요한 것은 케이크가 만들어지는 동안 저는 아무것도 만지지 않고 아무것도 안 했다는 거예요. 저는 피에르와 카미유가 시연한 것을 현장에서 메모한 후 집에 돌아와서 스케치로 정리하고, 다음 시연회 때에 혹시 빠진 것은 없는지 확인받는 식으로 프로젝트를 진행해 나갔어요. 그리고 또 시연회에서 메모한 것을 바탕으로 집에서 직접 케이크를 만들었죠. 저같이 파티스리에 문외한인 사람도 할 수 있는지를 실험한 거예요. 주말에는 제가 배운 대로 케이크를 만들어서 친구들과 가족을 초대했어요. 제 오빠들은 성적을 매겼고 저는 케이크 사진을 피에르와 카미유에게 보냈죠. 정말 누구나 실현 가능한 레시피를 만들고 싶었거든요. 그리고 사진은 넣고 싶지 않았어요. 왜냐면 사진을 보면 너무 예쁘지만 제 케이크는 절대 그 모습이 아니거든요. 저는 피에르 에르메의 가게에서 파는 케이크보다 예쁘지는 않아도 피에르 에르메의 맛이 나면 괜찮다고 생각했어요. 피에르도 그 부분에 있어서 동의했죠.

그리고 프로젝트가 끝났을 때는 정말 끔찍했어요! 세계적인 파티시에가 만든 파티스리로 호강했던 제 배부터 시작해서 제 주위에 모든 사람이 이게 무슨 일이냐고 했죠! 그리고 카미유가 요리하는 모습을 못 보는 게 너무 슬펐어요. 우울했어요. 그곳은 놀

파리지앵, 당신에게 반했어요!

라운 세계에요. 요술 램프처럼 케이크가 나오는 곳이죠.

지금 진행하고 있는 프로젝트가 있나요?
항상 있죠. 그게 제일 중요해요. 자극을 주고 활력을 주니까요. 항상 여러 개 프로젝트를 동시에 진행하는 걸 좋아해요. 좀 지겨우면 다른 서 하고. 시겨운 상태에서 뭔가를 완성해야 하는 건 끔찍해요.

가장 이상적이라고 생각하는 작품이 있나요?
늘 다음 작업이 더 나았으면 좋겠어요. 그게 아니라면 제 삶은 멈춘 거나 마찬가지거든요.

파리는 당신에게 어떤 의미가 있나요?
파리는 나의 도시예요. 풍성한 문화를 갖고 있죠. 문화라는 게 꼭 박물관에 가는 건아니에요. 파리에서 다리를 건넌다는 건 정말 미치도록 아름답죠. 에펠탑 앞을 지나가는 것. 바토무슈를 타고 센 강을 한 바퀴 도는 것, 뤽상부르 공원에 앉아서 떨어지는 낙엽을 보는 것! 이 모든 것이 살아 있고, 아름답고, 스트레스도 유발하고 경이적이죠! 메르시, 파리!

인터뷰를 끝내고 준비해간 책『피에르 에르메의 프랑스 디저트 레시피』의 한국판에 사인을 청했다. 사인펜으로 사각사각 소리를 내며 나를 그려 주는 그녀. '테르트르 광장의 화가'와 '고양이 아저씨'를 만나면서 그림 그리는 사람에 대한 일종의 선입견이 생겼다. 섬세하고, 순수하고, 아름다울 것이란 선입견. 그 이후로 아직까지 이 선입견을 깨뜨릴 만한 사람을 만나지 못했다. 솔르다드 브라비 역시 그런 사람이었다. 보기만 해도 행복해지는 그녀의 순수한 그림은 사물을 바라보는 그녀의 순수한 마음에서 비롯된 것이리라.

며칠 후 그녀로부터 예쁜 사진 하나가 도착했다. 내가 선물한 머그컵을 그동안 수집해 온 컵들 사이에 배치한 인증 사진이었다. '당신의 컵과 그의 친구들Votre mug et ses amis'이라는 문구와 함께.

리옹 역의 뮤지션, 인더캔

모두가
공감하는
공연에 초대할게

....

Neil / Julien

닐 / 줄리앙

파리지앵, 당신에게 반했어요!

IN THE CAN
hecanmusic.
Tété
Passeur d'émotions... Nos métiers, c'est de tisser des ponts.

Neil, Julien

　파리의 지하철에서는 이어폰이 필요 없다. 이곳에는 늘 음악이 흐른다. 지하철역의 좁고 긴 통로를 따라 들리는 낯선 멜로디. 음악이 흘러나오는 쪽을 향해 내 몸이 반응한다. 음악 소리가 점점 가까워질수록 뛰는 내 마음. 발걸음은 빨라지고 모퉁이를 돌고 돌아 소리의 원천과 마주한다. 도심 속 지하의 공간을 숨죽이게 하는 뮤지션들. 그들은 우리를 리드미컬한 음악이 흐르는 남미간 카바레로 때로는 끈적한 사운드가 뿜어져 나오는 재즈 바로 데려가기도 한다. 매일 100여 명의 뮤지션들이 파리 지하철 곳곳에서 음악의 향연을 펼친다.

　파리의 지하철을 누비는 뮤지션은 두 부류로 나뉜다. 달리는 지하철 안에서 연주하는 무허가 뮤지션들과 파리지하철공사로부터 공식적으로 공연을 허가받은 뮤지션들이다. 후자는 파리지하철공사가 주관하는 오디션에 합격한 준프로급 이상의 음악인들이다.

　1997년부터 파리지하철공사는 환경 개선의 일환으로 '지하철음악공간EMA, l'Espace Métro Accords'이라는 문화공연 담당 부서를 설치하여 전속 뮤지션들을 발탁하고 있다. 매년 봄과 가을철에 두 번 캐스팅하며 2천여 명의 지원자 중에서 3백 명 정도를 선발한다. 무허가 뮤지션들이 돈을 버는데 주목적을 둔다면, 선발된 정식 뮤지션들은 음악성에 도전하는 아티스트들이다. 선발된 뮤지션들은 지하철 안과 플랫폼을 제외하고 역 구내에서 자유롭게 음악 활동을 펼칠 수 있다. 허가 기간은 6개월이고 6개월마다 갱신해야 한다. 파리 지하철 뮤지션 출신이라는 명함은 일종의 브랜드와 같은 효력을 지닌다. 프랑스의 인기 가수 자즈Zaz를 비롯, 미국의 유명가수 케지아 존스Keziah

Jones, 벤 하퍼Ben Harper도 파리 지하철 뮤지션 출신이다.

영국의 시계탑 빅 벤을 연상하게 하는 고풍스러운 외관이 인상적인 곳, 파리의 리옹Gare de Lyon역에서 그들을 만났다. 팝과 록이 혼합된 팝록 장르의 음악을 하는 훈훈한 비주얼의 형제 듀오, 인더캔In the can이 바로 그 주인공이다. 뛰어난 가창력, 수준 높은 연주 실력에 잘생긴 외모, 겸손한 무대 매너까지…. 이 정도의 실력, 감각, 표현력을 가진 그룹이 지하철에서 공연을 한다는 것은 프랑스의 개방적인 공연문화와 적극적인 문화 지원 정책에 대한 이해 없이는 설명하기 힘들 것 같다. 그들의 목소리와 악기의 선율이 지하철 1호선 리옹 역을 수놓는다.

먼저 자기소개 부탁해.

닐 내 이름은 닐Neil. 기타리스트, 보컬, 작사 그리고 작곡을 맡고 있지. 28살이고 옆에 있는 줄리앙의 형이야.

줄리앙 나는 23살 줄리앙Julien, 타악기와 서브 보컬을 담당하고 있어.

닐 음악을 본격적으로 시작한 지는 6년, 지하철에서 공연한 지는 1년 됐어. 그동안 앨범 2개를 냈지.

"오늘은 사람들이 우리의 음악을
흥미로워하다가 내일은 투명인간이 되는 것,
그게 인생이잖아."

파리지앵, 당신에게 반했어요!

파리지하철공사의 오디션은 어떻게 이루어지는지 궁금해.

닐 파리 11구에 있는 스튜디오에서 기타, 앰프, 스피커 등 악기와 소품을 갖추고 무대에서 2곡을 선보여야 돼. 심사위원은 파리지하철공사 직원 4명과 지하철 단골 승객 2명으로 구성되어 있어. 선발기준? 글쎄. 승객들의 귀를 유혹할 만한 음악이어야 하지 않을까?

많은 역 중에 리옹 역을 공연장으로 선택한 특별한 이유가 있어?

줄리앙 리옹 역은 기차역과 연결되어 있어 유동인구가 많거든. 넓은 공간도 마음에 들어. 그리고 금요일에 공연하는데, 금요일에는 사람들이 비교적 여유가 있어. 집으로 들어가는 길이고 주말의 시작이기도 하니까 심리적으로 우리와 함께 더 있을 수 있지. 나름 머리 쓴 거야. 하하하!

길에서도 공연해?

줄리앙 응. 처음에 길에서 시작했어. 하지만 야외에서는 허가 절차가 복잡해. 경찰 단속이 심해서 때때로 공연이 중단되곤 했지.

지하철은 악사들에게 어떤 공간이라고 생각해?

줄리앙 길거리나 지하철은 최고의 연습실이야. 지하철역에서 우리는 몇 시간이고 연습해. 연습의 중요성은 아무리 강조해도 부족하지 않아. 지하철에서 공연하면서 우리의 실력과 스타일이 많이 발전했어. 그리고 지하철에는 항상 누군가가 있기 때문에 청중 없이 혼자 연습하는 걸 면할 수 있지. 나는 이 세상의 모든 뮤지션들에게 길에서 또는 지하철에서 공연하라고 말해 주고 싶어. 왜냐하면 자신과 음악에 대해서 엄청나게 많은 걸 배울 수 있으니까.

지하철에서 뭘 배웠는데?

닐 지하철은 사람들이 많이 지나다녀서 가끔 스스로 좋은 뮤지션이라는 착각을 하게 해. 하지만 어떤 날은 똑같은 곡을 부르는데도 사람들이 모이지 않고 쳐다보지도 않

을 때가 있어. 분명 많은 관중이 있었는데 말이야. 그게 감정의 균형을 잡는 데 도움이 됐어. 오늘은 사람들이 우리의 음악을 흥미로워하다가 내일은 투명인간이 되는 것. 그게 인생이잖아.

공연도 따로 많이 하던데 지하철에서 하는 것과 어떤 차이가 있을까?

닐 공연을 보러 오는 사람들은 우리에 대해 조금은 알고 있어. 우리의 음악을 듣기 위해 온 거지. 하지만 지하철 승객은 그저 지나가기만 해. 멈추는 걸 계획하지 않은 사람들이니까. 여기서는 사람들을 설득해야 하지. 이게 우리에게 도전이 되는데 그냥 멈추게만 하는 게 아니라 붙잡아 두고 싶어. 우리의 노래에 빠지게 말이야.

지하철에서 공연하면서 특별한 에피소드가 있다면?

줄리앙 최근에 공연 말미에 그날 번 돈을 훔쳐서 달아나는 부랑아와 추격전을 벌이다가 손에 골절상을 입었어. 그래서 한동안은 한 손으로 연주해야 할 것 같아. 지하철에는 술 취한 사람, 도둑 등 나쁜 사람도 있지만 항상 그런 건 아니고 좋은 경험도 많아. 닐 좋은 사람이 훨씬 많아. 우리 음악에 맞춰 춤추는 사람들이 가장 좋고 깊은 인상을 남기지. 막춤을 춰도 좋고, 그저 자유롭게 즐기는 거야. 또 하모니카, 첼로, 트럼

펫, 색소폰 등 즉흥적으로 이루어지는 합주는 시간이 지나도 잊을 수 없는 기억이야.

승객 또는 관객과의 관계는 어때?

줄리앙 우리는 우리의 느낌을 음악으로 솔직히 표현하는 걸 추구해. 우리의 삶을 사람들과 함께 공유하고도 싶고. 우리는 음악을 하고 사람들은 즐겁고 그럼 우린 행복하고. 저기 계신 줄리오 아저씨처럼! 우정도 쌓고 함께 재미있게 노는 거야.

음악은 독학으로 배운 거야? 어떤 뮤지션의 영향을 받았어?

닐 부모님이 기타를 가르쳐 주셨어. 그다음엔 우리 스스로 악기를 터득했고. 우린 음악을 좋아할 뿐이야. 존 버틀러 트리오John Butler Trio와 벤 하퍼의 영향을 많이 받았어.

음악에 대한 철학이 있다면?

닐 음악은 일상에서 꿈을 꾸게 해 줘. 피난처가 되어 주기도 하고 외부와의 통로가 되기도 하지. 우리의 음악을 들어주는 분들과 말하지 않아도 통하는 감정을 나누기 위해 음악을 해. 여기서 오는 기쁨과 악기를 연주할 때 느끼는 기쁨은 앞으로도 변하지 않을 거야.

팝록, 이 장르를 왜 선택한 거야?

줄리앙 우리의 음악적 소양에 강한 감동을 줬기 때문이야. 이런 스타일이나 저런 음악을 하자고 정한 적은 없어. 우리는 우리에게 무언가 영감과 감동을 주는 걸 연주하는 거야. 다양한 곳에서 받은 영향을 하나로 녹여낸 용광로가 바로 팝록인 거지. 앞으로도 계속 음악에 관한 새로운 시도를 할 거고 스타일은 점점 진화할 거야.

영어 가사가 대부분인데, 프랑스어보다 영어를 선호하는 특별한 이유가 있어?

닐 영국에서 잠시 살면서 그곳에서 내가 발견한 모든 것에 매혹되었지. 그때부터 영어로 곡을 쓰는 것은 당연한 것이었어. 자연스러운 일이었지. 또한 프랑스 관객들이 바로 이해하지 못할 거라는 것을 알고 있었기에 우리의 부끄러운 개인적인 경험들도 가사에 녹여낼 수 있었지. 이제는 변했어. 지금은 사람들에게 우리의 이야기를 알리면서 벽을 깨는 기쁨을 느껴. 그들에게 우리 노래의 의미를 설명해 주고 인터넷에 가사도 공개하고 프랑스어로도 작사하고 있어.

대중에게 어떤 메시지를 전달하고 싶어?

줄리앙 단순해. 나눔이야. 우리가 원하고 좋아하는 것은 우리 음악을 많은 사람과 나누는 거야. 그래서 지하철을 노래하는 장소로 선택한 거지.

파리지앵, 당신에게 반했어요!

서바이벌 오디션에 나갈 생각은 없어?

닐 수입원은 무대 공연과 지하철 공연뿐이야. 집세와 생활비를 겨우 내는 정도의 금액이지만 현재 우리가 필요한 부분은 다 채워 주고 있어. 많은 사람과 나누기 위해 유명해지는 건 좋지만 돈이 우리의 동기는 아니야. 몇 번 프로그램 출연 제의도 받았지만 음악에 있어서는 자유롭고 싶어. 그런 프로그램에서는 가능하지 않겠지. 우리는 우리만의 길을 가고 싶어. 동화 같은 이야기는 관심 없어. 애초에 결말이 중요한 게 아니거든. 시간이 조금 걸리더라도 적어도 그 과정이 아름다웠으면 좋겠어.

인더캔의 뜻은?

줄리앙 캔은 부모님 집의 다락방을 뜻해. 그곳에서 가족과 다 함께 음악을 듣곤 했지. 인더캔의 로고는 우리가 서로 달라도 분명히 공통점이 있다는 의미야. 우리 노래를 통해서 모두가 같은 느낌을 받았으면 좋겠어. 함께 공감하는 것, 그 안으로의 초대야. 우리 음악은.

계속 지하철에서 음악을 할 거야?

줄리앙 지하철, 길거리 그리고 여름의 해변에서 노래하는 걸 사랑해. 어떠한 압박도, 지켜야 하는 폐장 시간도 무대 장치도 의상도 조명도 없지. 그 누구도 소외되거나 제외될 수 없어. 입장료가 없는 건 물론이고 담배를 피워도 되고 소리를 내도 돼! 자유야! 우리의 음악을 좋아해 주는 사람들과 교감하는 순간이랄까. 외부 공연이 많아지면서 예전만큼 지하철에서 공연하지 못하지만 지하철에 오고 싶은 마음은 항상 갖고 있을 거야.

공연이 시작됐다. 첫 번째 노래 'World in Pieces'의 전주가 나온다. 아, 내 심장을 울리는 듯한 기타 소리와 타악기의 진동이 퍼져나가자 금세 사람들이 모여들었다. 닐과 줄리앙은 차분한 음정으로 가슴 깊은 곳에서 우러나는 목소리로 노래하고 있었다. 첫 곡부터 사람들은 모두 매료되었다. 연주가 이어지자 청중들의 심박 수는 한껏 높아지고 경이로운 표정으로 그들의 노래를 들었다. 인터뷰할 때 소개받은 줄리오 아저씨와 할머니 골수 팬 부대는 노래 전곡을 따라 불렀다. 어떤 여자는 노래에 맞추어

파리지앵, 당신에게 반했어요!

World in Pieces

Wanna talk about the world?

Wanna talk about it now?

Wanna talk about the mirror

and your reflection inside?

We got no time no talk about the future

We only got the time to see what you've messed up

How about now?

All the damages you've caused

You tried to grab the apple and then you've lost it

Say I'm right

Say I'm wrong

But think about the things

you did all along your life

Corrupted by your ambition

From nothing you made trash

You're gonna leave the station

Now, you'd better clean the world

You'd better clean it now

You'd better think about our children

Try a bit harder

Look a bit deeper

Don't leave them on the side

With a world in pieces You got to assume

the acts have their consequences

조각난 세상

세상에 대해 얘기하고 싶어?

지금 세상에 대해 얘기할래?

거울에 비친 네 모습이 어떤지 말해 볼까?

미래에 대해 얘기할 시간 따윈 없어

네가 망친 것들을 볼 시간 말곤 없어

지금은 어때?

네가 만든 상처들을 봐

넌 그 열매를 잡으려 했지만 놓쳤지

내가 맞다고 말해

내가 틀렸다고 말해

다만 네 인생에서 저지른

모든 일을 생각해 봐

욕망 때문에 타락하고

쓰레기를 만들어낸 뒤

넌 이곳을 떠나버릴 거야

지금 당장 세상을 다시 깨끗하게 만들어 놔

우리 아이들을 생각해 봐

조금만 더 노력하고

조금만 더 생각해 봐

아이들을 버리지 마

조각난 세상에서 행동에는

결과가 있기 마련이니까

몸을 흔들며 바구니에 돈을 넣고는 그들에게 비쥬프랑스식 뺨을 맞대는 인사를 하고 사라졌다. 좋은 글을 읽거나 영화를 보고 나면 영혼이 맑아지는 것처럼 그들의 노래가 그랬다. 이렇게 멋진 노래를 들려준 닐과 줄리앙에게 극진히 대접받는 느낌마저 들었다. 여기저기서 사람들이 동전을 바구니에 넣고는 두 손을 높이 들어 환호한다. 닐과 줄리앙은 노래를 부르면서 눈빛으로, 때로는 묵례로 이들에게 일일이 답인사를 한다. 공연의 열기를 간직하고 돌아오는 버스 안에서, 조금 전 콘서트 장으로 변신했던 파리 지하철역의 풍경을 떠올렸다. 평범 속에서 비범을 이끌어 내는 파리….

어느 금요일, 호텔로 돌아가는 길에 공연을 펼치고 있는 닐과 줄리앙을 또 만났다. 뜻밖의 횡재를 한 것 같은 기분. 닐이 나를 발견하고는 눈빛으로 찡긋, 이를 어쩐담! 나에게 보내오는 윙크에 그만 얼굴이 붉어졌다. 목소리는 부드러운데 풍기는 분위기만큼은 상남자, 나도 수줍은 눈인사를 건넨다. 그날도 차마 발걸음을 떼기 아쉬울 정도로 마음을 끄는 공연이었다. 그들의 감미로운 목소리가 널리 알려지길 바라 본다.

*www.inthecanmusic.com
www.facebook.com/inthecan
인더캔은 매주 금요일 오후 4시에서 7시 사이에
파리 지하철 1호선 리옹 역 개찰구 앞에서 공연한다.

안녕하세요.

당신의 제안을 거절할 수밖에 없을 것 같아요. 다음 달에는 시간이 없을뿐더러 화려한 이미지의 파리를 저는 긍정적으로 생각하지 않거든요. 파리는 관광객에게 비싸기만 하고 질적으로 매우 낮은 대접을 하고 있어요. 파리는 점점 세계적으로 나쁜 평가를 받고 있고 그래도 마땅하죠. 저와 같은 거리의 예술가들은 오늘날 파리에서 더 이상 자리를 잡을 수 없어요. 왜냐하면 거리의 예술가들을 상대로 점점 기승을 부리는 절도와 폭행을 경찰이 제대로 막지 못해 우리의 예술 활동이 위협받고 있거든요. 당신과 같은 외국인들이 파리에 관한 낭만을 품게 하는 인터뷰를 돕는 것이 저는 견딜 수 없을 정도로 씁쓸하답니다. 오늘날의 파리는 부유한 관광객들을 위해 존재할 뿐이에요.

폴 길라베르

파리에서 나는 길거리 예술가를 많이 만난다. 좀 더 정확히 말하면 만난 것이 아니라 먼발치에서 바라볼 뿐이다. 무심하게 오가는 사람들 틈에서도 그들은 공연을 멈추지 않는다. 어느덧 사람들이 하나둘 모여들고, 사람 벽에 둘러싸이면 오롯이 그들만의 작은 무대가 만들어진다. 이 무대는 여행자의 지친 발걸음에 흥을 불어넣기도 하고 마른 눈에 물기를 감돌게 하기도 한다. 걷는 거리마다 훌륭한 무대가 되는 파리….

폴의 메일은 뜻밖의 답변이었다. 깨끗한 이미지, 관객과의 스킨십 등 그의 공연을 특히 좋아했기 때문에 나는 즐거운 마음으로 그를 만날 수 있으리라 기대했는데 말이다.

현실은 우리에게 얼마나 힘든 시련을 주는 것인가. 삶의 질곡은 피할 수 없는 것인가? 이렇게 화려하고 예쁜 파리마저도…. 그래서 푸시킨은 "삶이 그대를 속일지라도 슬퍼하거나 노여워 말라."고 자신을 다독였나 보다. 삶의 단면을 맛보게 하고 삶에 대한 진지함을 새삼 깨닫게 해 준 폴의 짧은 거절의 편지에 오히려 고마움을 느낀다.

왠지 모르게 마임은 인생의 짙은 페이소스를 풍긴다. 폴의 글에서 마임 속 슬픈 동작을 본 것만 같다.

파리지앵,
당신의 추억 에
반했어요!

센 강의 부키니스트

 마레 지구의 우산 수리공

 빈티지숍의 주인

 파리의 인형의사

 스튜디오 아르쿠르의 부사장

 프랑스와 스위스의 종지기들

센 강의 부키니스트

헌책은
요물이에요

Madame Coco

마담 코코

파리지앵, 당신에게 반했어요!

Madame Coco

　나는 센 강을 좋아한다. 파리에 오면 가장 먼저 달려가는 곳이 센 강이다. 센 강은 가장 친한 친구와의 부담 없는 만남처럼 자연스럽다. 유유히 흐르는 초록빛 강물을 멍하니 바라보기도 하고 선선하게 불어오는 강바람을 맞으며 걷다 보면 머리도 마음도 상쾌해진다.

　'만일 파리에 센 강이 없다면?'하고 가정해 본다. 센 강이 없다면 강줄기를 따라 양쪽으로 줄지어 있는 에펠탑, 샤요 궁, 오르세 미술관, 앵발리드, 파리 시청사, 노트르담 성당 등 이 아름다운 조형물들이 현재와 같은 위광을 발휘할 수 있을까? 센 강 없는 파리는 도저히 상상할 수 없다. 센 강이 함께 하기에 파리의 상징물은 더욱 반짝인다.

　센 강변에는 우리의 이목을 끄는 또 하나의 명물이 있다. 다름 아닌 부키니스트들 Les bouquinistes이다. 센 강 우완은 퐁 마리Pont Marie에서부터 루브르 강변Quai du Louvre까지, 좌완은 투르넬 강변Quai de la Tournelle에서 볼테르 강변Quai Voltaire까지, 각각 약 1.5킬로미터에 걸쳐 헌책방들이 죽 늘어서 있는데, 이러한 센 강변에 있는 헌책방 또는 서적상을 통틀어 부키니스트라고 한다.

　언뜻 생각해 보면, 강변과 헌책방은 전혀 어울리지 않는 조합인 것 같다. 내가 알고 있는 한 세계 어디에도 강변에 이렇게 대규모의 책방이 있는 곳은 없다. 그렇다면 여기에 어떤 스토리가 있는 것일까? 전해져 내려오는 이야기로는, 15세기에 책을 실어 나르는 배들이 노트르담 성당 근처에서 자주 침몰했는데, 당시 책이 비싼 시절이라 선원들은 물에 젖은 책을 가능한 한 많이 건져 팔기 시작했고 젖은 책이라도 헐값에 사려는 사람들이 많아 수익성이 좋은 사업이 되었다고 한다. 이러한 방식의 서적

판매가 확대되면서 센 강에 상설 부키니스트들이 자리잡기 시작했다. 루머라고는 하지만 꽤 신빙성 있는 이야기인 것 같다.

부키니스트가 처음 등장했을 때 프랑스 정부는 호의적이지 않았다. 그 당시의 서적은 절대왕정에 반대하거나 정치적 선동 및 새로운 사상 등을 많이 담고 있어 서적 판매를 제재한 것이다. 하지만 책을 통한 새로운 사상과 지식의 전파는 더욱 확대되었고 이에 따라 대중의 암묵적인 서적 구매 활동은 계속 이어졌다. 1859년이 되어서야 파리 시청은 노점 상인들에게 가판을 설치하고 책을 판매할 수 있도록 허가했고 1930년에는 서적을 진열하는 초록색 가판대를 규격화했으며, 2011년에 이곳은 유네스코 세계문화유산으로 지정됐다.

오늘날 파리 시는 책이 여전히 주요 상품으로 남기를 원하지만 부키니스트들은 상업적 수단으로 그림엽서, 기념품, 옛날 사진, 고지도, 오래된 신문, 잡지 등도 함께 판매하고 있다.

강변을 걷는 많은 산책자가 헌책방의 초록색 가판대 앞에서 서성거린다. 나도 그들과 섞여 처음 보는 낯선 책들을 뒤적여 본다. 헌책 냄새가 폴폴 나는 책 무더기 속에는 뭔가 진귀한 보물이 숨겨져 있을 것 같다. 내가 가장 좋아하는 프랑스 소설가 알베르 카뮈의 『이방인L'étranger』의 1942년판 초판본을 발견할 것만 같다. 가판대 곁에서 독서삼매경에 빠져 있는, 투박하지만 마음씨 좋게 생긴 주인아주머니에게 슬쩍 질문했다. 『이방인』이 있느냐고.

"그건 지금 없네요. 어쩌면 다음 주에 들어올지도 몰라요."

여장부 같은 걸걸한 목소리가 들려왔고, 부키니스트 마담 코코Madame CoCo와의 인터뷰는 이렇게 시작됐다.

아쉽네요. 제가 좋아하는 책이거든요! 그럼 책 한 권 추천해 주시겠어요?
음…. 『어린 왕자』 어때요? 가장 중요한 것은 눈에 잘 보이지 않죠. 오직 마음으로 볼 때만 분명하게 보여요. 그리고 이건 갈리마르 출판사에서 1983년도에 나온 귀중한 책이죠. 이제는 절판되어 구할 수 없는 종이 책이에요.

표지가 예뻐요. 『어린 왕자』를 프랑스어로 읽어본 적은 없었는데 이걸로 주세요!
아가씨, 방금 제가 말한 문구 '가장 중요한 건 마음으로 보는 거야On voit bien qu'avec le coeur.'가 새겨진 자석도 선물로 줄게요. 마음에 잘 새겼으면 좋겠어요.

감사합니다. 그런데 어떻게 부키니스트가 되셨어요?

보통 부모 세대로부터 이 직업을 이어받아요. 하지만 저는 거꾸로 딸이 부키니스트여서 함께 이 일을 하게 됐죠. 제 딸은 우연히 만난 부키니스트를 통해 적성을 찾은 경우죠. 벌써 20년 됐네요. 부키니스트는 책에 대한 열정, 자유로움, 사람들에게 친근하게 다가가는 친화력을 지니고 있어야 해요.

부키니스트는 어떻게 될 수 있죠?

파리 시청에 신청서를 작성해서 허가를 받으면 돼요. 일주일에 4일 이상 문을 열어야 한다는 조건이 붙어요. 책을 진열하는 가판대는 가로길이가 2미터인데 최대 4개까지 사용 가능해요.

부키니스트마다 전문 분야가 다르다고 들었어요. 아주머니는 어떤 책을 소장하고 있나요?

시, 문학, 철학 책을 주로 구비하고 있어요. 취향은 다른 사람보다 더 그 분야를 좋아하고 알게끔 해 주죠. 저 같은 경우 문학에 관심이 있다 보니까 문학 관련 서적을 주로 수집하게 되고 그러다 보니 문학 서적 전문판매상이 되었어요. 그렇지만, 다른 분야의 서적들도 취급하고 있어요. 그러니까 만일 어떤 손님이 꼭 구입하고 싶은 소설책이 있는데, 문학을 전문으로 하는 우리 집에서 찾지 못한다면 전문 분야와 관계없

파리지앵, 당신에게 반했어요!

이 이 강변의 모든 가판대를 다 뒤져야 한다는 것이죠. 손님 대부분이 뜻밖의 보물을 발견하는 기쁨만큼 찾는 과정에서도 기쁨을 누린답니다.

와! 관광객들에게는 정말 흥미로운 탐험이네요.
대부분의 관광객은 탐험의 기회가 없죠. 왜냐하면 관광객들은 빅토르 위고의『레미제라블』만 찾거든요. 그거밖에 몰라요. 오히려 관광객이 없는, 날씨가 좋지 않은 날에 책 마니아들이 나타나죠. 그런 날이 거래가 더 좋아요.

어디서 책을 가져오세요?
다섯 군데의 골동품 상점을 통해 책을 들여오고 있어요. '아, 이 책이라면 우리 고객들이 좋아하겠구나.' 하는 감으로 선택하는데, 그런 게 적중하면 뿌듯해요.

스마트폰과 태블릿으로 책을 읽는 것에 대해서 어떻게 생각하세요?
한마디로 구려요! 인터넷으로 많은 정보를 접할 수 있어서 좋긴 하지만 종이에서 나

는 특유의 향, 종이 넘기는 소리의 즐거움을 어떻게 대체할 수 있을까요?

헌책의 매력은 뭘까요?

오래된 책 한 권에는 시대가 담겨 있죠. 전부 달라요. 당시의 상황에 따라 종이의 질감, 디자인, 글자체, 색감 전부 다르거든요. 묵직한 책 향기와 낡은 책장을 넘기면서 이야기 속 세상과 만나는 따스한 감촉. 헌책은 요물이에요. 집어 드는 순간 마음을 빼앗기게 되죠.

부키니스트에 대한 정의를 내린다면?

우리는 장사꾼이기 이전에 책에 열광하는 한 명의 독자일 뿐이에요.

짧은 인터뷰 이후에도 나는 마담 코코와 자주 만났다. 인사하러 갈 때마다 안아 주시고 책을 선물해 주시는 바람에 마담 코코와 만나는 횟수만큼 책이 쌓였다. 우린 만날 때마다 시시콜콜한 이야기부터 사뭇 진지한 이야기까지 수다를 떨었다. 우리의 대

"우리는 장사꾼이기 이전에 책에 열광하는
한 명의 독자일 뿐이에요."

파리지앵, 당신에게 반했어요!

화 속에서 마담 코코는 내가 잊고 지냈던 소중한 마음들을 항상 일깨워 주시곤 했다.

"어느 날 집에 가다가 아시아 남자가 길에서 구걸하고 있었어요. 구걸하는 아시아인은 처음 봤죠. 어느 날은 지켜볼 수가 없더라고요. 반신불수인 장애인이었어요. 그를 일주일 동안 씻기고 먹이고 옷을 입혔죠. 내 딸은 길에 거지들을 다 받아줄 거냐면서 노발대발했지만 나는 그가 정말 좋은 사람이라고 말했어요. 딸도 나중엔 인정했죠. 한국으로 돌아갔다는 소식을 들었는데 어떻게 지내는지 궁금해요."

"레아, 읽고 싶은 책 뭐든지 골라 봐요! 선물로 줄게요."

"레아, 짜증 내지 마요. 그럴 필요 없어요."

"나는 사람들이 50유로 치를 사든 1유로 치를 사든 똑같이 대해요. 각자의 형편에 맞게 사는 거죠."

"레아, 당신의 미소는 예쁘니까 절대 그 미소를 잃지 말아요. 당신의 미소가 가끔 생각나곤 하니까요."

꾸밈없고 평온한 모습의 마담 코코. 많고 많은 책 중에 하필이면 『어린 왕자』를 건넨 그녀의 마음은 무엇이었을까? 어린아이같이 순수한 마음을 언제까지나 간직하고 살아가라는 뜻은 아니었을까? 『어린 왕자』를 집어 들었다. 책을 사랑하고 인생을 사랑하는 마담 코코의 온기가 나를 감싸 안는다.

*15 Quai Saint-Michel, 75005 Paris

마레 지구의 우산 수리공

모든 물건에는
정겨운 이야기가
깃들어 있어

Thierry Millet

띠에리 미에

파리지앵, 당신에게 반했어요!

Thierry Millet

파리에서 가장 오래된 파사쥬Passage, 프랑스어로 통로, 골목이라는 뜻으로, 옛날 프랑스에서 귀족들이 비를 피하면서 쇼핑도 할 수 있게 만들어진 공간 중의 하나인 파사쥬 드 랑크르Passage de l'Ancre에 왔다. 이른 아침, 안개 낀 날씨에 어울리는 고즈넉한 분위기가 자못 신비롭기까지 하다.

이 파사쥬에는 정말 신비로운 장소가 존재한다. 바로 유럽에서도 독특한 우산 수리소인 펩스PEP'S다. 'PEP'은 오베르뉴Auvergne, 프랑스 중남부 지역의 고지대에 있는 지역의 은어로 우산을 뜻한다. 거기에 영어 'S'가 붙어서 '우산의 집'이 되었다.

이 '우산의 집'에서는 자칫 쓰레기통에 버려질 수도 있는 고장 난 우산이 마법의 손을 통해 새롭게 태어난다. 마법의 손을 가진 이 집의 주인은 어떤 사람인지 궁금증으로 가득 차서 출입문에 다가갔다. 문 앞에 붙은 '2층 아틀리에에서 작업 중, 벨을 누르시오.'라는 푯말을 따라 벨을 누르니 초록색 공방 앞치마를 두른 인상 좋은 아저씨가 문을 활짝 열고 맞아 주었다. 띠에리 미에Thierry Millet, '우산의 집' 주인인 그는 프랑스의 살아 있는 문화유산이라고도 불리며 뛰어난 기술력을 인정받아 정부로부터 공로훈장 슈발리에Chevalier dans l'Ordre du Mérite, 1963년 드골 장군에 의해 제정돼 프랑스 정부가 국민의 복지 향상과 국가 발전에 기여한 개인이나 단체에게 수여를 수상하기도 했다.

나를 소개하자, 최근 에어프랑스 매거진에 자신의 이야기가 실렸다면서 자랑스러워했다. 공통점을 서로 발견하니 더욱 친밀감이 느껴진다.

어떻게 이 일을 하게 되었나요?
프랑스 명품가구 브랜드 로쉐보부아Roche-Bobois란 회사의 임원으로 있다가 하루아침에 실직하게 되었지. 정말 힘든 시기였어. 스스로는 아직 능력 있고 실적도 좋다고 생각했는데, 회사는 '우리가 원하는 사람은 당신이 아니야.'라고 하는 거야. 조건에 완벽히 부합하는 사람만을 원하는 사회니 그들에겐 합리적인 선택이었겠지.

그러던 어느 날, 한 친구가 나에게 '길을 걷다가 우연히 작은 상점을 하나 발견했는데 그 안에 있는 널 봤어.'라고 하더군. 그 말이 참 마음에 들었고 뭔가 느껴졌어. '그래, 한 번 가 보자.'라며 그곳을 갔는데 처음엔 실망했지. '우산 수리소'라니! 사라져가는 업종이고 상황을 보니 돈벌이는커녕 문 닫기 일보 직전이었어. 그렇지만, 한편으로는 새로운 의미와 가치를 발견해야 하는 시점이었고, 다시 활기를 되찾기 위해 뭔가 해야 한다는 마음에 도전장을 내밀었지. 인터넷 사이트를 만드는 것부터 시작했는데, 10년 전이기 때문에 마침 인터넷 사이트가 막 생길 무렵이라 홍보하는 데에 많은 도움을 줬지. 홍보팀에서 일해 왔던 내게 이보다 더 좋은 출발은 없었어!

모두 첨단을 향해 달려가는 21세기에 구닥다리 같은 수리소란 게 어림이나 있겠어? 그래도 여기 하나 있다우. 허허!

우산 수리에 의미를 부여한다면?

우산을 수리하는 데 굳이 의미를 부여한다면 세 가지로 얘기할 수 있겠지. 첫째는 새로 우산을 사는 것 보다 수리하는 게 더 저렴하다는 거야. 그게 바로 수리공의 존재

파리지앵, 당신에게 반했어요!

이유지. 국제화와 과잉생산으로 인해 저렴하게 물품을 살 수 있게 됐지만 질은 떨어지고 소비를 많이 하게 되는 바보 같은 짓을 하고 있지. 그래서 언젠가는 '옛것', '수리해서 쓰는 것'이 새로운 가치로 주목받게 될 거야.

둘째는 감성적인 측면인데, 프랑스 시인 라마르틴Alphonse de Lamartine의 시 끝자락에 나오는 표현 '무생물들이여, 당신들은 영혼이 있나요Objets inanimés, avez-vous donc une âme?'라는 이 문장, 너무 예쁘지 않니? 정확히 우리의 영혼에 애정과 사랑의 힘을 불어넣어 주는 문구지. 옛 물건을 소중하게 여기는 문화를 만들자는 의미가 있어. 옛 물건을 복원시키는 일은 미래 세대와의 연결고리를 제공해. 이젠 모두 인터넷에 저장되니 앨범도 없고 아무것도 없어. 우리 가족의 역사나 조상님은 전혀 없는 거야. 부모님의 추억이 깃든 물건들을 갖는다는 건 부모님의 이야기와 그 시절의 향수와 함께 살아가게 해 주지. 나에겐 중요한 것들이야. 우리 자식들도 내가 죽고 나면 내가 쓰던 거울, 액자 등을 갖고 싶다고 말하는데, 그건 부모님의 추억을 갖고 싶어 한다는 뜻이고 나도 자식들에게 좋은 상태로 물려주고 싶어.

세 번째 의미는 생태계를 위해서야. 노점이나 대형마트에서 사서 고장 난 우산은 재활용이 안 돼. 프랑스에서는 매년 1천2백만 개에서 1천5백만 개의 우산이 버려져 땅속에 묻혀. 나일론, 폴리에스테르, 폴리아미드, 탄소섬유, 다 썩지 않는 소재이고 완전히 분해되는 데 1억 5천만 년이 필요하다고 해. 인간은 사라져도 우산은 여전히 지구에 남아 있는 거지. 우리는 쓰레기에서 살게 되겠지. 그렇다면, 우린 대체 뭘 망설이고 있는 걸까? 지혜롭게 좋은 질의 물건을 구매함으로써 소비를 절약하고, 비용을 줄이고, 환경을 덜 오염시키는 건 어떨까?

내가 할 수 있는 건 너무 손상되어서 고칠 수 없는 우산을 보관해 뒀다가 다른 우산을 고칠 때 새롭게 재활용해서 사용하는 거야. 내가 지구와 사람들에게 할 수 있는 선물이지. 나는 매일 우산을 분해해. 분리된 우산의 부품들은 다른 우산을 고칠 때 사용할 수 있어. 수리해서 재활용하는 것, 이게 바로 펩스의 놀라운 콘셉트야. 우산의 세계에서 이보다 더 나은 콘셉트가 있을까?

우산에 얽힌 아름다운 이야기가 있을까요?

정말 화려하고 위엄 있는 사람들, 실명은 거론할 수 없지만 미국 유명 배우, 프랑스

"우산수리공은 세상에서 가장 보잘것없는,
비천하고 겸손한 직업이기도 하지.
그 점이 내 마음에 꼭 들어."

배우 등의 우산을 내가 고쳤지. 특히 아카데미 프랑세즈 출신인 소설가 모리스 드뤼옹Maurice Druon과 수다를 떨며 함께 반나절을 내 아틀리에에서 보낸 적이 있어. 우산 수리공인 나에겐 뜻밖의 사건이었지. 재미있지 않아?

또 어느 날, 한 신사가 내게 우산을 가져왔어. 프랑스 고급 브랜드의 아름다운 우산이었지. 완전히 수리했고 뿌듯한 마음이 들었어. 10년 동안 일하면서 그런 우산은 본 적이 없을 정도로 크기도 남달랐고 특별한 우산이었거든. 하지만 그는 찾으러 오지 않았고 그렇게 1년, 2년, 3년이 지났지…. 편지도 보내봤지만 아무 소용없었어. 그래서 따로 보관해 두었지. 원래 평범한 우산은 1년이 지나도록 찾으러 오지 않으면 고아원에 기부하거든. 4년이 지나도 찾으러 오지 않는 거야. 아틀리에에는 더 이상 자리가 없어서 내 집에 갖다 놨지. 그러던 어느 날, 어떤 부인이 찾아와 '제 오빠의 집에서 우산 수리 보관증을 발견했어요. 저희 오빠는 돌아가셨고 그 우산은 어머니께서 오빠에게 마지막으로 주신 선물이었죠. 혹시 그 우산을 아직도 갖고 계시나요?'하는 거야. 즉시 나는 그게 어떤 우산인지 알아차렸고 '네, 그 우산을 갖고 있어요. 다음 주에 찾으러 오시죠.'라고 했어. 인간적으로 정말 예쁜 이야기지 않아? 거창한 이야기는 아니지만, 그 부인은 적어도 그 우산을 다시 찾게 된 것에 대해서 무척 기뻐했단다. 모든 물건에는 이렇게 정다운 이야기가 깃들어 있어.

에펠탑 우산에 대해서 설명해 주세요.

친구들과 즐거운 저녁 식사를 하고 있었어. 다들 거나하게 취했지. 우리 중에 관광 가이드가 한 명 있었는데, 관광객들을 편리 하게 안내할 수 있도록 친구들이 아이디어를 내기 시작했어. '프랑스 국기를 건 깃발은 어때?', '아니야, 띠에리가 파란색, 흰색, 빨간색의 우산을 만들어 줄 거야.', '아니야, 띠에리가 에펠탑 모양의 우산을 만들어 줄 거라고.' 그 순간 빠밤! 머릿속 아이디어 전구가 켜졌어. 아틀리에에 와서 도안을 짜고 만들기 시작했지. 지금 이렇게 팔리고 있어. 디자이너 장 폴 고티에Jean-Paul Gaultier가 에펠탑 우산의 형태를 본뜬 오브제를 최근 그랑팔레에서 열린 패션쇼에 올리기도 했지. 나의 자랑거리야!

"나는 매일 우산을 분해해,
우산을 고치는게 내가 사람들에게
할 수 있는 선물이지."

파리지앵, 당신에게 반했어요!

당신 직업의 의미는요?

우산 수리공은 필요한 사람이라고 생각해. 그리고 세상에서 가장 보잘것없는, 비천하고, 겸손한 직업이기도 하지. 그리고 그 점이 내 마음에 꼭 들어.

대박! 우산 수리에 이렇게 어마어마한 의미와 철학이 담겨 있다니! 거기에 아나운서 못지않은 매끄럽고 듣기 편한 언어 구사 능력. 나는 어느새 이 엘리트 우산 수리공의 팬이 되었다.

동화 속 그림 같은 이 작고 따뜻한 가게에서 띠에리 씨는 할아버지가 손녀에게 옛날 아주 오래된 이야기를 들려주듯 인터뷰에 임해 주었다. 그리고 나서, 자신을 따라오라면서 좁은 통로의 계단으로 안내했다. 삐걱삐걱 소리가 나는 계단을 밟으며 올라가니 마법의 방이 열릴 것 같은 느낌이었다. 2층에 올라서자 정말 마법의 방처럼 비밀이 가득한 작업실이 나타났다. 다양한 우산 부품들…. 우산봉, 손잡이, 리테이너, 철핀 등이 즐비했다.

"이 나무를 만져 봐, 기가 막히지 않아? 얼마나 부드러운지 봐 봐."

한창 수리 중이었던 양산은 모네의 그림 속 귀부인의 소유인 것처럼 빛깔, 무늬, 장식이 고급스럽고 정교했다.

예전에 할머니 댁에 자개로 만든 장롱이 하나 있었다. 그 눈부신 화려함이란 신비에 가까운 것이었다. 할머니는 틈이 나면 자개장을 닦아 윤을 내셨다. 이렇게 우리 생활 속에서 귀하게 다루어지던 세간들이 점점 자취를 감추더니 이제는 집 안의 장식으로 또는 박물관에나 가야 볼 수 있는 물건이 되고 말았다. 우리의 삶이 물질적으로 나아졌다고 하지만 문화적으로는 오히려 메말라가고 있는 것은 아닐까? '자신의 손님들은 똑똑한 사람들'이라는 띠에리 아저씨의 말이 꽤 의미 있게 다가왔다.

아저씨가 문까지 나와서 한참 동안 배웅해 준다. 나의 미래를 축복해 주면서….

* PEP'S
Passage de l'Ancre, 223, rue Saint-Martin, 75003 PARIS
Tel +33 (0)1 42 78 11 67
www.peps-paris.com

파리지앵, 당신에게 반했어요!

빈티지숍의 주인

무엇보다
쓸모없는 것을
좋아해요

. . . .

Charles Mas

샤를르 마스

파리지앵, 당신에게 반했어요!

Charles Mas

영화 〈아멜리에Le Fabuleux Destin d'Amélie Poulain, 2009〉의 주인공인 호기심 많고 순수한 아가씨 아멜리에. 전 세계를 행복에 감염시킨 사랑스러운 그녀. 몽마르트르의 예쁜 카페와 파리 뒷골목 레스토랑이 있는 길을 거닐던 그녀는 틀림없이 조셉 드 메스트르 가Rue Joseph de Maistre의 녹색 상점인 똥베 뒤 까미용Tombées du camion 앞에서 걸음을 멈췄을 것이다. 소처럼 큰 눈을 깜빡이고 콧김으로 유리창을 흐리며 상점 안에 전시된 오래된 마네킹, 나무로 된 구두, 실험실에서 쓰던 빈티지 유리병을 보며, 어렸을 적 웃음과 추억을 발견하고는 씨익 웃어버리겠지. 이집트 왕의 고분을 발견한 사람도 그녀처럼 흥분했을까? 상점 안에 들어서서 시적이고 유머 가득한 데커레이션을 바라보며, 그녀는 아마 나처럼 이 작은 박물관을 분석하느라 오래 서 있었을 것이다.

아멜리에의 취향을 정확히 저격했을 파리에서 가장 독특하고 멋진 빈티지숍 똥베 뒤 까미용. 이곳의 주인 샤를르 마스Charles Mas를 만났다. 금발 머리에 파란 눈, 훤칠한 체격의 이 남자는 파리지앵의 향수를 자극하는 흥미로운 아이템을 대량으로 사들이고 그 물건을 본인 소유의 가게와 벼룩시장을 통해서 팔아 치우는 빈티지계의 터줏대감이다. 가게 안에 있는 50년대 공장에서 만들어진 종이 조명등과 꽃, 어릴 적에 가지고 놀았을 법한 인형, 알록달록한 70년대 빈티지 플라스틱 액세서리 … 물건 하나하나를 즐거운 눈으로 바라보면서 어린아이처럼 떠들어대는 그를 보고 있으니 아멜리에와 닮은 구석이 있는 것 같기도 하고…. 갑자기 이 남자의 머릿속에는 뭐가 들어 있나 궁금해졌다.

똥베 뒤 까미용을 어떻게 정의하시나요?

상점이죠. 가끔은 사람들이 그 사실을 잊어버리기도 하더라고요. 풉. 꼭 상품을 사는 곳이 아니라 한 시대를 사는 곳이라고 할 수 있어요. 추억을 다시 데리고 가는 것이죠. 성냥갑이나 별거 아닌 병따개까지 잘 보면 그 시절의 추억이 묻어 있어요. 저희 상점에 있는 오브제들은 전부 한 시절을 보여 주는 기록이란 생각이 들어요. 사람들이 와서 물건을 만지고 냄새를 맡고 놀고 무언가를 떠올리며 회상하고, 그 회상으로 채워지는 곳이 똥베 뒤 까미용이에요.

똥베 뒤 까미용이라는 이름을 설명해 주세요.

똥베 뒤 까미용직역하면 '트럭에서 떨어진'이란 뜻이라는 표현은 보통 훔친 물건을 과세를 피해서 다시 파는 것을 일컬어요. 이 말은 골동품 상인을 둘러싼 나쁜 평판이지만, 저는 오히려 도발적으로 이 용어를 상호로 내세웠죠. 다시 말하면, 우리는 똥베 뒤 까미용이란 상호를 통해 모든 거래를 합법적 절차에 따라 투명하게 하겠다는 우리의 의지를 보여 주려는 것이에요.

처음으로 구매한 오브제는 무엇이었나요?

플라이톡스Fly Tox, 살충제 분무기의 일종이었어요. 재밌는 오브제는 아니죠. 『땡땡의 모험Les Aventures de Tintin』을 아시나요? 검은 섬L'ile noire 시리즈에서 땡땡이 돛단배에 타서 이 플라이톡스를 무기 삼아 싸우는 장면이 있어요. 제가 똥베 뒤 까미용을 통해서 하고 싶은 건 물건 자체의 가치가 아닌 어떤 시절을 떠오르게 하는 거예요. 플라이톡스를 보면 그 물건이 보이는 게 아니라 땡땡의 책이 떠오르는 것처럼요.

어떤 오브제들이 당신의 흥미를 끄나요?

스토리를 갖고 있는, 모두가 예상하지 못했던, 그리고 무엇보다 쓸모없는 오브제를 좋아해요.

쓸모없는 거요?

굉장히 중요해요. 예를 들어 플라이톡스를 보면 땡땡도 생각나고 옛날 남프랑스에 모기가 많아서 모두가 이 오브제를 갖고 다니던 여름 바캉스도 생각날 테죠. 창고에 플라이톡스를 보관하시던 할머니 생각도 나고요. 이렇게 각자의 상상력을 발동하게 하죠. 장난감처럼요. 쓸모 있는 물건을 파는 사람은 널리고 널렸잖아요.

어디서 어떻게 오브제를 구하나요?

프랑스 전역을 발로 직접 뛰어 구하거나 인맥과 정보망을 통해서 이전 세대의 추억이 깃든 오브제를 구해요. 문 닫은 공장이나 그런 공장에서 만들어진 물건들이 버려지다시피 쌓여 있는 창고를 발견하면 저에게 바로 연락이 와요. 새로 건물을 올리느라 철거대상이 된 오래된 농가나 시골 마을의 창고도 놓칠 수 없죠. 물건들은 주로 궤짝으로 거래하는데, 한 궤짝 안에 들어 있는 오브제의 숫자가 얼마나 되는지는 물건을 사는 저도 물건을 파는 사람도 모를 정도로 많아요. 지금도 수천만 개의 상자가

창고에 쌓여 있어요.

벌써 세 번째 상점을 열었더라고요. 상점의 성공 요인이 있다면?

저는 손님들에게 돈으로만 접근하지 않아요. 손님들이 꼭 무엇을 사지 않더라도 제 상점에 들어오도록 신경을 많이 쓴답니다. 왜냐하면 정말 쓸모없는 물건이기 때문에 저의 고객들은 평범한 사람들이라기보다는 어딘가 특별한 사람들이 많아요. 제 성공의 비결은 오브제들을 발견하는 기쁨을 사람들에게 제공한 것이 아닐까 생각해요. 희귀한 물건은 사용 가치는 없지만 그걸 보면 희귀한 일들이 벌어지는 거죠. 그러니 구매하고 싶은 마음이 생기는 거 아닐까요?

당신의 성공 요인은 상점의 특이한 데커레이션인 것 같아요.

테크닉을 설명해드릴게요. 원래 그 물건이 만들어진 목적대로만 보지 않고 고정관념을 떠나 자유롭게 배치하는 방식이에요. 예를 들어 면도솔, 화병, 그리고 인형은 서로 연관성이 없지만 각자의 기능이 있는 것들이죠. 면도솔은 면도하기 위해 화병은 꽃을 꽂기 위해 인형은 놀이를 위해. 같이 두면 이 각개 물건의 의미가 없어지고 남는 건 3개의 재료뿐이죠. 이 3개의 조합을 어떻게 보느냐는 것은 각자의 상상력과 영감에 달려 있다고 할 수 있죠.

하나 더 추가해서 설명하자면 계란, 우유, 밀가루를 떠올렸을 때 계란이 닭으로부터, 우유는 소로부터 밀가루는 밭으로부터 왔다는 걸 잊게 되죠. 즉, 닭, 소, 밭은 잊어버리고 혼합된 이미지로 빵을 굽는 재료라는 사실과 부드럽고 맛 좋은 빵을 먹게 될 거라는 연상을 하게 되죠. 제가 연출을 할 때는 이 빵을 생각했어요.

제가 창조한 데커레이션의 세계 속에서 어떤 것들은 사람들에게 환상을 가져다주는 빵이 되기도 하고 즐거움을 가져다주는 마법 같은 오브제가 되기도 해요. 모든 것이 처음 만들어진 이유를 떠나서 제각기 새로운 매력을 발산하도록 하는 것이 저의 특별한 프레젠테이션 비결이에요.

이 상점을 열기 전에는 어떤 일을 하셨나요?

예술이 하고 싶어 조각을 전공했지만, 당시에는 어떤 직업을 가져야 할지 몰랐어요.

근데 상인이 되니 오히려 예술적으로 된 것 같아요.

어릴때는 어떤 아이였나요?

장난감이 없어서 상상의 장난감으로 놀았어요. 나무로 권총 모형을 만드는 식이었죠. 늘 즐겁고 명랑한 아이였어요.

오브제 말고 다른 흥미로운 것이 있다면?

저는 일 이야기를 떠나면 사실 별로 할 이야기가 없는 사람이에요. 일을 하면서 사람들에게 보여 주고 싶은 콘셉트에 몰두해요. 마치 아티스트가 영감을 받아 끊임없이 작품을 만들어내는 모습처럼요. 더 많은 것을 보여 주기 위해 더 많은 공간이 필요하고 다양한 오브제를 구매해야 해요. 제 모든 삶의 힘이 이 작업에서 나와요. 낭만이라든가 환상과는 거리가 먼 스타일이죠. 하하하.

그렇다면 당신의 직업에서 흥미로운 것은 무엇일까요?

골동품 상인이란 직업은 특별한 오브제를 찾아내서 세상의 빛을 보게 해 주죠. 저도 골동품 상인에 해당하지만 회사를 운영하는 쪽에 더 가까워요. 직원을 두고 있고 골동품 상인처럼 유일한 오브제가 아닌 새 상품도 다량으로 판매해요. 앞에서 언급했지만, 문 닫은 공장이나 창고 등에서 나온 오브제들 덕분에 가능한 일이죠. 현재도 이 일은 계속되고 있어요. 상업적인 시스템이 작동하고 있는 거죠. 골동품 상인은 오브제로 돈을 버는 데 주력한다면, 저는 물건을 팔기 전에 오브제를 재해석해서 여러 콘셉트를 보여 주며 즐기는 것도 소홀히 할 수 없어요.

어떤 꿈이 있나요?

제 모든 상상력을 표현할 수 있는 넓은 공간을 만들고 싶어요. 우리가 1년 뒤에 만난다면 1960년대부터 1980년대까지 생산된 액세서리만 모아 놓은 상점과 금속활자만 모아 놓은 상점이 새로 오픈했을 거예요. 저한테 옛날 오브제에 관한 어떤 아이디어가 생길 때마다 상점을 새롭게 열면 정말 좋을 것 같아요.

파리지앵, 당신에게 반했어요!

"조각을 공부할 때보다 지금이
더 예술적인 것 같아요."

파리지앵, 당신에게 반했어요!

영화 〈아멜리에〉에서 빛바랜 사진과 플라스틱 군인, 구슬이 가득 담긴 40년 된 녹슨 양철 상자를 아멜리에가 주인에게 몰래 돌려주었을 때, 난 보았다. 눈물이 가득 고인 중년 남자의 얼굴에서 지나온 유년의 기억이 물밀듯이 파도처럼 넘실거리는 것을. 어른들에게 어린 시절이란 되돌아가고 싶은 행복의 순간이다. 지금의 자신과 너무나 다른 순수한 자아를 발견할 수 있기 때문이다. 그 순간으로 인도하는 것은 바로 그 시절의 낡고 보잘것없는 물건이다.

인터뷰를 하고 나니 샤를르 마스에게서 추억을 잃어버린 현대인에게 아름다운 과거를 돌려줘야 한다는 사명감마저 느껴진다. 오래된 오브제를 통해 우린 과거 속에 도사린 행복의 정체를 확인한다. 그의 수집품들을 통해 우리는 과거를 지우고 미래로만 달려가는 삭막한 일상을 돌아보게 된다. 낡고 보잘것없는 물건에서 남들이 찾지 못하는 아름다운 빛을 발견하며 애정 어린 시선을 보내는 그의 순수함에 박수를 치고 싶다.

사랑이 느껴지는 엽서를 골라 계산대에 가니 샤를르 마스가 사랑을 이루길 바란다며 선물로 주겠다고 한다. 간단한 포장도 꼼꼼하게 하고 봉투 위에 상점의 명함까지 스테이플러로 콕 찍어 준다. 그런 마음이 고마워 차마 포장지도 버리지 못하고 소중히 간직하고 있다.

*Tombées du Camion
MONTMARTRE - 17 Rue Joseph de Maistre, 75018 Paris
MARCHÉ AUX PUCES SAINT-OUEN – Marché Vernaison, Allée 1 / Stand 29
Tel +33 (0)9 81 21 62 80
www.tombeesducamion.com

파리의 인형 의사

인형이 다치면
기억도 다치는 거예요

Henri Launay

앙리 로네

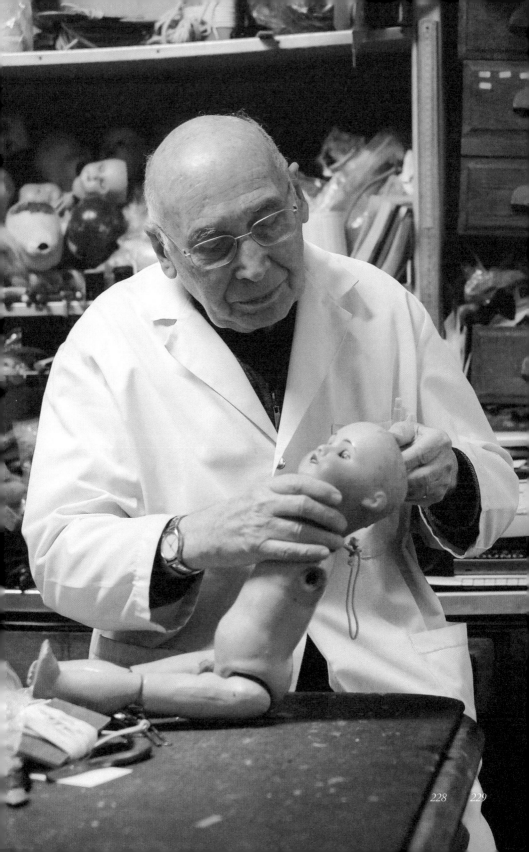

Henri Launay

어린 시절 인형을 너무 좋아했다. 미미의 집이 갖고 싶어서 엄마에게 두 눈에 눈물을 머금고 징징거려 보고, 길가에 파는 커다란 곰 인형이 탐나 아빠에게 대롱대롱 매달려도 보고…. 결국 그것들을 받고는 세상의 모든 것을 다 얻은 것처럼 행복해했다. 동물 모양에서부터 인간을 꼭 빼닮은, 말 그대로의 인형에게 누구나 한 번쯤 마음을 온통 쏟아붓던 때가 있다. 이 신기한 장난감과 만들어내던 이야기는 얼마나 무궁무진하고 재미있었는지! 인형과 함께했던 그 시간만큼은 온 우주가 내 마음대로 되던 놀라운 기적이 가능했다.

인형, 그것은 이제 어른이 된 나에겐 재미있는 놀이 대상도 아니고, 사실 이제는 내가 아끼는 귀중품에 끼지도 않는다. 언제 갖고 놀았는지 기억도 가물가물하고, 꼬마 아가씨들이 갖고 논다면 뒤돌아 피식하고 웃을지도 모르는, 그렇게 난 동화보단 현실에 더욱 익숙해져 버린 덩치 큰 인간이 되어버렸다.

파리의 낯선 길을 걷다가 우연히 수상한 '인형의 집'을 발견했다. 자세히 들여다보니 인형을 수리Réparation poupée하는 '인형 병원'이었다. 그것은 내게 묘하게 다가왔다. 아프다고 소리치는 사람이 하나도 없는 병원을 들어봤는가? 인형 병원은 다른 병원과 마찬가지로 부상당한 환자들을 치료한다. 환자들은 팔이나 다리가 부러진 상태로 오기도 하고, 속이 망가진 상태로 도착하기도 한다. 하지만, 이 환자들은 아무 말이 없다. 이 병원의 원장이자 의사인 앙리 로네Henri Launay 씨는 하얀 의사 가운을 입고 진찰하고 진지하게 수술을 감행한다.

파르멍티에 가Avenue Parmentier에 있는 그의 노란색 병원에는 각양각색의 인형들이

무질서하게 배치되어있다. 멀쩡한 인형은 물론 고칠만한 인형도 없지만, 나는 마치 환자를 문병하는 심정으로 화분을 들고 그의 병원을 노크했다. 사람들의 동심을 수리하는 인형 의사와 그들의 추억이 깃든 인형 속 따뜻한 이야기를 나누기 위해!

자기소개를 해 주세요.

저는 89살이에요. 제가 인형 병원을 만든 장본인이죠. 벌써 52년이나 됐네요. 저는 인형을 고쳐요. 그동안 세어 보니 3만 개의 인형에게 새 생명을 줬죠. 대개 남자 손님은 곰 인형을 눈에 띄지 않게 비닐봉지 안에 담아 오는 반면, 여자 손님은 인형을 '아이'라고 칭하며 담요에 감싸 안고 와요. 어떤 손님은 헤어질 땐 귀에 속삭이며 인사하고 키스를 하며 작별을 고하기도 하죠.

어떻게 인형 병원을 차리게 되셨나요?

원래는 가죽 제품 수리점을 하고 있었는데 어느 날 누군가 와서 인형을 고칠 수 있느냐고 물었어요. 하지만 저희 집은 아들만 넷이어서 집에 인형이 없었답니다. 인형에 대해서 아는 게 하나도 없었어요. 하지만 그 손님을 위해 인형이 어떻게 만들어졌는지 살펴보고 스스로 원리를 터득했죠. 이 직업을 위한 학교는 따로 없거든요. 그 일이 계기가 돼서 지금의 일을 하게 됐어요.

그렇게 인형 병원이 탄생했군요. 필요한 물품은 어떻게 구하시나요?

처음에는 적합한 도구를 직접 개발하기도 하고, 제조업자한테서 분리된 부품들을 샀죠. 그때부터 반짝거리는 눈알과 금발의 인모, 인형의 신체 부위를 수집하기 시작했어요.

어떤 수술이 이루어지나요?

눈 수술을 예로 들죠. 촛불로 밀랍을 녹이고 액체화된 밀랍을 신중하게 빈 눈에 부어요. 그리고 2개의 작은 눈동자를 밀랍에 넣어 고정시키죠. 이렇게 시력을 회복하게 합니다. 테디베어의 코를 이식하기도 하고 탈구된 팔다리는 고무줄과 직접 제작한 도구를 사용해 고정해 줘요. 수술 후 오랜 시간이 지나도 형태가 변하지 않도록 견

"망가진 인형을 고치고 아끼고 사랑하는 것은
세월에 잊히고 사라져 가는 아름다운 기억을
지키는 일이죠."

고하게 작업하죠. 머리카락은 자연모를 심어서 부드럽게 한답니다. 가능한 한 자연적인 재료를 사용해 보이지 않는 곳까지 세심하게 신경 쓰죠. 옷과 신발 등 액세서리 역시 손수 제작해요.

꼬마 아가씨들에게는 로네 씨가 산타 의사님이겠네요.

사실 아이들은 제 가게에 오지 않아요. 대부분 어른들이죠. 그것도 50대, 60대 아니면 80대. 그들은 시계나 반지를 대대손손 물려주듯이 어린 시절에 갖고 놀던 인형을 다음 세대에 물려주기를 원해요. 가족의 일부이기 때문이죠. 아이들이 오지 않는 이유는 제가 현대 인형을 고치지 못하기 때문이에요. 기계장치가 복잡해서 어떻게 고치는지를 몰라요. 현대의술에 뒤떨어진 의사죠. 허허….

어떤 인형을 제일 좋아하시나요?

19세기의 인형이요. 가마에 두 번 구운 자기 인형인데 눈을 감았다 떴다 하고 장미꽃 봉오리 같은 입매를 갖고 있어요. 이건 더 이상 제작을 하지도 않죠. 그래서 수집가나 박물관에서도 찾는 인형이에요. 이런 것들은 1만 5천 유로까지 가격이 올라가요. 거의 차 한 대 값이죠.

사람들은 왜 인형을 수리하는 걸까요?

세상에 이유 없이 존재하는 것은 단 하나도 없다고 하잖아요? 인형 하나하나에도 각자만의 이야기가 들어있어요. 사람들은 인형을 선물 받을 때, 인형이라는 물건만이 아니라, 하나의 소중한 감정과 기억을 받는 거나 다름없지요. 인형이 다치면 감정과 기억도 다치게 되니까 치료를 위해 병원을 찾는 거예요. 또 인형을 보면 그 인형을 가지고 놀던 아이의 성품과 상황을 알 수 있어요. 인형은 단순한 놀이감이 아니라 그 아이의 모든 것을 대변하기도 하죠.

기억에 남는 이야기는?

저를 따라오세요. 가게 쇼윈도에 편지들이 붙어있어요. 여기 이 편지를 읽어드리죠. '제 인형 아를레트는 1936년 크리스마스에 태어났어요. 제 남동생 프란시스랑 같은 날이에요. 1940년 6월 독일군 침공 때 아를레트도 우리와 함께 프랑스 북동쪽 두아이 Douai에서 북서쪽 솜므Somme까지 피난을 떠났어요. 폭격과 총탄 사이를 뚫으며 걸어가던 중 전차를 끌고 오고 있는 독일군과 딱 마주쳤어요. 그 순간 어머니가 깜짝 놀라 재빨리 저의 손을 잡는 바람에 아를레트를 놓치고 아를레트는 머리와 팔을 잃었죠. 전차는 멈춰 섰고 독일군 1명이 전차에서 내렸어요. 그 독일군은 떨어진 인형 조각을 주어 저에게 건네줬어요. 남동생은 울고 있었고 어머니는 겁에 질려 있었죠. 로네 씨는 방금 그 아를레트를 완벽하게 소생시키고 새롭게 만들어 줬어요. 뜻밖의 큰 자비로운 손길이었죠. 니콜 람베르, 2011년 3월 1일.' 이 이야기를 들었을 때 너무 감동적이어서 직접 써 달라고 제가 특별히 부탁한 거랍니다.

인형 의사의 임무는 무엇일까요?
망가진 인형을 고치고 아끼고 사랑하는 것은 세월에 잊히고 사라져 가는 아름다운 기억을 지키는 일이죠.

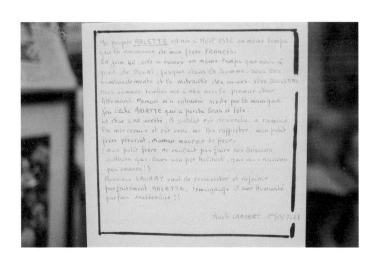

　인형을 친자식처럼 대하는 로네 씨의 마음이 느껴진다. 흐트러진 머리를 다듬어
주고, 더러워진 몸을 깨끗이 씻겨 주고, 그 손길마다 따스함이 묻어난다. 익살스러
운 표정, 통통한 몸통과 팔다리가 귀여운 인형들을 보고 있으니 슬며시 웃음이 나온
다. 그리고 어느 순간 과거의 나로 돌아가 인형과 함께하는 즐거움을 만끽했다. 나
도 모르게 인형 때문에 힘들거나 즐거웠던 기억이 새록새록 되살아났다. 나이가 들
수록 사람들은 과거의 기억을 잃어 가지만 어린 시절의 아름다운 추억은 마음속 어
딘가에 깊숙이 숨겨져 있는가 보다. 그런 의미에서 인형의 존재는 어른들의 숨겨진
꿈이었고 사랑이었다.

　나는 변덕스러운 주인이었다. 새로운 인형이 생기는 날이면 그동안 함께했던 인형
을 팽개치고 새 인형이랑만 놀았다. 그러다가 가끔 "내가 그동안 뜸했지. 너랑도 놀
아줄게."라고 말했었다. 그 녀석들은 내가 미웠을 것이다. 아니, 그럼에도 나를 사랑
해 주었을지도 모른다. 언젠가는 자신을 쳐다봐주길 바라면서. 인형 병원이 있었다

면 로네 선생님으로부터, 그리고 이곳의 손님들로부터 인형을 위하고, 배려하고 손때 타도록 오래 간직하며 소중히 여기는 마음을 배울 수 있었을 텐데.

어릴 적 늘 함께했던 손때 묻은 인형들은 지금 어디로 버려졌을까. 내가 필요할 때는 귀하게만 여기다가 컸다는 이유로, 어른이 되었다는 이유로 무심결에 버려졌을 인형들…. 어린 시절 늘 함께했던 인형들과 어떻게 헤어지게 되었지? 나와 헤어진 후 어떻게 되었을까? 내 어린 시절이 묻어 있는 빛바랜 인형들이 오늘따라 많이 보고 싶다.

*Répare Service à Paris
114 Avenue Parmentier, 75011 Paris
Tel +33 (0)1 43 57 09 02
www.henri –launay-poupees.fr

사진은 빛으로
건축하는 것과 같아요

·
·
·
·
·
·
·
·
·
·
·
·
·
·

George Hayter

조르주 아이터

George Hayter

스튜디오 아르쿠르는 1934년 언론인 라크로와 형제Des Frères Lacroix가 설립한 사진관이다. 인물사진을 스타일이 확고한 연출과 특유의 흑백사진 기법으로 촬영하는 곳으로 유명하다. 할리우드 유명 스타들과 프랑스 저명인사들의 프로필 사진으로 가득 차 있는 이 영광스러운 장소는 과거의 명성에 머무르지 않고 오늘날에도 새로운 역사를 기록해 나가고 있다.

프랑스의 유명 평론가 롤랑 바르트Roland Barthes는 "아르쿠르 스튜디오에서 사진을 찍어 보지 않은 배우는 배우가 아니다."라고 언급했을 정도로 역사와 전통을 자랑하는 최고의 스튜디오다. 유명한 초현실주의 화가인 살바도르 달리Salvador Dali를 비롯해 배우 제시카 알바Jessica Alba까지 수많은 인사가 이곳을 거쳐 갔다.

관광객으로 붐비는 샹젤리제 거리를 지나 그랑 팔레Grand Palais 방향으로 10분쯤 더 걸었을까? 안에 무엇이 있을지 생각도 말라는 듯 굳게 닫힌 육중한 대문이 버티고 있는 건물이 나타났다. 벨을 누르자 금발의 핸섬한 벨보이가 나와 인사를 건넸다. 그를 따라 건물 안쪽으로 몇 걸음 들어서자 레드 카펫으로 치장된 입구 앞에 배우 이병헌의 사진이 걸린 사진 전시대가, 뒤편에는 카롤 부케Carole Bouquet, 샤넬 No. 5 모델과 본드걸로 알려진 프랑스 유명 여배우의 멋진 사진이 자리하고 있었다. 레드 카펫을 지나자 서글서글한 눈매의 조르주 아이터George Hayter 부사장이 나를 맞아 주었다. 묻고 싶은 것이 산더미였다. 과연 이런 사진은 어떻게 찍는 것인가? 스튜디오 아르쿠르의 정체는 무엇인가? 조르주 아이터 씨는 내가 어떤 질문을 할지 다 알고 있었다는 듯 질문을 끝내기도 진에 대답했다.

"사진은 다음 세대에 우리가 어떤 모습이었는지
증명하기 위한 것이기도 하죠."

파리지앵, 당신에게 반했어요!

스튜디오 아르쿠르에 대해 소개해 주세요.

스튜디오 아르쿠르를 다섯 가지의 키워드로 설명할게요. 첫째, 영원성이에요. 어느한 인물의 한순간을 포착한 영상을 영원히 간직한다고 할까요? 다른 시대를 살았던사람들이 이곳에는 함께 있어요. 장 뒤자르댕Jean Dujardin, 프랑스의 국민배우과 조세핀 베이커Josephine Baker, 미국 태생의 프랑스 가수 겸 무용가, 장 마레Jean Marais, 프랑스의 영화배우와 칼 라거펠드Karl Lagerdeld, 독일 출신의 패션 디자이너도 만날 수 있는 특수한 세계가 이곳에 있죠. 두 번째는 영화예요. 스튜디오 아르쿠르의 상징이죠. 세계적인 배우들의 사진을 찍어 왔고, 아르쿠르만의 촬영 기법은 바로 1940년대부터 1950년대에 활동한 앙리 아르캉Henri Alekan, 흑백의 무성영화 시대에 빛과 그림자만으로 세계를 표현한 거장이라는 프랑스의 유명한 영화 촬영 감독으로부터 직접적인 영감을 받았죠. 세 번째는 우아함이라고 말할 수 있는데, 우아함이라는 가치를 현재에도 살려 내고 있는 것이죠. 1930년대 할리우드 영화의 기술과 시적인 특성이 깃들여져 있어요. 네 번째는 브랜드예요. 아르쿠르가 제작한 사진 하단에는 반드시 'Studio Harcourt PARIS'라는 유일성이 새겨져 있죠. 다섯 번째는 흑백이에요. 색이 들어가 있다면 그건 진짜 아르쿠르가 아니겠죠. 이와 같은 스튜디오 아르쿠르의 주된 특징—영원성, 영화, 우아함, 브랜드, 흑백—은 스타의 유전자나 다름없죠.

스튜디오 아르쿠르는 럭셔리 브랜드, 일류 메이커와 같은 느낌이에요. 브랜드의 개념을 어떻게 정의하시나요?

회사의 정체성을 의미합니다. 공중에게 인정받은 가치를 소비자에게 전달하는 역할을 담당하는 것이 바로 브랜드죠.

그렇다면 스튜디오 아르쿠르의 가치는 무엇인가요?

프랑스인의 삶의 방식인 아르 드 비브르Art de vivre, 우아함, 순수하고 영원한 아름다움을 탐구하는 것.

다른 스튜디오와 차이점이 있다면?

세계에서 유일해요. 왜냐하면 설립 이래 유일하게 빛 작업을 유지하고 이어 왔기 때문이에요. 누군가가 오늘 스튜디오에 사진을 찍으러 온다 해도 1934년부터 찍어 왔던 방식 그대로 진행하죠. 사진 한 장은 빛의 구성 즉 빛으로 건축된 거나 마찬가지죠. 저희는 플래시를 사용하지 않아요. 플래시를 사용하면 입체감도 그림자도 없어요. 빛의 터치를 사용해 사진에 입체감을 더하죠.

배경을 위한 빛이 있고 모델의 뒷부분을 위한 빛이 있고 모델의 얼굴을 비추는 빛까지 여러 가지 종류의 빛이 있어요. 모델 얼굴의 몇몇 부분은 굉장히 밝고 다른 부분은 덜하고 또 어떤 부분은 아예 어둡죠. 빛과 어둠이 균형을 맞춰요. 또한 자연적인 빛에 가장 가깝고, 빛을 원하는 방향 및 장소로 집중시킬 수 있는 프레넬 렌즈Fresnel lens, 프랑스의 물리학자 오귀스탱 장 프레넬이 고안한 집광렌즈로 빛을 효과적으로 모아 분산시키며 등대나 각종 촬영용 조명 기기에 사용하고 있다.를 사용합니다.

과거라는 이미지가 강한데 이것이 불리하게 작용하지는 않을까요?

우리의 강점이지만 핸디캡이 되기도 해요. 예를 들어, 그동안 아르쿠르가 출판한 책 5권이 모두 주로 과거를 다루고 있죠. 그것은 분명히 고전적 위엄과 영광을 나타내고 있지만, 앞으로 아르쿠르는 지금까지의 전통과 함께 풍부하고 다채로운 미래의 영상을 얘기하고 싶어요.

아르쿠르의 인물사진을 보면 대부분 무표정한 얼굴들이에요. 감정도 없어 보이는 인물사진에서 어떻게 감정이나 기분이 표현된다는 것이죠?

정확한 지적이에요. 그것이 바로 스튜디오 아르쿠르의 초상의 미라고 할 수 있죠. 1930년대 영화배우들은 혼자 하늘에서 빛나는 것처럼 가까이할 수도 만질 수도 없는 신으로 여겨졌어요. 지금 시대의 어떤 배우도 지닐 수 없는 지위를 가졌죠. 신은 주름도 없고 감정도 경험하지 않는 부동의 상태죠. 모나리자의 희미한 미소를 예로 들자면, 얼굴에 어떠한 경련도 움직임도 없고 시간도 알 수 없죠. 기억에 남을 만큼 강한 인상을 주는 것도 없어요. 이 숭고한 미를 추구하면서 현대로 나아가는 것이 바로 스튜디오 아르쿠르의 방식이라고 보면 될 것 같아요.

그럼 만약 모델이 웃고 싶어 하면 안 된다고 하시나요? 호호호.

아니요. 지금은 모든 것이 열려있습니다. 요즈음의 몇몇 배우들은 1930년대부터 1950년대까지 활동한 배우들이 지녔던 신성함을 추구해서 아르쿠르의 기본적인 방식을 요구하기도 하지만, 우리는 현재 굉장히 활기 넘치고 표현력이 풍부한 사진들도 찍습니다.

유명한 스타가 사진을 찍는 곳이라 일반인은 사진을 못 찍는 줄 알고 있었어요.

아르쿠르는 우리 시대의 모든 히어로들을 촬영합니다. 시대의 한 획을 긋는 사람, 한 시대의 명예에 동참하는 사람들을 촬영해요. 정치인, 음악가, 가수, 배우, 노벨상 수상자, 작가 같은 사람들은 아르쿠르 초상화 갤러리의 초대 손님들이죠. 일상의 히어로들도 우리에게 똑같이 찬란한 빛을 발하는 존재에요. 마리옹 코티아르Marion Cotillard나 장 뒤자르댕을 촬영한 팀이 마담 뒤퐁이나 마담 익스한국의 철수와 순이처럼 프랑스에서 보통 사람을 예로 들 때 일컫는 이름를 찍어드려요. 이게 저희의 장점이죠.

사실 많은 프랑스인에게 스튜디오 아르쿠르는 존재하지 않아요. 사람들이 스튜디오 아르쿠르에 대해서 말할 때 보통 신화적이라는 수식어를 사용하죠. 예약제로 운영돼서 비밀스럽고 닫힌 느낌이 나기도 해요. 소수의 사람만이 들어오기 때문에 그 외 많은 사람에게는 스튜디오가 현실적이지 않은 것 같아요. 하지만 저희는 세상의 모든 사람을 맞이한답니다.

스튜디오 아르쿠르에서 사진을 찍는 사람들의 반응은?

스튜디오 아르쿠르에서 사진을 찍는다는 것은 사회적인 성공의 표시죠. 이 사회에서 중요한 사람이라는 특별한 증서나 마찬가지예요. 조부모 혹은 부모가 이곳에서 찍은 사진을 가져오는 사람들도 많아요. 몇 세대에 걸쳐서 스튜디오 아르쿠르에 온다는 건 감동적인 순간이죠. 정말 강력한 것이어서 전율이 흐른답니다. 스스로 즐겁기 위한 것도 있지만 다음 세대에 우리가 어떤 모습이었는지 증명하기 위한 것이기도 하죠.

가격은 한 장에 900유로에서 1,900유로라는 게 맞나요?

네. 물론 더 내셔도 되고요. 하하하.

파리지앵, 당신에게 반했어요!

즉석 사진기Photomathon를 설치해서 손님을 끌고 있는데 이것을 접근 가능한 럭셔리함으로 볼 수 있을까요?

캐빈 스튜디오지하철이나 쇼핑몰 등지에 있는 무인 사진기와 유사한 것이나 아르쿠르의 전통적인 흑백 사진으로 인화되는 차이점이 있다.가 정확한 표현일 것 같아요. 브랜드를 젊게 하고 아르쿠르의 세계를 모르는 젊은 층에게 다가가기 위한 취지로 2011년 칸 영화제에서 처음 선보였죠. 소통의 도구라는 관점에서 시도한 거예요. 스튜디오에서 찍는 것처럼 조명이 있고 플래시가 없다는 점과 대문자 'H' 로고가 박혀 있는 사진을 통해서 많은 인기를 얻고 있어요.

스튜디오 아르쿠르의 럭셔리함이 프랑스인의 사치스러운 면을 반영하고 있는 것은 아닌가요?

프랑스인은 대개 사치스러운 것을 동경하지만, 실제로 사치스러운 생활을 한다고 하더라도 그것을 드러내고 싶어 하지는 않죠. 아르쿠르 사진의 절반 이상은 선물로 나가요. 간략하게 설명한다면, 선물을 주고 싶은 상대방에게 아르크루에서 사진 찍을 기회를 주고 그 비용을 결제해 주는 것을 말해요. 아르쿠르에서 사진을 찍는다는 것 자체가 특별한 이벤트라고 할 수 있는 거죠. 상대방에게 사랑한다는 마음을 표현하기 위한 고상한 방식이라고 할 수 있어요. 자기 자신에게가 아니라 상대방에게 그 사치스러움을 전가함으로써 자아도취로 비춰지는 것을 두려워하는 프랑스인의 성향을 반영한 현상이라고 봐요. 다른 나라 사람들과는 조금 다른 감수성을 갖고 있다고 할 수 있죠.

앞으로 스튜디오 아르쿠르의 행보는?

모험은 계속될 거예요. 어떤 스튜디오는 유행에 따라서 스타일이 달라지기도 하는데, 우리는 절대 아니에요. 우리가 뒤처졌다고 생각할 수 있지만 오히려 사람들은 그런 부분에 애착을 가져요. 이 나라의 위대함을 지니게 한 가치라고 생각합니다. 저희는 러시아, 남미, 아프리카까지 움직여요. 일본 미츠코시 백화점에서 와달라는 요청이 있었고 중국에도 갔는데 아직 한국에는 한 번도 안 갔네요. 앞으로도 똑같은 방식으로 계속 작업할 테지만 더 국제화될 거예요. 언젠가 한국으로도 여행 갈 수 있길 바라요.

파리지앵, 당신에게 반했어요!

　인터뷰를 마친 뒤 조르주 아이터 씨와 스튜디오 대기실 곳곳을 장식하고 있는 유명인사들의 사진을 둘러보았다. 사진 하나하나가 각 인물의 개성을 선명하게 드러내고 있었다. 나는 실제 모델이 된 것처럼 촬영 진행 순서에 따라 안내를 받았다. 촬영 준비를 위한 메이크업룸은 피사체에서 광채가 나지 않도록 매트하게 피부를 연출하고 사진작가와 모델 사이에 신뢰를 다지는 공간이라고 한다.

　가장 인상적이었던 방은 사진 촬영이 이루어지는 '무대'였다. 아무도 없었는데도 그 엄숙한 분위기에 압도당했다. 아이터씨가 설명을 덧붙였다.

　"거의 종교적인 분위기 속에서 아르쿠르의 아티스트들은 모델의 매력을 끌어내기 위해 인간이 지닌 얼굴의 신비를 살피고, 그 영혼의 비밀이 앵글에 잡힌 순간 그 고유한 생명력을 사진에 담아요."

　사진 촬영 후 최종 사진 3장 중에서 딱 1장을 고르는 의식이 거행되는 방도 있었다. 심혈을 기울여 고를 수 있도록 그 넓은 방에는 오직 사진 3장만이 조명 아래 가지런히 전시대에 놓인다.

요즘은 사진이 흔해도 너무 흔해졌다. 1826년에 프랑스인 조세프 니세포르 니엡스Joseph Nicephore Niepce가 최초로 인화 사진을 찍은 이래로 필름 없는 디지털카메라가 등장하기까지, 사진의 역사는 부단히 대중화'의 길을 걸어왔다. 이제는 누구나 스마트폰으로도 어지간한 사진은 다 찍을 수 있다. 그러나 사진이 일상이 되고 사진가가 넘쳐난다지만, 어떤 분야에도 고수가 있듯이 사진에도 고수가 있음을 실감한다. 스튜디오 아르쿠르의 사진을 봤을 때 그런 느낌을 받았다. 스튜디오 아르쿠르의 사진은 무어라고 설명할 순 없지만 왠지 완벽한 작품이란 생각이 든다. 사람들이 정보가 없는 모나리자에 끌리는 것처럼 해석하기 불가능한 사진, 인물에 대한 상상의 여지를 던져 주는 사진 등등. 자신만의 스타일을 고집하고 이를 발전시키기 위해 끊임없이 노력하는 스튜디오 아르쿠르는 살아있는 사진 예술의 전설이다.

*Studio Harcourt
6 Rue de Lota, 75116 Paris
Tel +33 (0)1 42 56 67 67
www.stutio-harcourt.eu

프랑스와 스위스의 종지기들

종은
영원할 거라는
안도감을 줘요

....

Claude-Michaël Mevs / Antoine Cordoba

클로드 미카엘 멥스 / 앙투안 코르도바

파리지앵, 당신에게 반했어요!

Antoine, Claude

　고등학교 시절 프랑스어 시간에 선생님께서 뮤지컬 〈노트르담 드 파리〉를 영상으로 보여 주셨다. 빅토르 위고의 동명 소설을 원작으로 한 이 뮤지컬은 감수성이 풍부한 우리 반 낭랑 18세 소녀들을 열광시켰다. 미녀 집시 에스메랄다, 세속적인 사랑에 괴로워하며 살인까지 마다치 않는 신부 프롤로, 이루어질 수 없는 애절한 사랑으로 상한 가슴을 부둥켜안아야 했던 종지기 꼽추 콰지모도. 그리고 콰지모도의 애끓는 마음을 울리던 노트르담의 종소리…. 아름다운 가사와 가슴을 울리는 멜로디, 화려한 안무들이 앙상블을 이루고 사랑을 갈구하는 콰지모도의 폭발적인 가창력은 극의 절정을 이룬다.

　내가 서 있는 곳은 파리의 한복판, 센 강 변의 셰익스피어앤컴퍼니 앞. 어디선가 종소리가 들려온다. 아마도 이 종소리는 노트르담에서 울리는 것이리라. 혹시 노트르담의 종지기 콰지모도가 종을 치고 있는 건 아닐까? 소설 속 종 치는 콰지모도의 모습과 현실 속 종소리가 오버랩된다. 별생각 없이 인터넷에 콰지모도를 검색했는데, 그 전설 속의 콰지모도가 살아 있다는 사실을 발견했다! 그는 지금 스위스에 살고 있었다. 약속 날짜를 정하고, 나는 파리에 도착한 다음 날 제네바로 향하는 새벽 비행기에 몸을 실었다. 제네바의 생피에르 성당Cathédrale Saint-Pierre 앞에서 우리는 첫 만남을 가졌다.

　콰지모도는 현실에서 클로드 미카엘 멥스Claude-Michaël Mevs라는 이름을 갖고 있었다. 그는 인터뷰에 앙투안 코르도바Antoine Cordoba라는 고등학생도 불렀다. 알고 보니 클로드는 스위스 프리부르Fribourg의 지역 라디오 진행자였고 교회의 종을 공부하

는 고상한 취미를 갖고 있었다. 앙투안은 프랑스 남동부 오트사부아Haute-Savoie에 있는 낭지Nangy 마을의 교회 오르간 연주와 카리용Carillon 연주 그리고 종지기를 담당하고 있었다.

인사를 나누며 나는 이들이 나를 만나기 위해 먼 거리를 달려왔다는 사실에 감격했다. 각자 사는 곳으로부터 클로드는 직접 운전해서, 앙투안은 아버지의 차를 타고 각각 2시간씩 달려서 제네바에 왔다는 것이다. 클로드와 앙투안은 2시간쯤은 아무것도 아니라며 손사래를 치며 잠시 후 보게 될 생피에르 성당의 종을 상상하며 처음 보는 나보다 더 들떠 있는 모습이었다.

종이라는 하나의 공통된 관심사로 똘똘 뭉친 톰과 제리 같은 그들은 종종 함께 종을 찾아서 순례의 길을 떠난다고 한다. 그렇게 알게 된 종 제작자를 시작으로 프랑스와 스위스의 성당 관리인, 경비인까지 종과 관련된 직종에 종사하는 사람들과 형성된 막강한 인맥을 자랑했고 그 덕분에, 오늘도 외부인에게는 출입이 금지된 생피에르 성당이지만 관리인을 이미 포섭해 놓았단다.

제네바의 스산한 겨울 날씨가 몸을 움츠리게 한다. 따뜻한 커피 한 잔이 그립다. 우리는 생피에르 성당 근처의 허름한 카페에 들어섰다.

어떻게 종의 세계에 입문하셨나요?

클로드 어렸을 때 살던 동네에 있던 교회 종은 외부에서도 볼 수 있었는데 종이 울리면 부모님이 저를 구경시켜주려고 교회에 데리고 가셨어요. 14살 때까지도 일요일마다 교회로 종을 보러 갔죠. 아버지께서는 아들이 역사적인 유산에 관심 갖는 것을 북돋워 주셨어요. 그러다가 청소년 때는 친구도 사귀어야 하고 다른 것에 더 관심이 많아졌죠. 특히 노래요. 그래서 지금 라디오 진행자로 살고 있어요. 그리고 10년 전, 앙투안처럼 종에 열광하는 사람들을 인터넷에서 알게 되었고 다시 종을 향한 열정에 빠지게 됐어요. 열정을 여럿이 나눌 수 있다니 더없이 즐겁고 행복해요.

앙투안 할머니께서 음악가세요. 제가 사는 오트사부아 합창대 단장이시죠. 8살 때 카리용 연주자인 할머니 친구가 교회 탑에서 카리용을 연주하는 걸 보게 되었는데 그때 종한테 반했어요. 저는 거기서 그치지 않고 제가 사는 마을의 시장님에게 교회에서 종을 칠 수 있게 해달라고 편지를 썼답니다. 시의회를 거쳐 저의 요청이 받아들여졌죠. 은퇴한 선배 종지기에게 방법을 전수받아 밧줄로 종을 치게 되었고, 카리용은 연습용 카리용으로 연습했어요. 만약 실제 카리용으로 연습했다면 소리가 너무 커서 마을 사람들이 총 들고 교회로 쫓아 왔을 거예요. 하하하!

종은 밧줄을 잡아당겨서 치면 되는 거고, 카리용은 뭐예요? 생소하네요.

앙투안 카리용이란 멜로디를 연주하는 종이에요. 서로 다른 음색을 지닌 몇십 개의 종을 조합한 연주 장치라고 생각하면 돼요. 종의 추와 연결된 손 건반과 페달 건반으로 연주하는 고전 악기죠. 생모리스 수도원Abbaye Saint-Maurice은 스위스에서 가장 큰 카리용을 갖고 있어요. 위엄 있고 멋져요. 카리용 연주자 자리가 공석이어서 제가 연주할 수 있는지 물었죠. 부활절이나 크리스마스 등 종교적인 행사 때 카리용 연주를 돕고 있어요. 낭지에서는 정식으로 임명된 카리오너, 생모리스에서는 임시 카리오너예요.

두 분의 관계가 아리송해요. 어떻게 친해지게 되셨나요?

클로드 인터넷에서 종 동호회에 가입하고 실제로 처음 봤을 때 앙투안은 너무 어렸어요. 각자 살고 있는 지역의 교회 종탑으로 서로를 초대하고 다른 지역의 종들을 탐방하면서 가까워졌죠. 앙투안은 음악에 일가견이 있고, 저는 종에 대한 글을 쓰죠. 그렇게 협력해서 공동 작업을 하고 있어요. 공통의 열정이고 우정이죠. 제가 사는 지역의 샤텔 생 드니 교회Châtel-St-Denis에서 프랑스 문화유산의 날 행사를 했는데, 종에 대한 가이드를 하겠다고 자청했어요. 그날 앙투안도 와서 종 음악에 대해 설명을 곁들어 줬어요. 100명 정도 와서 하루 종일 인근 지역의 종들을 탐방했죠.

종의 어떤 점이 좋으세요?

앙투안 종탑에 올라간다는 건 우리가 특권을 누리고 있다는 생각이 들게 하죠. 종소리는 모든 사람이 들어요. 근데 전 종소리가 유령 같다는 생각을 했어요. 많은 사람이 듣지만 볼 수 없고 만질 수도 없죠. 생피에르 성당의 카리용은 2011년에 종의 개수를 늘렸는데 새로운 종들이 생피에르 성당 앞에서 만들어졌어요. 1,000명이 넘는 사람이 모여서 그 광경을 봤죠. 1세기 만에 일어난 일이라 사람들이 신기해했어요. 생피에르 성당은 1160년에 완공된 이후로 전쟁, 화재를 겪었고 특히 1536년에는 종

파리지앵, 당신에게 반했어요!

교개혁이 있고 난 뒤로는 모든 게 바뀌었어요. 18세기에는 네오클래식 기법으로 외관이 증축되기도 했죠. 하지만 종은 그대로예요. 종소리도 그대로죠. 또 다른 예를 들면, 오트사부아의 교회는 1473년에 지어졌어요. 그때 교회 주변에는 집이 달랑 세 채 있었어요. 지금 오트사부아는 나사 깎기로 세계 1위예요. 엄청나게 공업화가 됐죠. 그럼에도 종은 항상 충직하게 변함없이 그 자리에 있어요. 교회가 지어진 이후로 유일하게 남아 있는 것은 22시 15분에 어김없이 귀가 및 소등을 알리는 종소리예요.

클로드 그 영속성을 말하고 싶어요. 요즘 세대는 핸드폰은 1년, 자동차는 2년, 배우자는 3년 만에 바꾸잖아요.

앙투안 아니, 배우자는 6개월이에요. 하하하.

클로드 종은 기본이 100년이죠. 스위스 프리부르의 생니콜라 성당Cathédrale Saint-Nicolas de Fribourg에 있는 생트바르브Sainte Barbe라는 종은 1367년에 주조됐어요. 그동안 그 종이 몇 번이나 울렸을지 상상해 보세요. 프리부르에는 무두질을 하는 아틀리에가 많았어요. 밤늦게까지 작업할 때는 화재 방지를 위해서 소등을 알리는 종이 필요했어요. 이 전통이 지금까지도 내려오고 있죠. 종은 영원할 거라는 안도감을 줘요. 그리고 어느 취미랑은 다르잖아요. 운동처럼 모든 사람이 관심을 갖는 것은 아니죠. 더 우월하다는 뜻이 아니라….

앙투안 드물기 때문에 더욱 값져요.

클로드 제 성격이랑도 잘 맞아요. 종탑에 올라갈 때는 축구 경기장 앞에서처럼 엄청 긴 줄을 서지 않아도 되죠. 그리고 종은 완벽한 예술이에요. 모든 종은 유니크해요! 도시에 따라 음의 반향도 다르고, 문양, 야금, 밧줄, 역사 다 다르죠. 비슷한 종이라고 여겨진다면 비슷한 시기에 같은 제작자가 만든 거예요.

종은 한 가지 음만 갖고 있나요?

앙투안 네. 한가지 음을 기본적으로 갖고 있고, 추가로 여러 음을 갖고 있어요. 이따 올라가서 직접 들으면 더 이해가 될 거예요. 예를 들어 어떤 종이 1옥타브 솔의 음으로 주된 소리를 낸다고 하더라도, 그 주변에 2옥타브 솔, 2옥타브 시 플랫, 3옥타브 레, 3옥타브 솔 … 이렇게 수천 가지, 정말 수천 가지의 화성이 이루어져요. 그 음폭이 80헤르츠부터 2만헤르츠까지 무척 넓죠. 밖에서 들으면 한 음인 것 같지만, 음악적인 감각이 있다면 여러 가지 음을 낸다는 걸 알 수 있을 거예요. 무지개처럼요. 요즘의 종은 소리 음조를 맞춘 뒤 거푸집에 부어서 만들어지기 때문에 비교적 단조로운 소리를 내지만, 중세 시대나 바로크 시대의 종은 보다 넓고 풍부한 소리를 지녔다고 할 수 있죠.

클로드 예외도 있긴 해요. 프랑스 중부 루아르에셰르Loir et Cher 지방의 방돔 트리니테 수도원Abbaye de la Trinité de Vendôme에 있는 앙투안이라는 종은 1700년에 만들어졌는데 화음이 현대적이에요. 카리용의 경우는 멜로디를 연주하는 악기이기 때문에 각각의 종들은 더 정확한 음높이를 가지고 있죠.

언제 종을 치세요?

앙투안 큰 행사가 있을 때 카리용 연주를 해요. 생모리스 수도원은 부르면 가요! 저희 가 어떤 종탑을 방문하면 녹음을 하기 위해 종을 칠 때가 있어요. 파리에 있는 사크레 쾨르 성당Cathédrale Sacré-Coeur의 종탑도 방문했었는데 오직 우리를 위해서 평범한 날 이었는데도 종을 울렸어요. 무려 18톤이나 나가는 종이에요!

클로드 저의 집에서 30분 정도 떨어진 곳에 그랑제트Grangette라는 마을이 있어요. 종 이 2개 있는데 큰 종은 1톤이죠. 꽤 무거워요. 이 종은 아침, 점심, 저녁에 한 번씩 삼 종기도를 알리죠. 종 옆에 사는 어느 부인이 종을 치죠. 가끔 가서 그녀에게 쳐도 되 는지 물어보고 허락을 받아서 종을 치곤 해요. 종이 울리는 시간은 지방마다 풍습에 따라서 달라요. 그리고 성당이나 수도원에는 종이 여러 개가 있어요. 때와 목적에 따 라서 울리는 종이 다르죠. 생피에르 성당의 클레망스Clémence라는 종은 축제 기간에 만 울려요. 우리가 평소에는 늘 쓰던 식기로 식사를 하지만 누군가를 초대하면 식탁 보를 깔고 예쁜 식기를 꺼내는 것처럼 가장 큰 종은 축제를 위해서 아껴 두는 거예요. 파리 노트르담에 있는 에마뉘엘Emmanuel은 무게가 13톤이 넘어요. 12세기에 만들어 졌는데 현재까지도 그 아름다움을 유지하고 있죠. 에마뉘엘은 가장 아름다운 소리를 내는 유럽 최고의 걸작이에요. 그만큼 중요한 시간에만 종을 울리죠. 불행하게도 3주 전에 우리는 이 종의 소리를 들었죠. 파리 테러 때문에…. 에마뉘엘은 프랑스를 상징 하는 종이에요. 에마뉘엘은 그날 울어야만 했죠.

저 같은 사람은 에마뉘엘이 울리는지 다른 종이 울리는지 구분이 안 될 것 같아요.

앙투안 이번에는 텔레비전에도 나왔기 때문에 많은 사람이 볼 수 있었어요. 정확히 11월 15일 18시 15분이었죠.

공부도 해야 하는데 카리용 연주랑 어떻게 병행해요?

앙투안 한 번 학교를 결석한 적이 있어요. 9월 22일, 생모리스 수도원이 세워진 지 1500년이 된 것을 기념하는 날이었는데 카리용이 없다는 건 말이 안 되잖아요. 어쨌든 공부가 우선이죠. 고3이니까요.

종을 칠 때 무슨 생각을 하시나요?

앙투안 생모리스 수도원은 유럽에서 가장 오래된 수도원이에요. 1500주년 미사 때 4,000명이나 되는 청중이 왔어요. 긍지도 느꼈지만 스트레스도 받았죠. 종은 신과 연결돼요. 종소리는 하나님의 목소리라고 생각되지요. 겸손하게 그분의 말씀을 전하려고 해요. 그건 숭고한 의무죠.

종소리를 들으면, 마음이 고요해지면서 잠잠해져요. 종소리는 사람들에게 어떤 영향을 줄까요?

클로드 이른 아침에 종소리가 들리면 불평하는 사람도 간혹 있죠. 나라마다 다른 양상을 보일 것 같은데 스위스 사람들은 종과 굉장히 밀접해요. 종교 행사 때 종이 울리고 국경일에도 종이 울리죠. 프리부르 대성당 공사 때문에 몇 달 동안 종이 울리지 않은 적이 있어요. 매시간 울리던 종도 없었죠. 사람들은 불행했죠.

앙투안 낭지에서도 종이 안 울리면 무슨 일이 일어난 줄 알아요. 매시간 울리는 종, 삼종기도를 알리는 종, 일요일 아침 예배를 알리는 종, 죽음을 알리는 종이 있죠. 세례를 받으면 종이 울리고 성찬식에도 종이 울리고 결혼식에도 종이 울려요. 기쁠 때와 마찬가지로 슬플 때도 함께하죠. 인생의 동반자예요.

한국에서도 예배 전에 종을 치곤 했는데 지금은 소음으로 여겨지고 있어요. 어떤 대책이 있을까요?

클로드 6년 전에 프리부르에서 있던 일이에요. 어떤 사람이 이사를 왔는데 22시 15분마다 울리는 소등 종이 그의 신경을 거슬리게 했어요. 그래서 종을 울리지 못하도록 협조를 요청하는 동의서를 작성해서 온 마을 주민들에게 서명을 받으러 다녔어요. 그런데 첫 번째로 찾아간 집에서 종이를 찢으면서 하는 말이 '종은 우리가 태어나기도 전에 울렸고 우리가 죽고 나서도 울릴 거야. 당신 마음에 안 들면 당신이 나가세요.'였어요.

종을 치는 것 말고 콰지모도와 어떤 공통점이 있으신가요?
클로드 콰지모도는 혹이 등에 있는데 저는 혹이 배에 있어요. 하하하! 에스메랄다도 없네요.
앙투안 대신 제가 옆에 있잖아요! 하하하!

그들의 입에서 술술 나오는 지식과 정보에 입이 떡 벌어졌다. 나에게 하나라도 더 가르쳐주기 위한 열의와 열정은 하늘을 찔렀다. 우리는 드디어 생피에르 성당의 종탑을 경험하기 위해 발걸음을 옮겼다. 종탑에 오르는 일은 만만치 않았다. 성인 한 사람이 서면 꽉 차는 좁은 계단이 끝없이 이어졌고 잠시 멈춰서 쉴 만한 공간도 없었다. 다리로 전해져 오는 고통에 슬슬 적응해갈 무렵 전망대가 나타났다. 제네바의 전경을 보며 숨을 고르니 머릿속이 개운해지는 느낌이었다. 그리고 또다시 원형 계단을 오르고 열쇠로 여러 개의 문을 통과한 뒤 꿀단지라도 숨겨져 있을 것 같은 작은 다락방에 도착했다.

앙투안 탑이 3개인데 우리가 있는 곳은 카리용이 있는 첨탑이에요. 다른 탑에는 클레망스라는 종과 다른 종들이 우릴 기다리고 있어요. 이곳 카리용의 종 수는 총 37개에요. 이 작은 종들도 그렇게 안 보이지만 하나에 150킬로그램이나 나가죠. 15분 마다 연주되고 있어요. 카리용의 구동은 일반 종처럼 자동과 수동 두 가지 방법으로 되어 있어요. 자동으로 연주할 때는 시계 및 올갠과 연결되어 있고 수동으로 연주할 때는 카리용 연주자가 손과 발로 키보드를 조작해 연주하는 방식이죠. 이건 카리용 연주드럼이에요. 멜로디 박스에 들어 있는 롤러와 비슷하죠? 자동일 땐 카리용과 연결된 자동 연주 시스템을 통해 정해진 시간에 미리 입력된 곡이 자동으로 흘러나와요. 수동은 피아노랑 닮은 건반을 주먹으로 내리쳐야 해서 힘이 필요해요.

그때 갑자기 시라솔파미레레레의 청명하고 단아한 음색의 멜로디가 들려온다. 12시 15분을 알리는 카리용의 종소리였다. 남쪽 탑으로 이동했다. 그곳에는 엄청나게 큰 종이 있었다. 나는 난생처음 보는 종의 규모에 혀를 내둘렀다.

앙투안 저도 몸집이 큰 편인데 종 앞에서는 한없이 작아져요. 이제 곧 울리게 될 종이 앞에 있어요. 그녀의 이름은 라코르L'Accord라고 해요. 라코르, 이쪽은 한국에서 온 레아야. 레아, 이쪽은 라코르.

앙투안의 소개로 나도 반갑게 인사했다. "라코르 부인, 반가워요!"

앙투안 라코르는 1845년에 태어났고 무게는 2톤이죠. 3옥타브 도 소리를 내고 제작자는 사무엘 트레부 드 베베Samuel Tréboux de Vevey에요.

그럼 지금 나이가 어떻게 되는 거죠? 제 계산이 맞다면 170살?
클로드 저는 차마 못 물어봤어요. 부인에게 나이를 묻는 건 실례죠. 하하하.

종 안에 들어가도 돼요?

클로드 좋아요. 다만, 종이 울리지 않도록 기도해야겠죠.

우리는 라코르의 품을 떠나 옆에 있는 종으로 다가갔다.

앙투안 이 종은 라콜라빈La Collavine이라고 해요. 1609년에 제조되었고 3옥타브 솔 음을 내죠. 무게는 1톤이고 조금 더 고음을 내죠. 이건 가장 최근에 만들어진 레스페랑스L'Espérance, 클레망스의 100주년을 기념하기 위해 2002년에 만들어졌어요. 클레망스를 만든 뤼치Ruetschi라는 제작사의 작품이에요.

앙투안이 설명을 채 마치기도 전에 1시를 알리는 카리용 소리가 들려온다. 은은하고 예쁜 소리다. 하늘에다 수채화를 그리는 것 같다. 곧 라코르 부인이 소리를 낼 차례였다. 우리는 귀마개로 귀를 막았다. 종이 바이킹처럼 높이 올라갈수록 거대한 에너지 덩어리가 엄습하는 듯한 압도적인 힘이 느껴졌다. 엄청난 음의 파장이 내 몸을 허공으로 내칠 것 같았다. 웅장한 소리의 세계에 빠져 정신을 잃었던 나는 종소리가 멈췄을 때, 가까스로 몸과 마음을 추슬러야 했다. 우리는 다시 좁은 계단을 내려와 바닥을 지나 구불구불 이어진 계단을 올라 북쪽 탑 정상에 도착했다.

앙투안 종을 둘러싸고 있는 이 골조는 15세기에 설치되었고 무게가 6톤, 2톤이나 되는 종 2개를 받치고 있죠. 몇 톤씩 무게가 나가는 종이 흔들리면서 소리를 내면 무게가 2배, 3배로 증가하기 때문에 그걸 지탱할만한 튼튼한 토대가 필요해요. 중세 때 이 원리를 발견했다는 게 놀랍죠.
클로드 벨리브Bellerive는 3옥타브 미 음을 내요. 무게는 2톤이고요. 그리고 클레망스는 2옥타브 솔 음을 내고 무게는 6톤, 추만 따로 재도 500킬로그램이 나가죠. 외관은 너무 아름다워요. 추가 너무 커서 소리가 조금 별로지만. 아까 본 레스페랑스랑 같은 제작자가 만든 거예요. 종이 말하네요. '맞습니다. 제 이름이 바로 클레망스에요!' 하하하!

"좋은 기쁠 때와 마찬가지로
슬플 때도 함께하죠.
인생의 동반자예요."

파리지앵, 당신에게 반했어요!

땅거미가 내려앉기 시작했다. 종의 아주 작은 부분까지 세밀하게 눈길을 주다 보니 하루가 훌쩍 지나버렸다. 경이로운 시간의 흔적에 취한 우리가 이곳에 더 오래 머물고 싶어 하는 마음을 잘 아는 듯, 생피에르 성당을 둘러싸고 커피숍, 레스토랑, 상점 등이 오밀조밀하게 자리하고 있다. 성당에서 오후 4시를 알리는 소리가 들려온다. 종소리가 울리는 성당 종탑 쪽으로 고개를 높이 든다. 천상에서 울리는 폭포수 같은 소리의 향연이랄까? 무어라 말로 표현할 수 없는 황홀한 음향이 나의 영혼을 휘감는다. '종아, 세상 모든 사람을 위하여 더 큰 소리로 울려다오!'

종이 포스터의 천국,
파리 지하철

파리 지하철은 1900년에 개최된 만국박람회에 맞춰 개통되었다. 오래된 것을 향한 프랑스 사람들의 고집은 지하철에서도 드러난다. 수동으로 버튼을 누르거나 잠금 걸쇠를 힘차게 젖혀야 열리는 문, 접거나 펼 수 있는 의자, 눈으로 확인하면 마음이 심란해지는 차량 연결 고리까지…. 꼬불꼬불 굽이치는 철로에서 앞 차량이 열을 내서 달리기라도 하면 뒤에 매달려 가고 있는 나를 태운 이쪽 차량은 자칫 툭 하고 떨어져 나와 어두컴컴한 지하 터널에 내동댕이쳐질 것처럼 불안하다. 그렇게 파리 지하철은 100년도 넘게 켜켜이 쌓인 세월을 싣고 달린다.

파리의 지하철만큼이나 파리의 지하철역 구내도 낡고 오래되었다. 파리의 지하철에서 특히나 눈에 띄는 것은 올드한 벽면 광고판이다. 낡고 좁은 통로와 플랫폼의 아치형 터널의 천장과 벽면은 흰색 타일로 거의 통일되어 있다. 지하의 조도 확보와 전염병 예방 등 위생상의 문제를 위해 흰색 타일을 사용했다고 한다. 이 심심한 흰 타일의 벽에는 큼직큼직한 전면 광고들이 다양하게 붙어 있다. 화려한 전광판이 아닌, 아직도 예전의 포스터 방식을 고수하는 데도 시선을 잡아끈다. 옛날 모습 그대로 타일 장식된 광고판의 프레임이 고풍스럽다. 흔한 광고판을 뭔가 그럴듯한 작품인 양 만들어 준다.

플랫폼에서 지하철을 기다리다 보면 가끔 광고판에 사다리를 놓고 광고 포스터를 붙이는 사람들을 볼 수 있다. 수없이 많은 포스터가 지하철 광고판에 등장했다가 사라지고 또다시 새로운 포스터가 붙여지듯이, 포스터를 붙이는 사람도 파리 지하철의 오래된 역사와 함께해 왔다. 작업 도구와 일하는 방식은 100여 년 전 그때와 달라진 게 없다. 포스터를 꺼내서 광고판에 있는 번호에 맞춰 분류하고 옥수수 전분으로 만든 풀을 준비하는 일이 매일 아침 반복된다. 포스터를 붙이는 에릭Eric과 앙드레André를 만나 즉석에서 인터뷰를 시작했다.

포스터를 잘 붙이는 특별한 비결이 있나요?

에릭 풀의 조제 방법이에요. 포스터가 잘 붙어야 되기도 하지만 쉽게 뜯어낼 수 있도록 해야 되거든요.

앙드레 포스터는 무게가 30킬로그램까지 나가요. 체력이 많이 필요한 직업이죠. 포스터 풀을 먹이는 게 첫 번째 단계인데 포스터가 풀을 흠뻑 머금을 때까지 잠시 기다려요. 바로 벽에 붙이면 주름이 생겨서 예쁘지 않아요.

　에릭과 앙드레는 풀칠한 포스터를 펼쳐 벽에 붙이고 붓으로 마무리한다. 정확하고 신속하게 연속해서 한다.

전문적 교육도 받나요?

앙드레 풀을 먹이고 붙이는 것도 교육을 받아요. 실전에 투입될 때까지 6개월이 걸린답니다. 포스터 붙이는 일을 하려면 정말 부지런해야 하고 건강해야 해요.

　6만 개의 파리 지하철 광고 게시판 수 중 600여 개가 디지털화되었다. 여전히 종이 광고판이 대세이긴 하지만, 얼마나 더 지속될 수 있을까?

　각각 19살, 20살인 에릭과 앙드레는 12호선 담당이다. 이들처럼 1949년 설립된 메트로뷔스Metrobus, 파리지하철공사 광고업체에서 일하는 사람은 총 150명이다. 프랑스 최대 디지털 옥외 광고업체 제이씨데코JCDecaux는 현재 메트로뷔스의 33퍼센트의 지분을 갖고 있으면서도 전부 다 사들일 궁리를 하고 있다. 제이씨데코가 메트로뷔스의 지분을 다 차지할 경우, 파리의 지하철 광고는 급격히 디지털화될 것으로 예상된다.

　"비싼 디지털 광고는 말도 안 돼요. 종이는 오랫동안 남아 있을 거예요. 디지털은 계속 발전하겠지만 종이를 죽이진 못해요."

　에릭과 앙드레가 단호하게 말한다. 나 역시 그들의 희망대로 파리 지하철만큼은 종이 포스터가 끝까지 남아 있으면 좋겠다. 그래야 이들을 우연이라도 만날 수 있지 않겠는가!

"디지털은 계속 발전하겠지만 종이를 죽이진 못해요."

파리지앵,
당신의 열정에
반했어요!

파리의 국가대표 태권도 선수

세계 최고의 셰프

메르시의 아트 디렉터

보갸또의 파티시에

파리의 쥐 잡는 사나이

푸드 트럭 사장님

파리 7대학의
한국학과 학생들

파리의 국가대표 태권도 선수

도전이 없으면
결과도 없어요

Stevens Barclais

스티븐 바클레

Stevens Barclais

스티븐 바클레Stevens Barclais. 32세, 프랑스 국가대표 태권도 선수, 63킬로그램급. 이번 인터뷰 대상자다. 인터뷰 장소는 프랑스의 태릉선수촌이라고 할 수 있는 인셉 INSEP, Institut National du Sport l'Expertise et de la Performance에서 이루어졌다. 바클레 선수가 나를 직접 초대한 것이다. 한국에서는 태릉 근처에도 가 보지 못한 내가 프랑스 선수촌이라니!

인셉은 내가 내린 뱅센느성Château de Vincennes 역에서는 조금 거리가 있어 그가 차로 마중을 나왔다. 슈트에 선글라스로 완성한 패션은 마치 할리우드 배우 주드 로를 연상케 했다. 에너지 넘치고 패셔너블한 이 바람직한 남자는 뭐지? 태권도로 다져진 멋진 근육질 몸매에 상냥하기까지 했다. 우리는 국가대표 선수들이 이용하는 인셉 카페테리아에서 인터뷰를 가졌다.

태권도를 시작하게 된 특별한 계기가 있었나요?

선수로서는 늦은 나이인 21살에 시작하게 됐어요. 어느 날 쇼핑몰에서 발차기를 힘차게 하는 사진이 실린 태권도 클럽 벽보를 보게 되었죠. 2년 동안 운동을 쉬고 있을 때이기도 하고 르노 자동차 정비공의 일상에서 벗어나게 해 줄 만한 것을 찾고 있을 때여서 전화를 걸어 봤죠. 그리고 1회 체험 수업을 듣고, '바로 이거야!' 하고 결정했어요. 또 다들 그렇게 생각하듯이 흰색 태권도 도복도 마음에 들었고요.

한국을 알고 계셨나요?

태권도를 시작하기 전에도 물론 알고 있었죠! 사진을 통해서나 사람들과 대화를 통해서요. 근데 태권도의 나라라는 것은 몰랐었죠. 태권도를 시작하고 2011년 세계 선수권 대회에 참석하기 위해 한국에 갔을 때 너무 아름다운 나라라고 생각했어요.

한국의 어떤 점이 좋으셨나요?

깔끔한 것, 길에 쓰레기도 없고 동물도 없고. 한국 사람들이 사랑스럽고 잘 웃고 쉽게 말을 걸어 줘서 고마웠어요. 그리고 한국 음식을 빼놓을 수 없는데 파리에서도 선수들과 훈련하고 회식하면 삼겹살집으로 간답니다!

태권도를 배우면서 어려웠던 점은요?

태권도 고급 과정을 밟게 되면서 선수 제의를 받았죠. 정비사인 제 직업을 그만두는 것은 물론 회사에서 제공하는 집이나 차도 다 반납해야 했어요. 제가 감당해야 하는 부분이었죠. 계속 정비공으로 일한다는 것은 뻔하잖아요? 모험을 하면 더 많은 추억이 생기고 살아가는 데 더 많은 기회가 찾아올 거라고 생각했어요. 경험에서 얻는 것은 제게 피가 되고 살이 되죠. 도전하면 결과가 있고 도전이 없으면 결과도 없어요.

파리지앵, 당신에게 반했어요!

결과를 아무도 예측할 수는 없지만 일단 부딪쳐 보는 거죠.

늦게 시작했는데 오픈 챔피언십, 프랑스선수권, 세계선수권 등에서 많은 메달을 땄어요. 성공 비결이 뭘까요?

스스로 즐거워야 해요. 하지만 그게 전부가 아니죠. 매 순간 최선을 다해야 해요. 성공하기 위해서는 나를 아끼는 건 있을 수 없어요. 매일 발전시킬 수 있는 부분이 있는지 연구해야 하고, 그 기술을 습득해야 돼요. 충분히 훈련했다면 '나는 내 실력을 믿는다!'하고 속으로 외치면서 마인드 컨트을 하는 것이 중요해요. 보통 이렇게 하면 다 성공하지 않나요? 하하하!

기억에 남는 경기는?

2013년 멕시코 세계선수권대회였죠. 프랑스에서는 2005년 이후로 세계선수권대회에서 남자 메달이 없었어요. 제가 2005년 이후 8년 만에 처음으로 프랑스에 메달을 안겨 줬죠. 그래서 너무 기뻤어요. 다만 동메달에 그쳤다는 점에서 아쉬웠죠. 4강에서 제가 경기를 리드하다가 마지막에 상대 선수가 저를 1점 차이로 역전한 상황이었죠. 저는 세계 5위, 그 선수는 2위인 영국 선수였는데 저를 이겼던 적이 있어요. 경기 시간이 3초밖에 남지 않은 상황에서 저는 돌려차기를 시도했고 그때 타이머를 보니 3초, 2초, 1초! 득점했죠! 코치님이 저에게 정성을 쏟아부으셨고 함께 힘들게 훈련했는데 그가 기뻐하는 모습을 보니 좋았어요.

한국 선수들에 대해 어떻게 생각하시나요?

그동안 2명의 한국 선수와 겨뤘는데요. 그들은 정말 강해요. 일단 한국은 태권도의 종주국이고 태권도를 배우는 사람의 수가 많으니까 그만큼 잘하는 사람의 수도 많죠. 프랑스랑은 환경이 달라요. 제 개인적인 생각으로는 이대훈 선수가 정말 잘해요. 세계선수권에서 2연패를 달성했고 2012년 런던 올림픽에서 은메달을 땄죠. 기술이 빠르고 영리하게 경기 운영을 해요.

직장 생활도 한다고 들었어요. 훈련을 병행하는 게 힘들지는 않나요?

저는 프랑스 국유 철도SNCF, Société Nationale des Chemins de Fer Français 커뮤니케이션 부서에서 일하고 있어요. 일주일에 하루, 아침 9시부터 오후 6시까지 일한 지 벌써 4년이 됐네요. 사실 국가대표라 할지라도 미래가 보장된 것은 아니기 때문에 생업을 이어나갈 수 있는 이런 제도가 감사한 일이죠. 경제적인 수입에 대한 걱정이나 염려를 덜 수 있고, 또한 실력에 따라서 대표 선수가 정해지는 것이기 때문에 저에겐 끊임없는 원동력이자 동기가 되고 더 열심히 할 수 있는 원천이에요. 또한 기업 측에서 홍보나 지원도 아끼지 않으니 큰 힘이 됩니다.

롤모델이 있나요?

저는 굉장히 롤모델이 많은 편이에요. 여기저기 모든 사람의 좋은 점을 본받으려고 노력해요. 감사하게도 제 주변에 좋은 사람이 많이 있어요. 맨날 함께 훈련하는 코치님과 동료들은 제게 늘 자신감과 긍정적인 영향을 주죠. 또 일상적인 삶에서 가깝게 지내는 사람들도요. 가장 친한 친구의 아들이 암에 걸렸는데 그 친구의 강한 모습이 절 놀라게 했어요. 그래서 '아, 나도 그와 같다면 좋겠다.'하는 생각이 들었어요. 제가 사랑하는 사람들의 모습을 닮고 싶어요.

2016년 리우 올림픽을 어떻게 전망하나요?

일단 러시아 세계선수권대회에서 금메달을 따면 거의 자동으로 올림픽 선수 리스트에 올라가게 돼요. 그럼 세계 랭킹도 올라가게 될 테고…. 컨디션도 잘 관리하고 준비도 철저하게 해서 메달을 딴다면 정말 좋을 것 같아요. 지금까지는 모든 게 좋아요! 열심히 훈련하고 있고 무엇보다 프랑스 대표팀이 똘똘 뭉쳐 있어요.

선수로서의 목표가 있다면?

세계선수권대회 우승과 올림픽 메달이요. 잘난척하는 것 같으니까 금메달이라고는 하지 않을래요. 메달만 받아도 감사하겠지만 세계선수권대회 우승은 무조건 원해요. 그동안 프랑스 선수는 딱 2명만 우승했거든요. 제가 그다음이 되어서 프랑스 태권도 역사에 기록을 남기고 싶어요. 그럼 정말 좋겠죠?

파리지앵, 당신에게 반했어요!

"결과를 아무도 예측할 수는 없지만
일단 부딪쳐 보는 거죠."

파리지앵, 당신에게 반했어요!

인터뷰 후 바클레 선수가 인셉의 이곳저곳을 안내했다. 역시 프랑스를 대표하는 선수들이 운동하는 곳이라서 그런지 시설이 어마어마했다. 연습장마다 각 종목별로 선수들이 자신들의 기량을 키우는데 구슬땀을 흘리고 있었다. 프랑스 국가의 영웅들, 실제 메달리스트들을 눈앞에 보고 나니 너무 멋있고 가슴이 벅차올랐다. 체조 연습장, 펜싱 연습장 등을 둘러보니 몸을 풀고 있는 선수들이 눈에 들어왔는데 다리 찢기가 후덜덜…. 단 몇 초, 몇 분의 순간을 위해서 얼마나 많은 시간을 땀 흘리며 연습했을지 나는 감히 상상도 못 하겠다.

드디어 들어선 태권도장. 무릎을 들어 올리는 스트레칭과 근력운동부터 시작해서 다양하고 활기찬 동작을 보니 재미있었다. 힘찬 기합, 다부진 주먹과 절도 있는 발차기는 보는 것만으로도 위엄이 느껴졌다. 신체 구조상 다리가 월등하게 길어서 발차기할 때 파워가 어마어마할 것 같다. 바클레 선수의 코치가 내게 태권도를 배운 적이 있냐고 묻는다. 대한민국 사람이라면 누구나 배웠을 법한 태권도지만 나는 배운 적이 없다. 조금이라도 배웠다면 시늉이라도 하면서 프랑스 국대들과 어깨를 나란히 하는 건데! 후후!

열심히 훈련하는 프랑스 선수들을 보니 리우 올림픽을 겨냥한 프랑스 태권도의 발걸음이 바빠지고 있음을 느낀다. 지금처럼 그렇게 펄펄 날며 자신의 실력을 유감없이 발휘하길!

제 전투는
그릇의 움푹한 곳에서
일어나죠

Pierre Gagnaire

피에르 가니에르

Pierre Gagnaire

미식가가 아니더라도 사람들은 대체로 끼니때마다 무엇을 먹을 것인지 고민한다. 그만큼 먹는 것은 우리의 삶 속에서 중요한 부분이라는 뜻일 것이다. 나는 맛있는 음식을 먹으면 정말이지 세상에서 가장 행복한 기분에 사로잡힌다. 반면에 맛없는 음식을 먹을 땐 신경쇠약이 올 지경이다. 어린 시절이긴 했지만, 식탁 위에 맛없는 음식이 올라올 땐 엄마에게 온갖 짜증을 부렸던 기억이 난다. 가끔은 이런 내가 한심하게 느껴졌고, 오로지 '먹기 위해 사는 것' 같은 내 모습에 실망하며 다듬어지지 않은 본능을 책망하기도 했다. 그러나 어쩌랴, 맛 좋은 음식을 포기할 수 없는 여전한 내 미각을! 내가 이토록 맛있는 음식에 탐닉하게 된 것은 초등학교 때부터였던 것 같다.

초등학교 5학년 때 프랑스에 건너가 2년 6개월 동안 생활한 적이 있었다. 생소한 학교생활 중에서 가장 신 나는 시간은 점심시간이었다. 프랑스 학교급식에서 나는 이전까지는 전혀 맛보지 못한 '음식천국'을 경험했다. 이름이 뭔지도 모르는 생전 처음 보는 음식들 … 나는 눈이 휘둥그레져서 얼마나 맛있게 그것들을 집어삼켰던지! 주위의 프랑스 친구 중에는 급식 앞에서 시큰둥해서 포크 질 몇 번 하고 그 아까운 음식 대부분을 남기는가 하면, 더러는 아예 급식을 포기하고 집에 가서 먹고 오는 친구들도 있었다. 반면에 나는 매번 왕성한 식욕으로, 음식을 다 먹은 후에도 접시에 묻어있는 소스까지 바게트 조각으로 깨끗하게 닦아 먹곤 했다.

또한 아빠가 이른 아침마다 동네 단골 빵집에서 사 오시는 갓 구운 고소한 바게트에 콤콤한 곰팡이 냄새가 나는 까망베르, 염소치즈, 로크포르 등을 발라 먹었던 아침 식탁에서 내 미각은 또 얼마나 큰 호사를 누렸던지!

가끔 부모님을 따라나섰던 프랑스 친지들의 만찬 모임에서는 자정을 넘기는 식사도 있었다. 아페리티프Apéritif, 식전주, 미정부쉬Mise en bouche, 식전주 등과 함께 먹는 간단한 음식, 오르되브르Hors d'oeuvre, 본식 전에 나오는 간단한 요리, 앙트레Entrée, 본격적인 요리가 시작되기 전 등장하는 요리, 생선요리, 육류, 치즈, 디저트, 커피, 디제스티프Digestif, 식후주까지! 끝없이 이야기하며 먹고, 게임하면서 먹고, 놀 사람이 없으면 혼자서 먹고, 먹고 싶으면 먹고, 먹기싫어도 먹고, 심심하면 먹고… . 정신이 혼미해질 때까지 먹었다.

우리 음식에 대한 프랑스 친구들의 반응도 생각난다. 친한 프랑스 친구들을 초대한 나의 13살 생일 파티 때 엄마가 불고기, 잡채, 탕수육, 떡볶이 등을 한 상 차려 주셨다. 나는 어린이 민간 외교관이 되어 자랑스러운 한식에 관해 설명했고, 친구들은 매운 떡볶이에 진땀을 흘리면서도 서툰 젓가락질을 멈추지 않았다. 결과적으로, 엄마의 상차림으로 내 생일 파티는 인기 만점, 대성공을 거두었다. 그 날은 프랑스 친구들에게는 맛있는 한국 음식을 처음 경험한 특별한 날이었을 것이다. 아빠의 지도교수님을 집으로 초대했을 때에도 교수님은 음식을 드실 때마다 연방 엄지를 치켜세우며, 메뉴 하나하나에 재료가 무엇이며, 어떻게 만드는지 꼬치꼬치 물으셨다. 음식과 대화가 풍성했던 만찬이 자정을 넘겨 끝난 것은 당연한 일이었다. 프랑스를 생각하면, 이렇게 좋은 음식을 함께 먹으면서 화기애애한 대화와 웃음이 끊이지 않았던 유쾌한 추억들이 가장 먼저 떠오른다.

프랑스인의 음식 사랑은 끝이 없다. 앞에서도 얘기했지만, 서너 시간씩 먹는 것은 기본. 프랑스인들의 입은 쉴 틈이 없고 음식 앞에서는 대화가 끊이지 않는다. 먹기 위해 말하는 것인지, 말하기 위해 먹는 것인지 엄청 헷갈린다. 분명한 것은 먹으면서 이야기하는 자체를 즐기는 일이 몸에 배어 있다는 것이다. 프랑스의 이러한 음식 문화가 프랑스 문화의 원류가 아닐까? 맛있는 음식을 음미하면서 자연스럽게 토론 문화가 형성되고, 이러한 토론 문화가 인간관계를 비롯하여 사회 각 방면에 많은 영향을 미치지 않았을까?

요리의 나라, 프랑스에서 현재 요리를 가장 잘하는 사람은 누구일까? 그 사람과 이야기를 나누고 싶어졌다. 요리에 관심이 많은 친한 언니에게서 그 사람이 피에르 가니에르Pierre Gagnaire라는 힌트를 얻었다. 그가 현존하는 세계 최고의 거장, 전 세계 요리사들의 존경을 한 몸에 받고 있는 셰프란다. 그의 이름을 내건 피에르 가니에르 레스토랑은 파리 본점을 기점으로 런던, 베를린, 도쿄, 홍콩, 서울, 두바이, 라스베이거스 등 세계 곳곳에 분점을 두고 있다.

여러 경로를 통해 어렵게 담당 매니저의 연락처를 알아냈고 드디어 피에르 가니에르 씨와 약속을 잡는 데 성공했다. 샹젤리제 뒷골목 발자크 호텔에 내점해 있는 그의 레스토랑으로 갔다. 안내를 받고 대기실에서 그를 기다리는 동안 긴장감과 함께 갖가지 호기심이 일었다. 이 사람의 눈빛은 어떨까? 손짓은 어떨까? 어떤 빠르기로 걷고 말할까? 친절하고 상냥할까? 등등. 이윽고 환상 속의 그가 현실로 나타났다. 셰프 복장에 청바지를 입고 있었지만 당당하고 범접할 수 없는 아우라를 지닌 훤칠한 키의 노신사였다.

먼저 단순한 질문부터 시작할게요. 요리계 데뷔부터 국제적인 성공에 이르기까지의 과정을 들려주시겠어요?

당신은 이게 단순해요? 한 인생인걸요! 저는 이 직업을 갖게 된 지 50년이 되었어요. 10대부터 아버지가 운영하는 르 클로 프뤼리Le Clos Fleury라는 레스토랑에서 조리사로 시작했죠. 그리고 1981년에 독립하여 생테티엔Saint-Etienne에 레스토랑을 열었고, 1993년 미슐랭 쓰리 스타를 달았어요. 그리고 1995년 파리로 자리를 옮기고 1년 만에 다시 미슐랭 쓰리 스타를 받았지요.

이런 성공을 가능하게 한 비결이 있다면?

무수한 도전과 노력, 선택에 대한 인내지요. 대중의 요구와 제가 추구하는 스타일이 맞지 않아 어려울 때도 있었지만 결코 저의 생각을 포기한 적이 없었죠. 저는 유행이나 트렌드에 좌우되지 않고 항상 제가 느끼는 대로 실천하려고 노력했어요. 타협하지 않았어요. 그러면서 성장했죠.

모두가 당신을 최고의 셰프라고 칭송해요.

우선 그걸 절대 믿으면 안 된다는 거예요. 왜냐하면 진실이 아니니까요. 저보다 훨씬 훌륭한 요리사가 있을 거라고 생각해요. 제 요리가 높게 평가되는 것은 큰 기쁨이자 영광이지만 그저 선물처럼 여겨야 하죠. 사람들이 저는 속임수를 쓰지 않는다는 걸 느끼는 것 같아요. 장사꾼처럼 그냥 앉아서 돈 버는 셰프가 아니라는 걸. 저는 다른 사람들과 다르지 않아요. 예쁜 와이셔츠를 입고 내 집에서 잘 자는 걸 좋아해요. 한 번도 수영장이나 최신 자동차에 사로잡힌 적이 없어요. 저는 진심과 열정을 다해서 요리해요. 그리고 항상 분석하죠. '나는 어떻게 이 성공을 얻었나?'

그가 갑자기 주머니에서 터프하게 흰색 행주를 꺼냈다.

이건 제가 여전히 주방에 있다는 뜻이에요. 이해하시나요? 저는 명성을 얻기 위해 애쓰고 온 힘을 쏟고 싶지 않아요. 제 전투는 그릇의 움푹한 곳에서 일어나죠.

"어떤 요리사든 음식을 통해
휴식의 순간을 창조하죠."

파리지앵, 당신에게 반했어요!

앞으로의 계획을 말씀해 주세요.

지금은 잘 모르겠네요. 전 그저 하루하루에 충실하고 제게 주어진 사명을 다할 뿐이에요. 제가 기대하는 건 앞으로도 오랫동안 요리하고 싶고 사람들과 나누고 무엇보다 이 직업에 절대로 무감각해지거나 흥미를 잃지 않는 거예요.

당신의 요리에서 한국 요리가 차지하는 비중은 어떤가요?

중요하죠. 한국에 레스토랑을 세운 지 벌써 몇 년 되었고^{2007년에 서울 롯데호텔 내에 입점시켰다.} 한국인들에게 열렬하고도 따뜻한 관심을 받고 있죠. 한국과는 아름다운 사랑의 이야기가 만들어지고 있어요. 청와대에 초대받는 영광도 누렸죠.

김치를 사용하는 몇 안 되는 셰프예요. 어떻게 그리고 어떤 이유로 김치를 요리에 사용하게 되었나요?

왜냐하면 김치는 한국에서 너무나 중요한 음식이기 때문에 절대로 등한시할 수 없는 걸요. 집집마다 자기만의 김치가 있다는 것이 가장 인상적이에요. 처음에는 생소했지만 알아갈수록 흥미로웠죠. 그런 한국 문화에 찬사를 나타내고 싶었어요.

당신의 요리에 대한 철학을 한 문장으로 말한다면?

손님이 진심으로 맛있다고 탄성을 지르게 되는 요리를 창조하는 것.

보통 식사를 어디에서 하시나요? 집에서도 요리를 하시나요?

슬프게도 제가 집에 있는 날이 별로 없어요. 여행을 많이 하기 때문에 각 나라에 있는 제 레스토랑에서 식사를 합니다. 집에서는 주로 여름 바캉스 때 요리해요. 다만, 레스토랑 스타일과 사뭇 다른 가정식 요리를 하죠. 가족과 함께 편하게 즐길 수 있는 음식을 만드는 편이에요.

요리의 미래를 어떻게 전망하시나요?

글쎄요. 대답 못 하겠네요. 어쩌면 한 가지 모습의 미래가 아니라 여러 가지 미래가 있을 수도 있겠죠. 오늘은 한식, 내일은 일식, 다음날은 스타벅스, 그다음 날은 미슐랭 쓰리 스타 레스토랑에서 먹을 수 있죠. 요리도 세계화가 됐어요. 소비자들은 전보다 더 유목민이 된 것 같아요.

프랑스 요리를 한국 사람에게 어떻게 설명하시겠어요?

한국 사람은 '우리는 좀 덜 짜게 먹어야 돼!'라고 스스로 말해야 해요. 프랑스 요리의 특징은 재료의 맛을 살리는 뛰어난 조리법으로 섬세한 맛을 내는 데 있죠. 거기에 소스가 많은 역할을 해요. 처음 맛을 보면 어쩌면 한국 사람에게는 충격적일 수도 있죠. 다이닝 익스페리언스Dining Experiences, 축제와도 같은 식사가 프랑스의 식문화라고 할 수 있죠. 예전에 한국은 살기 위해 먹었지만 이제는 달라지고 있어요. 미술이나 원예처럼 정교하고 창조적인 활동으로 받아들이고 있어요.

마지막으로, 요리사의 임무는 무엇일까요?

요리를 통해 행복을 주는 것이에요. 음미할 때 맛도 있으면서 즐거움이 함께 있어야 해요. 쓰리 스타 셰프만 있는 게 아니라 길거리 요리사도 있잖아요? 어떤 요리사든 음식을 통해 휴식의 순간을 창조하죠. 요리는 쉬기 위해 있는 거예요. 그리고 큰 기쁨을 맛보는 것이죠. 사람들이 식사할 때 어색함 없이 편안했으면 좋겠어요. 넥타이 매듭은 잠시 풀고 좋은 시간을 보내기 위해서 말이죠.

　가니에르의 요리를 아직 맛보지 못해 아쉽지만 누구라도 그의 요리를 맛보는 순간, 다정하고 사랑스러운 마음으로 가득 찰 것만 같다. 문득 '좋은 음식을 먹는 것은 신과 가까이 있는 것이다.'라는 어떤 영화의 대사가 생각난다. 가니에르의 요리야말로 먹는 이들로 하여금 이 대사와 같이 천국을 경험하게 하지 않을까?

　인터뷰 후에 가니에르에 대한 나의 감정은 상당히 바뀌어 있었다. 범접할 수 없는 왕의 모습에서 자유롭게 대화가 가능한 보통사람의 모습으로 다가왔다고 할까? 정상의 자리에 있는 그이지만, 그의 삶은 소박하고 단순해 보인다. 가니에르의 음식은 배를 채우는 것뿐만 아니라 우리의 삶을 풍요롭게 한다는 메시지를 전하고 있다. '요리계의 피카소', '식탁의 시인'과 같은 찬사가 그에게 쏟아지는 이유는 그의 요리 실력뿐만 아니라 요리를 대하는 그의 순수하고도 진실된 마음에서 기인할 것이다.

그나저나 먹는 데 천부적인 재능을 지닌 사람들이 많이 사는 프랑스에 비만 인구가 적다는 점이 참 의아하다. 세계 의학계는 이런 현상을 가리켜 '프렌치 패러독스 French paradox'라고 부른다. 학자들은 프랑스인이 즐겨 마시는 와인 때문이라고 분석하기도 한다. 음, 그렇다면 오늘은 모처럼 친구들을 초대해서 음식에 와인을 곁들여 먹으며, 프렌치 패러독스의 기쁜 소식을 전해 줘야지!

*Restaurant Pierre Gagnaire
6 Rue Balzac, 75008 Paris
Tel +33 (0)1 58 36 12 50
www.pierre-gagnaire.com

메르시의 아트 디렉터

영감은 주지만
절대로 충고하지 않아요

Daniel Rozensztroch

다니엘 로젠스트록

파리지앵, 당신에게 반했어요!

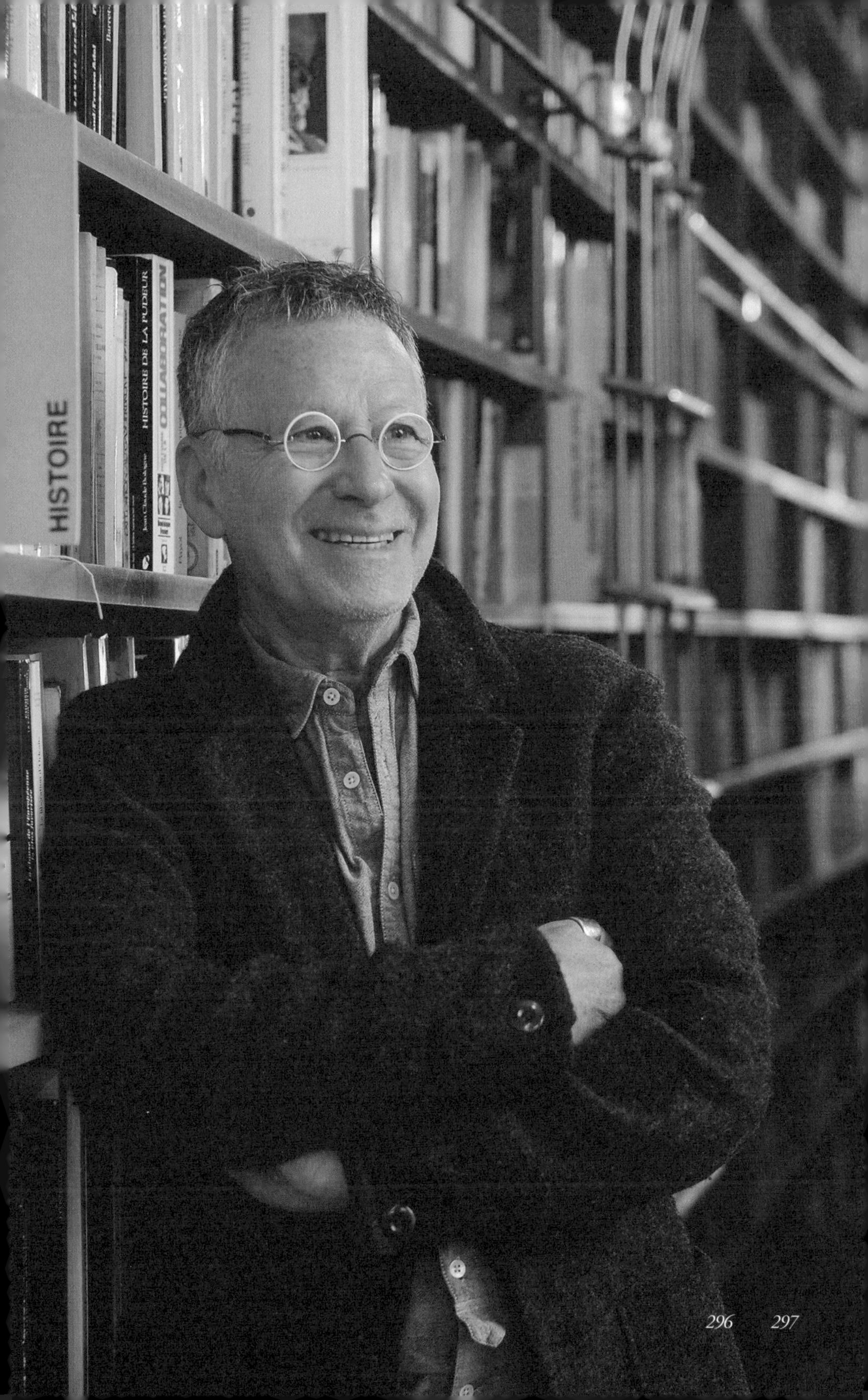
HISTOIRE
HISTOIRE DE LA PUDEUR

Daniel Rozensstroch

비행기에서 프랑스 승무원들과 근무하다 보면 자연스럽게 그들의 관심사를 엿볼 수 있다. 프랑스하면 많은 사람이 예술과 패션을 떠올린다. 그래서일까? 요즈음 그들의 시선을 사로잡는 트렌드가 있다면 바로 인테리어와 데커레이션일 것이다. 비행 전에 만나 서로의 근황을 물으면 집수리를 하느라 다들 바쁘단다. 비행기에서 잠깐 짬이 날 때마다 핸드폰으로 자랑하는 것은 아들, 딸 사진이 아닌 자신이 직접 인테리어한 집 사진이다. 한번 자리를 잡으면 좀처럼 인테리어에 크게 신경 쓰지 않는 한국과는 사뭇 다르다. 시간을 가지고 느긋이 작업하는 것이 몸에 배어서인지 웬만한 시공은 시행착오를 겪어 가며 본인들이 직접 한다. 이를 위해서 여러 종류의 잡지와 관련 서적, TV 프로그램에서 정보를 수집한다.

거기엔 메르시Merci의 역할 또한 굉장히 크다. 프랑스 대표 편집숍으로 패션 이외에도 파리 감성이 진하게 묻어 나오는 인테리어 소품 등 전체적인 라이프 스타일을 주도하는 멀티 편집숍 메르시. 프랑스어로 '감사합니다'라는 뜻의 이름을 갖고 있다. 글로벌한 트렌드를 빠르게 접수할 수 있으며 모던한 인테리어와 감각적인 디스플레이로 파리지앵뿐 아니라 세계 각지에서 몰려드는 관광객의 사랑을 한 몸에 받고 있다.

이 숍이 특별한 이유는 매장 운영비를 제외한 상품가 전액을 기부한다는 것이다. 디자인 제품을 사고 기부도 할 수 있는 좋은 기회라는 친구의 말에 이끌려 처음 메르시를 방문하게 된 때가 기억이 난다. 물건을 사면서 뭔가 좋은 일을 한다는 느낌으로 지금까지 나의 단골 숍이 된 메르시. 이들은 어찌 이런 생각을 했을까. 한국인들이 자

주 찾는 곳이기도 하지만 이 상점에 대해서는 한국에 알려진 정보가 많지 않다. 이들을 만나고 싶은 구미가 당겨 보도 담당 에이전시로 연락을 취했지만 몇 번을 시도해도 연락이 닿지 않았다. 그리고 1년 뒤에 다시 전화했더니 뜻밖에도, 담당자가 그쪽에서도 나와 애타게 연락하기를 원했다는 반가운 소식을 전해 주었다.

메르시 한쪽 구석에 자리 잡은 '중고서적 카페Used book café'에서 메르시의 아트 디렉터 다니엘 로젠스트록Daniel Rozensztroch을 만나기로 했다. 늘 오던 곳이었는데, 이 카페가 다니엘의 작품이라고 카페 종업원이 귀띔한다. '다니엘의 작품이라니!' 새롭게 보인다. 색깔이 예쁘게 발라진 철제 의자, 이미 여러 번 읽혔던 책들, 탁자, 원목 가구, 차분한 분위기, 이 카페의 움직임들…. '다니엘은 어떤 이야기를 내게 들려줄까?' 생각에 잠겨 있는데, 머리부터 발끝까지 프렌치 시크로 무장한 남자가 등장한다. 자주 방문하는 메르시의 전문가와의 인터뷰라! 마치 늘 지켜보기만 했던 사람에게 드디어 마주 보고 말을 걸게 된 느낌이다.

자기소개를 부탁드려요.

파리국립장식미술학교ENSAD, École Nationale Supérieure des Arts Décoratifs 건축 인테리어학과에서 공부했죠. 하지만 별로 마음에 들지 않았어요. 제 인생의 철학으로는 어떤 사람이 다른 사람에게 자신이 살 집의 데커레이션과 인테리어 디자인을 맡아 달라고 부탁하는 게 굉장히 불가사의해요. 단 한 번도 이해한 적 없어요. 그래서 이 직업에서 굉장히 빨리 멀어졌죠. 저를 더욱 감동시키는 아르 드 비브르Art de vivre, 예술적 삶을 의미하는 프랑스식 삶의 방식를 구현하기 위해서죠. 그래서 〈마리끌레르 메종Marie Claire Maison〉1967년 프랑스 파리에서 창간된 월간 리빙지에서 행복하게 25년을 종사했어요. 전문 살롱을 열어서 트렌드를 이끌기도 했죠.

그리고 7년 전, 제 오랜 친구이자 명품 키즈 브랜드 봉쁘앙Bonpoint의 설립자인 마리 프랑스 코엔Marie-France Cohen과 메르시의 콘셉트를 함께 구상했고, 지금까지 메르시의 아트 디렉터로 활동하고 있어요.

메르시에서의 당신의 역할은 무엇인가요?

처음 상점을 만들 때 삶의 방식에 대한 숙고가 필요했어요. 이곳이 누군가의 집처럼,

"모든 것이 완벽하고 완전무결한
데커레이션이 가능할까요?

파리지앵, 당신에게 반했어요!

어쩌면 고객 본인의 집처럼 친숙한 공간이 되기를 바랐거든요. 실내 장식가라는 직업의 역할이 마음에 안 들었다고 말했다시피, 제안은 하되 절대 강요하지 말자는 게 제 신조였어요. 그냥 그 자리에서 제안하고 영감을 주지만 절대로 부담을 주거나 충고하지 않고 사람들이 본인의 감각을 끌어내어 표현할 수 있도록 도와주는 것이죠.

이 상점의 일상생활에는 리듬이 있죠. 매달 콘셉트를 잡아 그 콘셉트에 맞게 인테리어를 조정해요. 사회에서 일어나는 사건에 대한 성찰이 반영되어 있어요. 하지만 굉장히 심각한 테마에서 가벼운 테마로 갈 수도 있지요. 요즘엔 '슬로우 라이프'를 추구하는 시대에 맞게 어떻게 인생의 시간을 즐기고 소소한 것들을 누릴 수 있는가에 대해서 구상 중이에요. 2달 뒤에는 콧수염, 턱수염 그리고 잠옷이라는 주제로 세계 대도시의 힙스터적인 요소를 담아 유머러스하고 기발한 테마를 선보일 거예요.

어떻게 그리고 왜 메르시에 오게 되셨나요?

조금은 개인적인 이야기예요. 메르시의 설립자인 마리 프랑스 코엔과 베르나르 코엔 Bernard Cohen 부부와 저는 오래된 인연이 있지요. 오래전부터 마리 프랑스는 저와 함께 프로젝트를 할 생각을 갖고 있었어요. 하지만 코엔 부부는 패션 업계에서, 저는 메종Maison, 프랑스어로 '집'이라는 뜻인데, 여기서는 인테리어와 라이프 스타일을 구현하는 장소를 의미의 세계에서 왔기 때문에 공통된 작업을 하기 쉽지 않죠.

그런데, 그녀가 봉쁘앙을 팔고 은퇴할 즈음에 저에게 제안을 했어요. 파리의 젊은 디자이너의 머릿속 상상을 현실로 끄집어내는 곳을 만드는데 함께 고민해 줄 수 있겠느냐고. 그곳은 자신들이 번 수익을 사회에 환원하고자 기획한 부티크숍이기도 했어요. 그렇게 1,500제곱미터 크기의 공간에 패션과 메종을 혼합해 놓은 상점이 탄생했어요. 이미 상점은 이름을 갖고 있었죠. 코엔 부부는 복이 많았던 자신들의 삶에 감사하는 마음을 담아 메르시라고 부르고 싶어 했어요. 많은 성공을 이루어 낸 사람들이죠. 메르시는 설립과 동시에 기부재단을 만들어서 현재까지 마다가스카르에 6개의 학교를 지었어요. 손익분기점을 넘긴 모든 수익은 기부금으로 사용되고 있죠. 사업가이지만 공인으로서 많은 사람에게 귀감이 될 행동을 하는 것은 우리 사회를 아름답게 만들어요.

오브제를 셀렉할 때의 기준이 무엇인가요?

삶에 대한 제 관점이 나타나죠. 삶을 살아가는 제 방식이요. 문제가 많은 세상에 살고 있기 때문에 본인의 태도와 자세를 살펴보는 게 중요해요. 빈부 격차가 심한 세상이지만, 아무리 특권을 누리고 있다고 해도 본질을 인식하는 것! 이것이 메르시가 가장 우선적으로 지키고자 하는 가치에요. 오늘날 럭셔리가 무엇인가 다시 정의를 내린다면 백만 유로의 가치가 아니라 실용적인 아름다움일 거예요. 결국 셀렉은 제 선택이기 때문에 굉장히 개인적이지만 '왜' 그리고 '어떻게' 라는 것에 대해 깊이 생각한답니다.

메르시는 매달 새로운 콘셉트로 단장하는데, 가장 최근 테마는?

'공터'예요. 이 아이디어는 도심을 서서히 뒤덮는 자연에 대한 관찰에서 시작됐지요. 공터는 휴한지가 아니요. 손대지 않은 땅이 아닌 한 번은 짓밟힌 땅이죠. 어쩌면 난폭하게 다뤄졌거나 무관심하게 내버려진 땅이요. 정말 멋진 건, 자신의 권리를 스스로 되찾는 것처럼 자연이 다시 살아나고 다시 무언가를 창조해낸다는 거예요. 안심이 되죠. 메르시가 좋아하는 건 잘 알려지지 않은, 쓸모없는 식물들에 가치를 부여하는 거예요. 우리 도심에 다시 피어나는 이 자연에 너그러운 시선을 보내는 거예요. 메르시는 도시인에게 자연과 어울릴 수 있는 감각과 가능성을 보여 줄 거예요.

메르시는 다양한 브랜드와 콜라보레이션을 하는데 어떤 과정을 통해 진행되나요?

브랜드 자체가 중요하지는 않아요. 인지도와 명성이 있는 브랜드라고 해서 오브제로 선택하지 않아요. 그건 메르시가 일하는 방식이 아니요. 컬렉션 할 때 패키지로 브랜드 전체가 들어오는 일은 절대 없어요. 테마에 잘 어울리는지 따져서 하나하나를 섬세하게 선택하죠. 그래서 초반에 어떤 브랜드는 그런 방식을 받아들이기 어려워했죠. 오직 한두 제품만을 취급하는 것을 이해하지 못했어요. 지금은 메르시의 인기로 콜라보레이션이 조금은 수월해졌죠. 각 브랜드의 오브제를 선정하는 건 우리의 선택이에요. 그리고 그 선택된 오브제들은 전부 분산되어 다른 오브제와 뒤섞여 조화를 이루는 식이랍니다. 브랜드가 아니라 기능과 스타일, 소재 등으로 어울리는 거예요.

파리지앵, 당신에게 반했어요!

가까운 미래에 한국의 아티스트들과도 콜라보레이션을 할 가능성이 있을까요?

우린 갤러리가 아니기 때문에 아티스트들과 콜라보한다는 개념은 맞지 않아요. 오직 오브제의 사용만을 기초로 삼고 있죠. 액자 안에 있는 그림과 같은 전시물은 그 상품의 가치를 부여하는데 좋은 방식 같지 않아요. 하지만 한국의 디자인은 예스죠! 무조건이에요! 한국을 방문했을 때 여러 제품을 셀렉했죠. 콘크리트로 된 알람 시계 등 그동안 여러 젊은 한국의 디자이너들의 제품을 판매했었어요.

한국인들이 메르시의 매달 팔찌에 열광해요. 이런 현상이 어떻게 시작되었다고 생각하세요?

당신에게 물어보고 싶은 심정이에요. 메르시의 40퍼센트의 고객이 외국인 관광객이에요. 40퍼센트면 많은 거죠. 그래서 우리는 아주 작은 오브제로, 운반하기 좋고, 또 비싸지 않아 모든 사람이 살 수 있는 물건을 만들기로 결정했어요. 돈 없는 학생이나 작고 예쁜 것에 민감한 사람들이 양껏 사서 자기 나라에 돌아갔을 때 다른 사람들에게 선물할 수 있도록 말이죠. 그게 처음 팔찌가 만들어지게 된 계기예요. 메르시를 방문하는 외국인 중에서도 한국인의 비율은 엄청나죠. 그리고 한국인들은 이 팔찌에 홀딱 빠지게 됐어요. 우리도 놀랄만한 뜻밖의 현상이에요. 어쩌면 당신이 답을 갖고 있을 것 같은데요?

여행의 참맛은 쇼핑이잖아요. 서울에서는 절대 살 수 없고 이 도시에 다시 올 수 없을지도 모른다는 생각에 뭐라도 사고 싶은데 팔찌가 딱 맞는 아이템인 것 같아요. 메르시는 인도적인 활동을 하는 사회적 기업이죠. 이 부분을 조금 더 설명해 주시겠어요?

앞에서도 잠깐 설명했지만, 마다가스카르의 남서쪽 지방에 교육과 개발 사업을 지원하고 있어요. 마다가스카르는 굉장히 가난한 섬이기 때문에 지원이 절실하게 필요하죠. 그리고 코엔 부부가 봉쁘앙을 운영할 때 옷을 장식하고 수를 놓는 작업을 했던 사람들이 마다가스카르 여성들이었어요. 그때부터 시작되었던 셈이죠. 6개의 학교가 있는데, 패션과 호텔 경영 같은 기술을 가르치는 직업학교죠. 아이들의 미래를 위해서 성장할 수 있게 돕고 더 나은 삶을 설계할 수 있도록 하는 멋진 일이죠.

파리지앵, 당신에게 반했어요!

이 같은 인도주의적인 면이 당신의 셀렉에 반영이 되나요?

아니요. 전혀 다른 부분이에요. 애초에 확고한 인도주의적인 의도가 있었지만 그것이 메르시의 비즈니스에는 영향을 주지 않아요. 메르시는 일반적인 상점처럼 운영됩니다. 수익을 활용하는 방법에서만 차이가 날 뿐이죠.

꼭 하고 싶은 말이 있나요?

메르시의 역사와 이 모든 것에 관심을 갖고 이런 인터뷰를 하기 위해 노력해 줘서 고마워요. 한국 관광객들이 메르시 팔찌에만 너무 집중하는 건 아쉬워요. 팔찌 말고도 할 이야기가 너무 많으니까요. 메르시는 정말 특별한 상점이에요. 저는 머천다이징이라는 단어를 싫어해요. 우리는 디스플레이죠. 불완전하거나 미완성인 것도 우리 프로젝트의 한 부분을 차지해요. 우리를 걱정하게 하는 요소가 아니죠. 모든 것이 완벽하고 완전무결한 데커레이션이 가능할까요? 인생은 그런 거죠.

우리는 박물관도 유통업을 하는 것도 아니죠. 사람들은 우리 상점이 설치 중이고 진전이 있다는 것을 직접 보는 걸 좋아해요. 특이하죠. 어떨 땐 저도 난처할 때도 있었어요. 하지만 아무 때나 일과 중에 상품을 배치하고 진열하는 것이 자연스러운 일상이지 않나 싶어요. 밤이나 주말에 할 수는 없잖아요? 우리의 활동을 그대로 사람들에게 보여 주는 거죠. 그게 사람들에게 잘 받아들여져요. 이런 다양한 요소들이 결합되어 메르시의 정신을 형성한답니다.

대량 생산의 그늘에서 벗어나 독립적인 공간에서 남다른 물건을 판매하는 메르시. 우리는 이곳에서 인간이 사는 공간을 구성하고 채우는 '생활 디자인'을 발견할 수 있다. 이들에겐 누군가와 똑같은 방식이란 없다. 라이프 스타일을 예측하고 설명해 주는 최고의 스토리텔러 다니엘. 본인만의 방식으로 대중과 소통하겠다는 포부에서 메르시가 사랑받을 수밖에 없는 이유가 느껴진다.

*Merci
111 Boulevard Beaumarchais, 75003 Paris
Tel +33 (0)1 42 77 00 33
www.merci-merci.com

보갸또의 파티시에

요리라는 마당에
나 자신을
던지기로 했죠

.
.
.
.
.
.
.
.
.

Anaïs Olmer

아나이스 올메르

Anaïs Olmer

핸드백을 삼켜 볼까? 무도화를 베어 물어 볼까? 아니면 친구에게 맛있는 축구경기
장을 선물하는 건 어떨까? 이런 발칙하고 달콤한 상상으로 전율을 느끼게 하는 곳이
파리에 있다. 파티시에, 아나이스 올메르Anaïs Olmer는 무엇이든지 한 번 보았다 하면
그것을 갸또Gâteau, 프랑스어로 과자나 케이크를 의미함로 만들어낸다. 디자인을 전공한 파티시
에의 사랑스러운 케이크가 기다리는 공간. 오늘도 그녀는 작업실에서 캔버스에 그림
을 그리듯 식재료를 물감 삼아 황홀한 디저트를 굽는다.

아나이스의 작업실 이름은 보갸또Bogato. 프랑스어로 '예쁜 케이크'라는 의미인 케
이크 전문점이다. 가게 이름에서 알 수 있듯이 아나이스는 재미없고 평범한 케이크
는 거부한다! 파티시에로 활동한 지 7년째, 그녀가 해독해 주는 열정과 창의 넘치는
세계로 들어가 보자.

14구 리앙쿠르 가Rue Liancourt 끝에 소재한 보갸또는 행인들이 쉽게 지나치지 못하
는 곳이다. 문을 열면 핑크색 레이스, 리본 등 온통 페미닌한 분위기 속에서 각양각색
의 케이크와 과자가 유머러스한 디자인을 입고 독창적인 판타지를 완성한다. 지적인
이미지면서도 명랑한 감성의 소유자인 보갸또의 주인, 아나이스가 귀엽고도 앙증맞
은 조그만 갸또와 에스프레소로 나를 맞이한다.

어떻게 파티시에의 길로 들어서게 됐나요?

그래픽미술 분야의 전문 사립학교인 ESAGÉcole Supérieure d'Arts Graphiques et d'Architecture
intérieure 졸업하고 10년 동안 광고 그래픽 디자이너로 일했죠. 하지만 광고에 싫증이

나기 시작했어요. 왜냐하면 광고는 필요한 때에 맞춰서 적시에 제작되어야 하는데, 사실상 제작 과정이 너무 늘어져 결국에는 진행하던 프로젝트가 시들어져 갈 때가 많지요. 그럼 저도 같이 지쳐가는 거예요.

저는 먹는 것, 특히 맛있는 음식을 너무 좋아해서 평소 요리에 관심이 많았어요. 그러던 어느 날, 하늘의 계시를 받은 것처럼 '파티시에가 될 거야!'하고 마음먹었어요. 그때 제 첫째 딸 밀라Mila에 이어 에르네스트Ernest를 임신하고 있었는데, 오븐 앞에서 볼록한 배를 쓰다듬다가 아이들을 위한 케이크와 요리라는 상상력의 마당에 자신을 던지기로 했죠. 그 상상력의 마당이란 당시에는 아무도 생각하지 못했던 제과 분야였는데 그게 오히려 저의 꿈을 마음껏 펼치게 만들어 줬어요. 하얀 도화지에 나만의 세계를 그리는 것이죠. 그래서 임신 기간에 개인 훈련 휴가를 내고 전문자격증을 획득했죠.

보갸또만의 특징은 무엇인가요?

꿈을 현실로 만들고자 결의를 다졌어요. 새롭고 역발상적인, 혁신적 아이디어를 통해 다른 어느 나라에서도, 어느 브랜드에서도 볼 수 없는 독창적인 케이크를 만들자고 말이에요. 재료 간의 환상적인 균형과 하모니를 찾아내 맛의 극치를 이끌어내고, 모양도 아주 예쁘게 만들죠. 어렵지만 끊임없이 노력해 새로운 것을 창조하는 것, 이 것이 무엇과도 바꿀 수 없는 보갸또만의 특징이죠.

맛과 디자인을 창작할 때 어떻게 영감을 얻죠?

영감은 매우 다양한 원천에서 받을 수 있지만, 주로 손님들의 주문 요청이 우리를 일하게 하죠. 최근에는 집들이를 위해 미니 가족이 살고 있는 평면도 모양의 케이크를 만들었어요. 대개는 아이들이 좋아할 만한 스토리가 있는 디저트를 만들어요. 예를 들어 신데렐라가 신을 무도화, 레드 카펫, 회전목마, 여행가방, 해변 등의 모습을 형상화하죠.

가장 마음에 들었던 케이크는?

가장 마음에 들었던 건 피에로 얼굴이에요. 근데 사실 전 피에로를 정말 싫어해요. 어렸을 때 생일날 피에로 인형 탈을 쓴 사람이 있었는데 저도 마침 피에로로 분장하고 있어서 그런지 제가 여자친구인 양 저한테만 말을 걸고 계속 따라와서 끔찍했어요. 서커스의 세계가 약간 무섭기는 하지만 케이크로는 좋아요! 더러운 것, 눈알, 손가락 잘린 것 등등 현실에선 덜 좋아하지만 희한하게도 케이크로 만들면 재미있어지는 것들을 좋아해요.

맛과 모양 중에서 어떤 것이 더 중요할까요?

케이크 디자이너라는 개념을 싫어해요. 케이크의 모양도 사물이랑 완전히 똑같은 건 싫죠. 거기에 초점을 맞추는 게 아니라 누가 봐도 먹음직스러운 케이크처럼 보여야 해요. 맛을 가장 중요시하는 프랑스의 디저트 세계에서 맛이 없다면 장사가 안 될 거예요.

사람마다 취향이 다르니까 맛에 대한 평가는 주관적일 수밖에 없지만, 재료 고유의 맛은 객관적인 데이터라고 할 수 있죠. 그래서 저희는 최고급 프랑스산 천연 버터와 크림을 사용하고, 인공 첨가물을 넣지 않아 최상의 식감과 맛을 선사해요. 좋은 재료로 모양을 만들고 색을 입힌답니다.

파리지앵, 당신에게 반했어요!

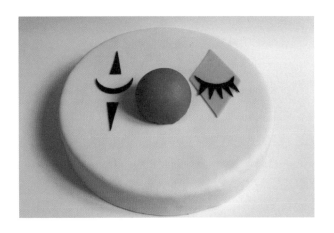

보갸또가 사랑을 받는 이유는 뭘까요?

디저트는 결혼식, 생일, 기념일 등 가장 특별한 날, 특별한 사람과 행복한 순간을 맛보게 하죠. 보갸또는 그 행복한 순간을 더욱 빛나게 만들려고 노력한다고 할까요? 파티시에는 단순히 디저트를 만드는 사람이 아니라 행복을 전하는 사람이라는 철학을 갖고 있어요. 그런 진심 어린 마음이 고객에게 전달된 건 아닐까 생각해요. 물론 특별한 파티스리로서 어디에도 없는 오리지널 상품을 만들기 때문이기도 하죠. 특별한 날의 분위기를 한껏 띄어줄 특별 게스트로 보갸또의 케이크는 안성맞춤이에요.

보갸또에서 꼭 맛보아야 하는 추천 디저트는?

음식을 본떠서 만든 케이크는 반전의 매력이 있는 것 같아요. 예를 들어, 치즈버거 케이크는 빵이 마카롱으로, 고기가 다크 초콜릿, 토마토는 산딸기 그리고 양상추는 민트 잎이 되는 식이죠. 식자재의 맛뿐만 아니라 독특한 식감이 주는 재미도 새로운 디저트의 세계를 만들어낸다고 생각해요. '달에서'의 경우 달의 포근하고 부드러운 이미지와 어울리는 맛과 재료를 고민하다 바닐라 크림을 사용했고, '축구장'의 경우 피스타치오 피낭시에 위에 피스타치오와 초콜릿을 갈아 볶은 초록색의 분말을 덮어 축구장의 잔디를 표현하고 새로운 식감을 더했죠.

너무 바빠서 자녀들과 함께 할 시간이 부족하겠어요.

저는 제가 그 정도로 딸바보인지 몰랐어요. 아이를 낳고 1년 뒤에 다시 직장에 나가야 했을 때 너무 괴로웠어요. 그때 바로 '매일 아침에 딸과 헤어짐을 정당화하려면 내가 정말 좋아하는 일을 해야겠구나.' 하고 생각했죠. 결정을 내리고 나서도 가족과의 관계를 감안하지 않고 내린 선택인 것 같아 두려움에 휩싸였지만 결과는 완전 반대였어요. 아이들은 제가 하는 일을 자랑스러워 하고, 저를 보러 와 주고, 친구들이랑 숙제도 하고 시장놀이를 하러 가게에 들러요. 제가 어떻게 하루를 보내는지 잘 이해하고 있죠. 하지만 새로운 레시피를 개발하느라 바캉스를 함께하지 못하면 아이들 생일 때 반 친구들이 모두 부러워할 만큼 환상적인 케이크로 보상해 줘요. 호호!

"파티시에는 행복을 전하는
사람이라는 철학을 갖고 있어요."

파리지앵, 당신에게 반했어요!

가게를 얼마 전에 확장했는데 앞으로의 목표는 뭔가요?

처음에는 그저 케이크를 만들고 싶어서 가게를 열었는데 현실은 이익을 챙기는 회사가 되어가더라고요. 아이들이 자라는 걸 보는 것처럼 가게도 커 가는 게 좋은 것 같아요. 파티시에의 창의성과 열정, 역발상은 어느 순간 떠오르는 아이디어가 아니기 때문에 실패를 거듭하고 인내가 필요하지만 지금처럼 계속 직원들과 잘 지내고 재미있게 놀면서 일하면 좋겠어요.

　인터뷰를 마치고 별 모양의 '슈퍼 갸또'와 마주했다. 케이크하면 크림이 듬뿍 발린 둥그런 빵부터 생각했던 고정관념이 쨍그랑하고 깨지는 순간이다. 자체만으로도 하나의 작품인 이 케이크를 군데군데 썰어 먹자니 몸 둘 바를 모르겠다. 이 녀석만큼은 정말 자신 있다며 아나이스가 한 치의 망설임도 없이 반 토막을 내는 순간, 나는 탄성을 질렀다. 케이크 속에 하리보 젤리와 바닐라 크림이 촘촘하고 싱싱하게 채워져 있는 것이 아닌가! 그런데 더 놀라운 건 맛이다. 한 입 베어 무니 리치하고 부드러운 딸기 향이 입안 가득 퍼지며 혼이 나갈 정도로 미각을 자극한다.

　정신을 차리고 가게를 둘러보니 쿠키와 케이크, 각종 파티스리 용품, 초, 예쁜 앞치마까지 보기만 해도 갖고 싶어지는 물건이 가득하다. 나는 평소에 이런 디저트를 즐기지 않았지만 이 순간만큼은 사랑스러운 갸또의 유혹에 푹 빠질 수밖에 없었다. 갸또의 다채로운 매력을 선사하기 위해 끊임없이 연구하고 개발하는 걸 즐긴다는 아나이스가 다음에는 어떤 작품을 세상에 내놓을지 기대된다. 창의적인 파티스리의 세계에 빠지고 싶은 이들이라면 보갸또의 문만 열면 될 것이다. 그 안에 당신이 상상하는 모든 것이 있다. 쉿, 나가기 전에는 잊지 말고 입술을 닦자. 크림이 잔뜩 묻어있을 수 있으니!

*Chez bogato
7 Rue Liancourt, 75014 Paris
Tel +33 (0)1 40 47 03 51
www.chezbogato.fr

파리의 쥐 잡는 사나이

파리는 쥐도
흥분시키는 것 같아요

....
.
.
.
.
.
.
.
.
.
.
.

M. Léon

레옹

파리지앵, 당신에게 반했어요!

M. Léon

파리지앵이 무서워하는 것 중 하나는? 바로 집에 침투한 쥐다. 어느 날 밤, 아름다운 아가씨의 침대에 돌연 생쥐가 나타났다. 이후의 시나리오를 상상해 보자. 속옷 바람으로 집을 나와 예전 남자친구, 아빠, 위층에 사는 이웃에게까지 전화를 걸지만 헛수고다. 아무도 그녀를 도울 수 없단다. 하지만 이때 그녀에게 유일한 구세주가 있으니 그 이름은 레옹·Léon, '쥐 잡는 사나이'다.

그는 1,000개의 덫으로 무장하고 밤이든 낮이든 쥐로 인해 스트레스를 받는 당신을 찾아와 안심시켜 준다. 만만치 않은 상대와 결판을 벌일 때는 짐을 싸서 호텔 방으로 가 있기를 권유하기도 한다. 그럼 당신은 떨면서 전쟁의 승전보를 기다리면 된다. 파리지앵에게 레옹은 믿음직한 전사다.

사크레쾨르 대성당으로 올라가는 몽마르트르 언덕 초입에 있는 레스토랑에서 레옹과 만났다. 카리스마 넘치는 눈빛과 마치 쥐를 잡기 위해 단련한 듯한 멋진 근육질 몸이 돋보인다. 레옹은 연어 샐러드 나는 볼로네제 파스타를 주문하고 인터뷰를 시작했다.

어떻게 쥐 잡는 사나이가 되었나요?
모든 것이 우연이었어요. 회사에서 쥐 박멸하는 법을 가르쳐 주었고 5, 6년이 지나 저만의 회사를 세우기로 했지요.

쥐를 잡아 달라는 요청이 많은가요?

파리지앵, 당신에게 반했어요!

시기에 따라 달라요. 여름에는 날씨가 좋아 쥐들도 밖으로 많이 나가죠. 하루에 1번 정도에요. 겨울에는 쥐들도 따뜻한 집에 머물고 싶어 하기 때문에 많이 발견될 수밖에 없죠. 하루에 10번 정도 의뢰를 받아요. 파리에서는 10년 전부터 의뢰가 꾸준히 증가했죠.

고객은 어떤 사람들인가요?

회사, 아파트, 정부청사, 병원, 가장 핫한 동네의 레스토랑 그리고 호화로운 건물까지 쥐들이 들끓는답니다. 몇 달 전에 르 바 뒤 크리옹Le Bar du Crillon, 콩코르드 광장에 위치한 파리에서 최고로 손꼽히는 크리옹 호텔 안에 있는 레스토랑에서 한 손님이 팔꿈치를 괴고 앉아 있다가 거리낌 없이 편안하게 양탄자 위를 산책하고 있는 작은 생쥐를 봤다고 하더군요. 어떤 30대 젊은 여자는 레퓌블리크Répubique 역에서 일곱 마리의 쥐가 일렬로 나란히 거니는 걸 봤대요. 열차 플랫폼에 있던 시민들이 패닉에 빠졌다더군요. 엘리제 궁, 총리의 관저, 국회의사당에서도 정기적으로 요청이 들어와요.

왜 파리에 쥐가 많을까요?

집에서 많이 사는 생쥐에 대해 살펴보면 성체는 몸길이가 6센티미터 정도입니다. 그래서 정말 작은 구멍으로 달아날 수 있고 번식능력이 뛰어나요. 한배에 예닐곱 마리의 새끼를 얻어 연 4회 정도 낳으니 그 수가 짐작이 가나요? 파리는 낡고 오래된 건물이 다닥다닥 붙어 있어 쥐들이 활동하기 쉽죠. 그리고 수도이기도 해서 도시 재건축 공사 현장이 많은데 공사장은 쥐를 흥분시키죠. 또 파리의 하수도망 시스템도 한몫한답니다. 파리야말로 진정한 그뤼에르 치즈Gruyere Cheese, 마치 쥐가 파먹은 것처럼 곳곳에 구멍이 나있어 쥐 좋아하는 치즈로 언급된다.예요. 그러나 제 경험으로는 지방에도 쥐가 적지 않답니다.

쥐가 어떤 문제를 일으키지요?

쥐는 죽을 때까지 이가 계속 자란답니다. 그래서 무엇이든 갈아서 이의 길이를 일정하게 유지하려는 습성이 있어요. 생쥐의 체중은 대개 20그램인데 자기 몸의 10퍼센트인 2그램을 하루에 먹어요. 사람으로 치면 50킬로그램인 사람이 하루에 음식을 5킬로그램씩 먹는 셈이니 그 양이 어마어마하답니다.

생쥐는 주로 식물을 먹지만 고기와 유제품도 먹을 수 있어요. 물도 마시지만, 먹이에 포함된 수분에 주로 의존하죠. 그 이외에 세탁물에 구멍을 내고, 콘센트나 가전제품을 고장 내기도 해요. 그놈들은 시멘트 블록까지 갈아서 건물을 침하시킬 정도죠. 또 소리도 내요. 보통 건물을 지을 때 벽이 숨 쉬게 하려고 벽 안에 공간을 만든답니다. 쥐들이 거기로 드나들면서 소리를 내면 공명상자처럼 작용해서 소리가 커져요.

쥐를 잡는 비밀병기가 있나요?

저는 쥐 끈끈이를 사용해요. 야만적이지만 가장 간편한 방법이죠. 접착력이 강력해서 옴짝달싹 못 하게 만들어서 도망가기 힘들거든요. 쥐가 잘 다니는 곳이나 서식지 근처를 잘 파악해야 돼요. 부엌 싱크대 밑이나 항상 벽에 붙어서 다니는 쥐의 습성을 잘 이용하면 유리하죠. 한 장소에서 쥐를 잡을 때는 처음 한 번에 가능한 많은 쥐를 포획해야 한답니다. 쥐는 영악해서 2번은 속지 않거든요. 그래서 처음에 최대한 넓게, 많이 끈끈이를 놓는 것이 효과적이에요. 그런데 끈끈이에 걸려든 쥐가 여전히 살아 있다는 게 문제죠.

그렇다면 잡은 쥐는 어떻게 처리하나요?

일반인이 자체적으로 끈끈이를 사용해서 쥐를 잡을 때는 조금 번거롭지만 자연사할 때까지 방치했다가 끈끈이 채로 쓰레기봉투에 담아 버리면 됩니다. 저는 전문가니까 다른 끈끈이를 사용해서 살아 있는 쥐를 덮은 다음에 직접 유독성 쓰레기 하치장으로 보내요.

쥐와 생쥐 중 더 말썽인 것은?

생쥐가 더 말썽이에요. 쥐는 뚱뚱해서 도약하거나 기어오르기에 능하지 않죠. 쥐의 영역은 창고, 공원, 지하철 등 쓰레기가 있는 곳으로 제한적이에요. 쥐약을 뿌리면 알아서 밖으로 나가기 때문에 잡지 않아요. 하지만 구석으로 쥐를 몰면 쥐는 사람을 덮치고 사람에게 상처를 입힐 수 있어요.

생쥐는 훨씬 복잡하답니다. 최근에는 고층건물 18층에서도 생쥐를 쫓아내 달라는 연락을 받았죠. 생쥐는 여기저기 잽싸게 들어가고 쥐약에도 내성이 있죠.

쥐도 장점이 있을까요?

우리 안에 갇혀 있다면 별문제가 없겠죠. 왜냐하면 사람들은 쥐를 보는 걸 무서워하니까요. 사람이 사는 집은 그것들이 있을 자리가 아니긴 하죠. 쥐들이 제 아내의 롤러스케이트 안에 있는 솜 뭉치를 가져다가 보금자리를 만들어서 아내에게 새 롤러스케이트 사 줘야 했고, 자루에 들어 있는 감자를 먹곤 해서 마당으로 모두 쫓아버렸어요.

월트 디즈니가 가난한 시절, 차고에서 생활할 때 쥐구멍으로 매일 찾아와 그의 옆을 지켜 주는 생쥐를 친구처럼 여겼다고 해요. 순간 청년 디즈니의 머릿속에 불꽃이 튀며 그려진 것이 바로 미키마우스예요. 당신에게도 쥐 친구가 있나요?

이전에는 좋은 벗이었죠. 하하! 이 일을 시작하고 나서는 더 이상 제 친구가 아니에요. 그 전에는 쥐가 불편하지 않았지만 이제는 전문적으로 쥐를 어떻게 처리하면 좋을지 궁리만 한답니다. 이젠 쥐를 보는 시각이 달라진 거죠. 제 딸은 쥐를 귀엽다고 할 수도 있겠지만, 쥐는 역시 자연에 있는 게 좋겠죠.

"제 딸은 쥐를 귀엽다고 할 수도 있겠지만,
　　　　쥐는 역시 자연에 있는 게 좋겠죠."

영화 〈라따뚜이Ratatouille, 2007〉에서 프랑스 최고의 요리사를 꿈꾸는 레미에게는 단한 가지 약점이 있다. 바로 주방 퇴치대상 1호인 '생쥐'라는 것! 어느 날, 하수구에서길을 잃은 레미는 운명처럼 파리의 별 5개짜리 최고급 레스토랑에 떨어진다. 그러나생쥐의 신분으로 주방이란 그저 그림의 떡. 쥐면 쥐답게 쓰레기나 먹고살라는 가족들의 핀잔에도 굴하지 않고 끝내 주방으로 들어가는 레미. 파리의 레스토랑을 배경으로 불가능한 듯한 꿈을 이루기 위한 생쥐 한 마리의 모험담은 그럴듯한 설정인 것같다. 너무도 재미있고 감동적이어서 주인공 생쥐 레미가 현실에 존재할 것 같은느낌이 들 정도다. 하지만 〈라따뚜이〉의 레미는 그야말로 영화가 만든 의인화된 귀여운 생쥐일 뿐이다.

언젠가 파리 라파예트 백화점 주방에 진짜 생쥐들이 출몰했다는 기사가 크게 화제가 되었다. 아쉽게도 라파예트 백화점 주방에 나타난 생쥐는 귀여운 요리사 레미가 아닌 징그러운 생쥐일 뿐, 사람들이 보면 까무러칠 존재다. 레미의 가족도, 레미가 일하는 레스토랑 속 사람들도 레미에게 원하는 건 똑같이 '쥐답게 살아라.'라는 것이다. 레미의 가족은 레미에게 인간을 믿었다간 목숨이 위험하다는 것이 어쩔 수 없는 자연의 섭리임을 이야기한다. 나도 쥐들에게 어쩔 수 없이 경고한다. 쥐 잡는 사나이, 레옹으로부터 목숨을 지키고 싶다면 꿈과 낭만은 이만 접는 게 좋을 것 같다고!

푸드 트럭 사장님

파리지앵에게 진짜 미국 햄버거를 파는 거야

Kristin Frederick

크리스틴 프레데릭

파리지앵, 당신에게 반했어요!

Kristin Frederick

파리에서 이런저런 일로 돌아다니다가 식사 때가 되면 곤혹스러울 때가 있다. 파리를 한두 번 오간 것이 아닌데도 어떤 레스토랑에서 무엇을 먹어야 할지는 여전히 고민이 된다. 레스토랑에서 식사를 하려면 보통 20유로대략 25,000원 정도는 가져야 하는데, 만만치 않은 가격이고, 또 메뉴 선정도 쉽지 않다. 이래저래 생각을 많이 하다 보면, 결국 맥도날드로 발걸음이 옮겨지고 햄버거 하나로 식사를 때우는 때가 많다.

그것은 나만의 경우는 아니어서, 요즈음 파리의 거리에는 맥도날드와 유사한 햄버거 전문점들이 부쩍 늘어난 것 같다. 건강을 생각하고 음식을 즐기는 슬로우 푸드의 전형인 프랑스인도 패스트 푸드의 유혹은 쉽게 극복하지 못하는 걸까? 어쨌든 비교적 가격이 저렴하고 식사 시간을 절약할 수 있는 햄버거 가게들이 파리에서도 입지를 다지고 있는 듯하다. 그중에서도 파리지앵들에게 최고의 인기를 독차지하고 있는 것이 푸드 트럭인 르 까미용 끼 퓸Le camion qui fume, 우리 말로는 '연기 뿜는 트럭'이다.

푸드 트럭 사장인 크리스틴 프레데릭Kristin Frederick이 몰고 온 트럭에서 연기가 나기 시작하면 줄은 어느새 더 길게 늘어져서 파리 8구의 마들렌 광장 주변으로 똬리를 튼다. 페이스북이나 트위터를 통해 소식을 접한 사람들이 곳곳에서 여기까지 달려온 것이다. 뉴욕이나 로스앤젤레스의 햄버거가 전혀 부럽지 않은 쥬시Juicy하고 테이스티한 수제버거! 르 까미용 끼 퓸이 자랑하는 대표 상품이다. 크리스틴의 꿈은 프랑스의 도시마다 트럭을 하나씩 놓는 것이다. 투 머치라고? 천만의 말씀! 이 젊은 미국 여자의 열정적인 이야기를 듣다 보면 그녀의 꿈을 이해하게 될 것이다.

어렸을 때 어디서 살았어?

미국의 로스앤젤레스. 로스앤젤레스의 레스토랑에서 살았지. 레스토랑 매니저였던 엄마는 나를 등에 업고 손님을 맞았대. 10살 때부터는 메뉴판을 손님에게 가져다줬 고 15살 때부터는 핫도그도 팔았고 바텐더도 했어. 농구장에서 칵테일도 팔아 봤어.

대학에서 마케팅과 광고를 공부했던데?

부모님은 내게 '크리스틴, 외식산업은 너무 어려워. 절대 하지 말아라. 주말도, 휴가 도 없이 논스톱으로 일해야 돼.'라고 늘 말씀하셨어. 그 당시 나는 돈이 인생에서 가 장 중요하다고 생각했기에 엄마의 권유대로 전공을 선택했지. 어쩌면 물질을 추구하 는 미국인 기질이 강했었던 것 같아.

학사를 마치고 어떤 분야에서 일했어?

대학을 졸업하고 광고 회사에서 처음 일을 시작했고 그다음 은행에서도 일했어. 그런 데 내가 해 왔던 일이 유익한 일이라기보다는 사기라는 걸 깨닫게 됐어.

그럼 언제 요식 업계에 뛰어들기로 결정한 거야? 계기가 있었어?

돈은 많이 벌었지만 돈이 나를 행복하게 만들지는 못했어. 어느 순간 '이게 다 무슨 소용인가?'하는 생각이 들더라고. 내 일을 사랑하는 열정적인 사람이 되고 싶었어. 부모님은 먹는 즐거움을 내게 가르쳐 주셨고 난 그게 좋았어. 제대로 요리를 배워 보기로 무작정 결심했지. 그런데 요리 학교인 파리 에꼴 페랑디École Ferrandi에 뽑힌 거야!

요리계의 하버드라는 에꼴 페랑디에서의 훈련은 어땠어?

초반엔 겁을 좀 먹었어. 학교에서 수업을 듣고 인턴을 시작하기 전에 6개월 동안 집중적으로 프랑스어를 배워야 했거든. 포크나 프라이팬이라는 단어뿐만 아니라 셰프가 뭔가 지시를 내리면 그 뜻을 바로 이해하고 '네! 셰프!'하고 당차게 대답할 줄도 알아야 했지. 내 열정을 확인하고 프랑스의 식도락을 발견했던 시간이었어. 내 선택은 틀리지 않았지. 몇 개월 뒤에 파리 8구에 있는 미슐랭 투 스타 레스토랑 아피시우스Apicius에서 인턴도 했어.

에꼴 페랑디라는 유명한 학교에서 훈련받고 미슐랭 투 스타 레스토랑에서도 일했는데, 왜 푸드 트럭을 택한 거야? 스트릿 푸드는 프랑스에서 미개척 분야잖아.

나는 로스앤젤레스 출신이야. 해변에서 자랐기 때문에 내 안에 자유로운 기질이 있어. 스트릿 푸드는 내 성격에 잘 부합하는 요리라고 생각해. 당근을 어떻게 잘라야 하는지 같은 정교한 기술을 신경 쓰면서 살고 싶지 않았어. 예술적인 면은 조금 떨어져도 접시 하나에 음식과 나의 열정을 듬뿍 담고 싶었거든. 요리할 때는 모성애가 생기는지 나는 뭔가를 나누고 싶어. 사람들을 먹이고 챙기는 게 좋아. 공부를 마치고 레스토랑을 창업할까 말까 고민하고 있었는데 마침 미국에서는 푸드 트럭이 급증하고 있었어. 종류도 무척 다양하고 엄청 맛있었지. 엄마가 푸드 트럭이라는 아이디어를 줬고 나는 파리에서 공부하면서 피자나 감자튀김을 파는 트럭만 있다는 걸 알게 됐지. 맛있는 햄버거를 먹을 수 있는 곳이 프랑스에는 없었던 거야. 제대로 된 햄버거 전문점이 하나도 없었어. 미국인으로서 프랑스에 음식으로 새로운 바람을 일으키고 싶었어.

미국인으로서 파리에 회사를 차리는 게 힘들지 않았어?

스트릿 푸드가 아시아에도 많고 세계 어디에나 있어도 정통 클래식 문화를 중요시하는 프랑스에서는 절대 잘 될 리 없다고 모두가 말했어. 아무도 트럭에서 나오는 음식을 먹는 사람은 없을 거라고. 길거리에서 음식을 손가락으로 잡아 질질 흘려 가며 먹는 건 천박하다고 말했지. 프랑스인은 악천후로부터 보호된 공간과 포크와 칼이 있어야 하고 편안함에 예민한 사람들이라며. 그 증거는? 바로 푸드 트럭이 하나도 존재하지 않는다는 거였지. 하지만 선구자이기에 기회가 있다고 생각했어. 그리고 맛이 있다면 그들도 좋아할 수밖에 없다고 믿었지. 그리고 프랑스 사람들은 은근 미국의 음식 문화를 수준이 떨어진다고 생각해. 햄버거는 패스트 푸드라는 인식이 강한데 햄버거도 햄버거 나름이고 고급 햄버거도 있다는 인식을 주고 싶었어. 차가운 비판에 귀를 막고 '파리 사람들은 준비됐다.'는 남편의 말을 신뢰했지. 행정과, 시청, 상공회의소에 매일 전화하며 끈질기게 문의하고 허가를 받기 위해 노력한 끝에 2011년 11월 29일에 드디어 오픈했어.

오픈하고 바로 엄청난 인기를 끌면서 프랑스 요식 업계를 발칵 뒤집어 놓았지. '2013 최고의 혁신적인 레스토랑'으로 선정되어 요식업계의 황금종려상Palme d'Or de la Restauration도 수상했어.

우리의 햄버거에 대해 자랑스럽게 생각해. 정말 맛있거든! 햄버거를 트럭에서 만드는 건 우리가 처음이었으니까 타이밍이 좋았지. 그 덕분에 언론에 많이 노출됐어. 〈르몽드〉, 〈리베라시옹〉, 〈르 피가로〉는 물론 미국의 〈뉴욕타임스〉, 영국의 〈파이낸셜타임스〉 등에서 페랑디에서 공부한 셰프 출신이 푸드 트럭을 만들었다는 사실과 사장이 미국인이고 여자라는 것, 그리고 햄버거 메뉴 등을 기사화했지. 모든 게 다 잘 맞아떨어졌어.

스트릿 푸드가 프랑스의 식문화에 어떤 영향을 끼친다고 생각해?

푸드 트럭이 많아졌어. 멕시코 요리, 태국 요리, 프랑스 요리 등 콘셉트가 여러 가지야. 점심 시간에 식사할 시간이 점점 줄어들고 있고 매번 레스토랑에서 먹는 건 불가능해. 일단 너무 비싸고 시간도 오래 걸리지. 뭔가 해결책이 필요했어. 프랑스엔 간편히 먹을만한 음식이 마땅히 없거든. 시장에 구멍이 있었던 거야. 프랑스인들은 빨

파리지앵, 당신에게 반했어요!

리 잘 먹는 것을 필요로 하고 있었어. 이젠 패스트 굿Fast good의 시대가 도래한 거지. 사실 내가 지어낸 건 하나도 없어. 옛날엔 마을마다 길에서 많이 먹곤 했잖아? 일부러 마들렌 광장이나 MK2영화관 같은 멋진 장소를 선택했는데, 따뜻한 마을의 분위기가 형성되는 것 같아.

트럭에서 재료나 위생 관리는 어떻게 해? 물과 기름 사용도 어려울 것 같아.

지금 푸드 트럭 말고도 샌드위치 가게도 운영하고 있지. 한 곳에 머물러 있는 식당보다 푸드 트럭이 10배 정도는 더 힘들다는 걸 느껴. 신경 써야 하는 부분도 훨씬 많아. 위생 관리는 체계가 잘 잡혀 있어. 점심 시간에 3시간 동안 장사하고 나면 전부 깨끗하게 씻고 점검한 다음에 다시 저녁 시간을 준비해. 저녁 시간에도 딱 3시간 동안만 장사를 하기 때문에 큰 문제는 없어.

다른 햄버거와 다른 점이 있다면?

진정한 미국 햄버거의 맛이라는 거야. 그리고 햄버거지만 질 좋은 재료들을 엄선해 사용하고 있어. 질 좋은 빵과 패티용 고기는 매일 한정수량 특별히 주문해서 공급받고 치즈와 야채도 AOCAppellation d'Origine Contrôlée, 프랑스의 농·식료품의 생산물에 표시하는 원산지 명칭 인증을 받은 프랑스산을 고집하지. 햄버거에 들어가는 체다치즈는 영국산만 사용해. 포장된 치즈는 절대 사용하지 않지. 감자튀김도 냉동이 아니라 일일이 손으로 컷팅한 감자야. 그래서 모양이 삐뚤빼뚤해.

처음과 비교해서 르 까미용 끼 퓸은 어떻게 발전했어?

트럭은 총 4대로 늘어났고 파리 2구에 르 까미용 끼 퓸 레스토랑도 열게 됐어. 11구에 프레디스 델리Freddy's Deli라는 샌드위치 가게도 열었지. 미국에서는 점심에 샌드위치를 많이 먹거든. 조용하고 작은 곳이야. 또 팝콘 바도 있는데 2호점을 곧 낼까 해. 송로버섯 맛, 미역 맛 등 흥미로운 맛이 많아. 또 중국식 캐주얼 음식점인 우아부Huabu를 10구에서 운영하고 있어.

중국 레스토랑이라고?

파리지앵, 당신에게 반했어요!

중국 음식이 내게 어울리지 않을 것 같지만 사실 새아빠가 홍콩 사람이야. 어렸을 때 방학이 되면 가족끼리 로스앤젤레스에 있는 차이나타운에서 지냈어. 중국 음식을 먹으면서 자랐고 나는 중국 음식을 사랑해. 파리에 있는 중국 레스토랑은 내 기준에서 보면 부족한 것이 많았어. 조치가 필요했지. 중국 음식의 고유한 맛도 부족했고 현대화도 필요했거든. 파리에 있는 중국 레스토랑이 대부분 냉동식품을 전자레인지에 돌려서 파는 거 알아? 그런 음식을 돈을 주고 먹다니 정말 놀랄 수밖에. 중국 음식은 불이 필요한 요리거든. 우아부에서는 태국이나 일본 요리를 섞지 않은 진짜 중국 요리를 만들어.

앞으로 계획이 있다면?

워워! 일단 진정부터 할 거야. 지금 진행하는 프로젝트에 집중하려고. 현 상태를 확실하게 유지하는 게 중요하거든. 성장할수록 상품의 질을 보존하는 게 힘든 법이니까. 이게 지금은 가장 중요해.

여행의 핵심은 볼거리뿐만 아니라 먹거리에도 있다. 다양한 먹거리가 넘치는 파

"접시 하나에 음식과 나의 열정을
듬뿍 담고 싶었거든"

파리지앵, 당신에게 반했어요!

리에서 햄버거로 한 끼를 해결한다는 것은 어찌 보면 너무나 아쉬운 일이다. 그러나 음식에 관해서는 콧대 높은 파리지앵들이 열광하는 햄버거라면 그 맛이 궁금하지 않을 수 없다. 크리스틴의 햄버거는 보기만 해도 군침이 넘어간다. 빵 자체의 향긋함과 버터의 풍미가 어우러지고, 촉촉하게 익은 소고기 패티가 슬쩍 끼어들면서, 아메리칸 치즈로 마무리! 여기에 구수한 감자튀김까지, 짜릿할 정도로 맛있었던 이 감동의 햄버거를 먹기 위해 나는 무려 50분을 기다려야 했다.

크리스틴의 햄버거는 즉석에서 만든다는 의미가 담긴 '연기 뿜는qui fume'이라는 단어에서부터 재료의 신선함에 대한 확고한 의지가 풍긴다. 길거리 햄버거라고 해서 무시할 녀석들이 아니다. 그저 갖은 재료를 위로만 쌓아서 빵으로 푹 눌러 덮는 음식이 아닌, 모양만 햄버거지 질 좋은 재료의 조화 등을 세심히 신경 써서 만든 하나의 요리다.

파리에서 하루에 2번씩 출몰하는 르 까미용 끼 퓸은 점심, 저녁 시간에 매일 장소를 달리하며 영업하기 때문에 홈페이지에서 미리 공지를 확인하는 것은 필수다.

르 까미용 끼 퓸이 프랑스 전역에 푸드 트럭 바람을 일으킨 덕분에 프랑스 시청에는 현재 푸드 트럭 신청 서류가 산더미처럼 쌓였다고 한다. 모두가 이 인기 많은 새로운 먹거리 트렌드에 참여하고 싶은가 보다. 상품의 질을 최우선시하는 크리스틴에게는 이 경쟁이 문제 될 것 같지 않다. 문제는 조만간 '햄버거의 도시, 파리'라는 말이 나올까 봐 걱정이다.

*Le camion qui fume
168 Rue Montmartre, 75002 Paris
+33 (0)1 84 16 33 75
www.lecamionquifume.com

파리 7대학의 한국학과 학생들

치킨으로
통일도 가능하다고
생각해

....

Tarek / Jaouad

타렉 / 자와드

파리지앵, 당신에게 반했어요!

Tarek, Jaouad

내가 기다리고 기다리던 프랑스대학 한국학과 학생들과의 인터뷰!

이들은 그냥 외국인이 아니다. '대박, 엘리트, 생파, 시나브로, 꼼수 등'의 구어부터 사자성어까지 이들과 대화하며 몇 번을 놀라 자빠졌는지 모른다. 덩치도 크고 얼굴은 외국인인데 어쩜 이렇게 자연스러우면서 여유 있고 편안하기까지 한 한국어를 구사하는지 아직도 적응이 안 된다.

한국어와 프랑스어를 넘나들며 이루어진 인터뷰, 나는 부담감과 공부 거리가 적을 것이라 기대했지만 한국을 생각하는 이들의 진지함 앞에서 그저 가벼운 인터뷰로 여긴 것을 반성했다. 나는 과연 프랑스를 이토록 소중하게 여기는가…. 파리 7대학에서 한국어를 전공하고 있는 타렉Tarek과 자와드Jaouad를 만났다.

너희 한국말은 정말 손색없는 것 같아. 한국어는 어떻게 배우게 된 거야?

자와드 내 전공이 일어인데 1학년 때 한국어 단어들을 조금 접할 수 있었어. 그때 일본어랑 한국어랑 유사한 점이 많다는 것을 발견하곤 와이낫? 2학년 때부터는 본격적으로 한국어를 독학으로 공부하기 시작했지. 그리고 지금까지 한국어를 배우면서 정말 흥미롭다고 느껴.

타렉 나는 중국어를 전공했어. 2008년에 베이징대학으로 교환학생을 다녀왔는데 실제로 살아 보니 내가 생각했던 중국의 이미지와 많이 달랐어. 베이징에서 같은 교환학생 신분인 한국 친구를 사귀었는데 그들은 중국인과 완전히 달랐어. 호기심이 생겼고 혼자서 한국을 공부하기 시작했지. 나는 나와 다른 모든 것에 끌리거든. 그 어떤 문화와도 극도로 다른 한국을 알고 싶었고 그런 욕구가 한국어를 배우는 계기가 됐어. 그래서 복수전공으로 한국학과를 선택했는데, 첫 한국어 수업 때 한국과 한국어를 접하고 한눈에 사랑에 빠지게 됐지. 그리고 그 이후로 그 사랑이 단 한 번도 멈춘 적이 없어.

한국의 어떤 점이 매력적으로 느껴졌어?

타렉 한국 사회는 세상 어디에도 없는 특별함이 있어. 보통은 프랑스와 독일처럼 서로 꽤 비슷한 나라들이 있기 마련인데 한국인들의 사는 방식과 사고방식은 독자적인 위치를 갖고 있는 정말 특수한 경우야. 한국인들은 일도 공부도 노는 것도 극한으로 하지. 정말 좋은 장점과 아주 안 좋은 면을 전부 갖추고 있어. 왜 이런 극한의 방식이 생겨난 건지 한국의 발전 과정을 보면 이해할 수 있게 돼.

언어 면에서는 존칭이 존재하는 것도 세계에서 유일해. 프랑스어에도 있는 것 같지만 '존댓말을 한다.'라는 표현이 없거든. 어른에게 쓰는 말의 의미는 그저 '당신'을 사용하여 말하는 것이지. 서열 문화가 언어에 반영되어 있지 않아. 그래서 한국어는 한국의 문화를 모른다면 구사하기가 정말 힘든 언어지. 꽤 복잡하지만 연구하는 걸 좋아하는 나에게 이보다 더 재미있는 공부가 있을까?

자와드 나는 처음에 한국에 대해 아는 게 없었어. 2013년에 일본에서 한 달, 한국에서 한 달간 여행을 했는데 새로운 세계를 경험하는 시간이었지! 한국에서 특히 내가 좋아했던 건 사람들이 서로 만나 인사하고 함께 시간을 보낼 때, 축제같이 친근하고 즐거운 느낌이 좋았어. 일본에서는 이와 같은 느낌을 받지 못했거든.

한국에서 어려운 점은 없었어?

타렉 나는 2011년 교환학생 프로그램으로 한국에 7개월 있었는데, 나 욕 많이 먹었다. 외국인이라고 봐주지 않더라고. 내가 한국어를 할 줄 알아서인지, '한국어를 알면 이렇게 사용해야지.'라고 틀렸다는 지적을 많이 받았어. 인종차별이 없다는 건 거짓말이겠지. 아무 이유 없이 어떤 할아버지가 지하철에서 내 어깨를 주먹으로 친 적도 있고 지나가는 아저씨가 취해서 나를 지하철 문에 밀친 적도 있어. 주위에서 보고 있는 사람들 모두가 그 할아버지 편이고 내 편이 아닐 거라는 걸 알기 때문에 아무것도 할 수 없었지. 근데 상처는 받지 않았어. 한국에서 나를 좋아하고 응원해 주는 사람이 너무 많아서 절대로 상처를 받을 수가 없어. 어딜 가도 이상한 사람은 있는 법이야. 하지만 난 그들을 이해할 수 있어. 한국전쟁과 일본의 지배 그리고 분단 상황…. 이 모든 걸 겪은 세대지. 이들이 입은 전쟁 상흔과 정신적 충격은 엄청날 거야. 거기엔 외국인들을 향한 트라우마도 있을 거라고 생각해.

자와드 나는 일본 여행을 마치고 홋카이도에서 배를 타고 부산에 도착했어. 당시에는 한국말을 전혀 할 줄 몰랐을 때였지. 부산에서 지하철을 탔는데 임산부, 노약자들을 위한 좌석에 내가 모르고 앉은 거야. 그러자 어떤 아저씨가 영어로 '너 여기서 뭐 해? 저리로 가!'라고 소리치면서 내 가방을 바닥에 내던졌어. 이 사건은 내게 정말 충격이었지. 내가 환영받지 못하는 존재니 한국 땅에서 꺼지라는 뜻으로 받아들였어. 정말 한국을 떠나 집으로 가고 싶었어. 한국에 혐오감을 느꼈던 순간이었지.

반면에 좋았던 것은?

타렉 무조건 사람. 아까도 얘기했지만 나를 좋아해 주는 사람이 많아서 행복했어. 한국 사람들은 정이 많잖아. 말로만이어도 내 마음을 만지는 무언가가 있어.

아시안게임 취재 때문에 한국에 2년 만에 방문차 들른 적이 있는데 내가 도착한 바로 그 날, 나를 만나려고 친구들이 30명이나 모였어. 한국 사람들 엄청 바쁘잖아. 나를 위해서 일찍 퇴근하고, 동아리 모임도 빠졌던 거야. 그 날 밤을 나와 함께 보내면서 환영해 줬지. 정말 고마웠어. 한국 사람들 시간 못 내는 거 잘 아는데 어떻게 왔냐고 물었더니, '타렉! 네가 한국에 왔잖아!'라고 친구가 대답해 줬어.

그리고 치킨. 치킨은 신성한 존재라는 거. 친구들이랑 있을 때 치킨을 시키면 분위기가 '캬, 짱이야! 장난 아니야, 갑자기 행복해져. 야, 이거 너무 이상해! 너무 좋아!'라고 말하곤 해. 난 치킨으로 통일도 가능하다고 생각해.

자와드 네가 너무 오래 말해서 질문이 뭐였는지 까먹었잖아. 아이고, 살살하라고! 너는 말이 너무 많아. 내가 만난 한국 사람들은 프랑스에 관심이 많았어. 정말 고맙고 기쁘게 생각해. 서로 다른 동서양의 문화를 함께 배우고 나누며 의미 있는 교류의 시간을 보냈지. 그게 가장 기억에 많이 남네.

한국 문화에 감명받은 적이 있어? 아니면 특별하다고 생각하는 점이 있다면?

자와드　한국은 경제 기적을 일으킨 나라로 유명해. 엄청난 속도로 발전했지. 이런 근대화에도 불구하고 전통을 간직하며 현대와 공존하고 있어. 예를 들어 인사동처럼 오래된 동네를 산책하다 보면, 한복을 입은 사람들을 자주 발견할 수 있어. 프랑스에서는 상상할 수 없는 일이지.

타렉　한국에 살았을 때 판소리 수업을 들었었어. 판소리는 다양한 감정을 전달해. 사람들은 무슨 일이 일어나는지도 모른 채 그 속에 빨려 들어가지. 이 부분에서 난 깊은 감명을 받았어. 이 예술은 거의 중독적이야. 비교할 수 없는 아름다움이 있어. 내 소박한 견해로는 판소리는 한국의 모든 매력을 담고 있는 듯해. 판소리는 또한 자유로움과 많이 닮아있어. 방대한 감정의 폭을 드러내기 위해 자신을 놓아 버리는 거야. 그리고 모든 관객과 그 순간을 누리는 거지. 관객들도 판소리의 예술 행위에 동참하기 때문이야. 판소리를 보고 듣고 그 에너지를 느끼면 관객들은 흥이 날 수밖에 없어. 예술적 소통이 이루어지는 거지.

요즘 K-POP이라든가 한국 영화, 드라마가 아시아에선 히트 치고 있는데 어떻게 생각해? 프랑스에서는 왜 안 통할까?

자와드 최근에 한류는 유럽을 포함해 세계적으로 큰 인기를 얻고 있어. 이런 현상은 한국이란 나라와 더불어, 언어와 문화를 알릴 수 있으니까 굉장히 좋다고 생각해. 반면, 드라마나 케이팝은 젊은 층으로 국한되어 있지. 다른 층의 대중을 사로잡기 위해서는 한국이 전통적인 면에 더 기대를 걸고 그 부분을 살려야 돼. 분명히, K-POP은 사람들의 흥미를 끌지만 이건 프랑스의 소수에 머물고 있어. 세계적으로 모든 기록을 갈아 치운 '강남 스타일'을 제외하고는 말이지. K-POP 팬들은 굉장히 한정되어 있고 프랑스 사회에서는 좋게 보지 않기도 해. 한불수교 130주년을 맞아 한국이 자신의 문화를 잘 알리기 위해 이 한 해를 잘 활용하고 누렸으면 좋겠어.

타렉 케이팝은 예전의 미국 밴드와 유사해. 예를 들어, 보이밴드는 마케팅적으로 아주 효과적이지. 잘생기고 아주 좋은 이미지를 건네주잖아. 일반적으로 청소년들은 보이밴드에 빠지게 돼. 그 나이 때에 자아를 찾고 매력적인 왕자님을 바라는 나이거든. 이러한 관념은 세계적이기 때문에 국제적으로 성공하는 거야. 하지만 프랑스나 유럽의 음악 풍조는 달라. 1990년대에 이미 많은 보이밴드들이 나와서 음악 역사에 남았듯이 말이야. 하지만 보이밴드들의 시장은 아직 열려 있어. 한국의 아이돌들은 유럽 시장을 조금씩 차지해가고 있지. 나는 한국의 아이돌이 프랑스나 혹은 다른 유럽 국가에서 성공한다 해도 그다지 놀랍지 않을 것 같아.

좋아하는 한류 스타가 있어?

자와드 딱히 한 사람을 더 좋아하거나 선호하지는 않아. 왜냐하면 개인적으로 어떤 스타의 팬이 되는 일에 관심이 없거든. 근데 최근에 김고은의 아름다움이 날 매료시켰어. 나는 이 배우가 아시아의 미를 잘 구현한다는 생각이 들어. 한류의 다른 스타들에 비해 더 자연스러운 느낌이 들거든.

타렉 한류 스타라고 불러도 되는지 모르겠지만 난 박찬욱 감독과 김기덕 감독을 아주 좋아해. 이 두 감독은 재능이 정말 뛰어날 뿐만 아니라 한국 영화를 전 세계에 널리 알린 장본인들이지. 그들은 지능적으로 그리고 예술적으로 영화를 만들어 내. 프랑스 영화관에 그들의 영화가 상영될 때마다 난 기뻐할 수밖에 없어.

어떻게 한국 문화를 계속 접하는 거야?

자와드 음…. 어떤 면에서 한국 문화를 자연스럽게 접한다고 말할 수 있겠지. 친구의 소개로 나는 14구에 있는 한인 민박집에 살거든. 행정적인 일을 맡아 하는 대신 숙박비는 내지 않지. 24시간, 7일 내내 늘 한국과 함께하고 있어. 많은 사람을 만나고 한국 음식도 삼시 세 끼 먹고… 아침에 단 음식을 먹어야 하는 내게는 약간 힘들지만.

타렉 인터넷, 책, 사람 등 소스는 무궁무진해. 나는 한국어 책을 많이 사는데 이 책『주기자의 사법활극』은 주진우 기자님으로부터 선물 받은 거야. 김제동 형과 주 기자님이 애국소년단 강연차 파리에 왔을 때 인연이 되었어. 아직 이 책을 읽기 힘들긴 하지만 읽고 나면 한국어 문법, 어휘, 철자가 조금 더 늘겠지?

한국어 활용 목표는?

자와드 프랑스어 교육 석사학위를 따서 한국에서 프랑스어를 가르치고 싶어. 이 목표를 이루기 위해서 열심히 공부할 거야. 그리고 반대로 프랑스어로 한국어를 가르칠 수 있다면? 상상만 해도 굉장해!

타렉 목표가 많아. 내 문제는 욕심이 많다는 거야. 내 미래에 대해 기대도 많고. 난 정

파리지앵, 당신에게 반했어요!

치적인 사람이지. 정부기관에서 일하고 싶은데 그 이유는 한국에서 인권과 표현의 자유가 지켜지지 않고 있기 때문이야. 내가 좋아하는 나라이기 때문에 한국이 무너지는 걸 보고 싶지 않아.

나는 한국 언론에 안 좋은 이미지를 갖고 있어. OECD 국가 중 경제성장률 12위인 나라가 언론 자유지수와 부패지수는 최하위권이야. 말도 안 돼. 중국이 아니잖아. 얼마 전에 한국 정부를 욕한 사람이 체포됐어. 그 사람이 한국 정부를 좋아하지 않는 것은 그 사람의 권리야. 좋아해야 할 의무가 없어. 자기 하고 싶은 대로 하는 거야. 모든 개인은 정치적인 선택권이 있는 거지. 좌파, 우파, 극우파 또는 극좌파도 될 수 있어. 프랑스인이 보기엔 충격적이야. 한국 정부와 한국인들이 좀 더 깨어있길 원해. 선거의 경우, 같은 지역이라고 투표하지 말고. 후보가 경상도, 전라도 등 단지 자기 지역 출신이기 때문에 뽑는 것은 아니라고 봐.

한국을 사랑하는 이들에게 큰 감동을 받았다. 개인적으로 감사패라도 만들어 주고 싶은 마음이다. 이들의 이야기에 울다 웃기를 반복하면서 외국인들이 그저 한국의 K-POP 그리고 한국 스타들에게만 열광하는 것은 아니라는 것을 깨닫는다. 거기에 포커스를 맞춰서 인터뷰를 진행하려고 했던 것은 나의 실수! 프랑스와 나와의 관계도 돌아보며, 이들과 함께 더 풍성한 이야기를 만들고 싶고 프랑스에 대해 더 많은 것을 알고 싶어졌다.

이들이 한국과 더 깊은 관계를 맺고 마음속에 커지는 사랑을 경험하며, 한국에서 중요하고 의미 있는 일을 해나가기를 온 마음 다해 기도한다.

삶은 계속된다

2015년 11월 13일 충격적인 파리 테러가 있은 지 3일 만에 파리에 왔다. 지금 파리는 안전할까? 나는 과연 괜찮을까? 지인들의 걱정과 염려가 담긴 메시지를 받으니 혼란스럽다. 파리에서 생긴 일이 여전히 믿기지 않는다. 지난 1월, 풍자지 〈샤를리 에브도Charlie Hebdo〉 테러 사건 당시에 파리에 있었다. 그때까지만 해도 파리 도심 한복판에서 일반인을 상대로 테러가 일어나리라고는 전혀 생각하지 못했다. 〈샤를리 에브도〉 사태는, 이슬람교를 야유한 매체에 대한 구체적인 보복테러였기 때문이다. 그러나 이번 파리 동시다발 테러는 다르다. 파리와 생드니의 여섯 군데 테러 지점에서 희생된 그들이 바로 나였을 수도 있다는 생각에 공포감이 엄습했다. 현장을 찾았다. 90명이 희생되었던 바타클랑 극장Le Bataclan 근처에 있는 레스토랑 르 까리옹Le Carillon은 평소 나도 많이 지나치던 곳이다. 희생자들의 고통이 내 폐부를 파고드는 듯하다.

파리에 도착한 다음 날, 나는 파리 외곽에 사는 친구, 타렉에게 전화를 했다.

"타렉, 혹시 1시 반에 점심 식사 같이 할 수 있어?"
"파리에 왔어? 지금 시내인 거야? 너무 위험하니까 빨리 호텔로 돌아가."
"너도 알다시피 일러스트레이터 솔르다드 브라비와 인터뷰해야 하잖아."
"인터뷰 취소 안 했어?"
"응. 안 했어."
"요즘 모든 게 다 정지상태인데 가능할까? 나 지금 출발해도 늦을 것 같아."
"내가 네 좌석까지 예약했는데 혼자 가도 괜찮을까? 혹시 예의에 어긋나는 건 아닐까?"

파리지앵, 당신에게 반했어요!

"아니야. 어차피 한 사람이든 두 사람이든 한 테이블을 사용하는 거니까 괜찮아. 인터뷰 잘하고 마치면 바로 들어가도록 해. 알았지?"

수화기 너머로 타렉의 위험을 알리는 걱정스럽고도 긴박한 목소리가 귓전을 맴돈다. 그러나 어쨌든 예정된 인터뷰는 실행해야 한다는 생각으로 약속 장소를 향해 길을 나섰다.

루브르 근처를 지나고 있었는데 평소와 달리 관광객이 없었고 거리는 한산했다. 그런데 갑자기 '펑, 펑'하는 소리가 들렸고 순간 공포에 질린 한두 명의 사람들이 뛰기 시작했다. 나도 영문을 모르고 피할 곳을 찾아 인근 건물로 뛰어들었다. 긴급 출동한 경찰차의 요란한 사이렌 소리도 들렸다. 스마트폰으로 인터넷에 접속해 보니 파리 전역의 경찰서에 총소리가 들린다는 오인 신고가 줄을 잇고, 폭죽이나 경보음 소리만 나도 집단공황 상태에 빠진다는 기사가 있었다. 그렇게 거리에서 방황하다 헐레벌떡 팔레 루아이얄Palais Royal 역에서 지하철에 몸을 실었다. 식은땀이 온몸을 적셨고 왠지 눈물이 날 지경이었다. 이제 안전하다는 생각에 한숨을 돌렸지만 승객들의 표정을 보니, 이들 또한 평상시와는 달리 서로를 불안해하며 뭔가에 쫓기는 듯한 기류를 느낄 수 있었다. 평온했던 파리는 어디로 사라졌는가!

사탄이 종교와 정치를 통해서 세상을 악으로 교란시키는 것 같다. 이슬람국가 IS는 왜 전 세계를 향하여 이처럼 끔찍한 일을 자행하는 것인가? 그 이유는 무엇일까? 문득 성경에 답이 있을 것 같아 성경을 펼쳤다. 천지창조 이야기부터 시작하는 창세기를 읽어 내려갔다. 이스라엘과 아랍 민족의 시조인 아브라함은 80세가 넘도록 자식이 없었다. 하나님이 아내인 사라를 통하여 아들을 주리라고 약속했건만, 아브라함은 인내하지 못했고, 사라의 몸종인 하갈과 동침하여 이스마엘을 낳고 그 후 본 부인 사라에게서 이삭을 낳는다. 이스마엘은 아랍의 조상이 되고 이삭은 하나님이 택한 민족 이스라엘의 조상이 된다는 이야기가 전개된다. 그런데, 한참 창세기를 읽어 내려가다가 창세기 16장 12절에서 나의 눈이 고정되고 말았다. 이스마엘을 임신한 하갈에게 하신 하나님의 예언의 말씀이다. "네가 낳을 아들은 고삐 풀린 들나귀처럼 살아가리라. 닥치는 대로 사람에게 달려들어 치고받으리라. 사람들도 모두 다 그에게 달려들어 치고받으리라. 그렇듯 피붙이까지도 서로 외면하리라." 나는 여기에서 충격을 받았다. 오늘날의 IS에 대하여 너무도 정확하게 묘사하고 있지 않은가!

IS를 잠재울 방법은 없는 것일까? 이 무자비한 테러를 막을 방법은 없는 것인가? 초등학교 5학년에서 중학교 1학년까지 2년 반 동안 가족과 함께 프랑스에서 생활한 적이 있었다. 프랑스 학교에 다녔을 때의 기억을 더듬어 보면 외국인이나 이민자들에 대한 두드러진 차별을 느낀 적이 없었다. 친구들은 서양인과는 확연히 달랐을 나의 행동방식에 놀리기는커녕 오히려 더 큰 관심과 애정을 보였고 선생님께서는 나의 부족함에 아낌없는 사랑을 베풀어 주셨다. 프랑스 정부는 프랑스인과 동일한 삶의 혜택을 우리에게도 제공해 주었다. 이 모든 것은 아랍인 친구들에게도 마찬가지였다. 관용의 정신. 즉, 나와 타인과의 차이를 인정하고, 그 차이를 너그러운 마음으로 품는 것을 뜻하는 프랑스어 '톨레랑스Tolérance'를 이때 몸소 체험했다.

테러 현장인 바타클랑 극장 앞에서 어떤 아버지와 아들이 대화하는 장면을 방송을 통해 보았다. '악당들은 나빠요. 우리는 조심해야 돼요. 집을 옮겨야 할지도 몰라요.'라고 아들이 말하자, 아버지는 '아니야, 걱정할 필요 없다. 집을 옮기지 않아도 된단다. 프랑스가 우리 집이란다. 그들은 총이 있지만 우리에겐 꽃이 있단다.'라고 말하는 대목에서 나는 다시금 톨레랑스의 힘을 봤다. 더욱 놀라운 건 그들 부자가 베트남계 프랑스인이었다는 거다. 피부색이 달라도 같은 프랑스인으로 받아들여지는 데 조금도 어색하지 않았던 것이다.

지금 세계 곳곳에서 많은 네티즌이 '무슬림을 모두 죽여야 한다.'는 극단적인 말을 서슴지 않는다. 프랑스도 온건한 이민 정책을 반대해 온 극우정당인 국민전선이 대중의 지지를 넓혀가고 있다. 복수는 당장은 가장 손쉬운 방법 같아도 절대 끝나지 않는다. 복수는 더 큰 복수를 불러온다. 반무슬림 정서가 확산되면 무슬림들은 훨씬 과격해질 것이다. 가장 유효한 해법은 결국 톨레랑스가 될 것이다. 그것은 바로 소통과 이해, 나와 다른 생각과 인간의 생명을 존중하는 마음이다. 이 테러와의 전쟁에서 톨레랑스의 나라 프랑스는 결국 이겨낼 것이라고 굳게 믿는다.

아직도 파리와 세계 각지에서 일어난 참담한 일들이 믿어지지 않는다. 테러 다음날부터 파리 시민들은 버릇처럼 한 문장을 입에 달고 있다. '삶은 계속된다La vie continue.' 테러에 무너져 삶을 버리는 게 바로 테러범들이 원하는 것일 것이다. 그래서 어떻게든 일상을 이어가겠다는 강한 저항의 의미를 내포하고 있다. 테러 이전의 삶처럼, 전에도 그랬던 것처럼 카페와 식당 테라스에 앉아서 담배를 피우며 대화를 하고 와인과 맥주를 즐기는 것이다. 테러의 공포는 파리지앵의 삶의 방식을 바꾸지 못한다. 삶을 즐기고 행복한 일상을 살아가는 것이 이기는 길이다.

내 평생에 잊히지 않을
아름다운 추억을 얻었다

긴 여행에서 돌아온 느낌이다. 지난 2년 동안 총 80회의 파리 방문. 그리고 수많은 낯선 프랑스인들과의 만남과 대화. 파리를 사랑했기에 시작할 수 있었고 부족하지만 좋아하는 일에 대한 나의 열정과 인내를 시험해볼 수 있는 소중한 시간들이었다.

인터뷰 대상자들과 때로는 긴, 때로는 아주 짧은 대화를 나누었다. 세계적으로 유명한 인사의 인생사부터 평범한 사람의 일상까지 많은 이야기를 듣고 말하고 배우고 글로 쓰면서, 나는 지금까지 내 안에 숨어 있던 '내적 성숙을 향해 뻗어 나가기를 원하는 자아'를 인식했다. 다양한 형태의 삶의 모습을 생생하게 전달하는 그 주인공들을 통해 얻게 된 새로운 자아의 발견이 아닐까 생각한다.

인터뷰하기 전, 섭외과정에서 인터뷰이와 나 사이에 가로 놓인 여러 가지 현실적인 장애물들로 인해 오르락내리락하는 감정을 겪는다. 그러나, 일단 인터뷰 일정이 잡히면 이전의 모든 어려웠던 상황들은 깨끗이 잊힌다. 사랑하는 사람과의 만남을 앞둔 것처럼 설레는 마음으로 질문지를 만든다. 몇 날 며칠을 오직 곧 만나게 될 인터뷰이에 대한 생각뿐이다. 그리고 드디어 만남의 그 날, 나는 그 또는 그녀와의 사랑에 빠진 채로 인터뷰 현장에 나간다. 금사빠 기질이 한몫했다.

첫 만남, 상대방의 이야기에 초집중하여 듣고 표정 하나, 몸짓 하나 빼놓지 않고 관찰한다. 다행히도, 프랑스 사람들은 말하기를 좋아한다. 시간이 갈수록 서로에 대한 호기심, 꾸밈없는 대화, 따뜻한 배려 등 마음의 빗장이 풀리면서 대부분의 인터뷰이와 실제로 친구로 발전했다.

즐겁고 행복한 순간을 누렸다. 정식 기자도 아닌 정체불명의 까만 눈을 가진 외국인 여자에게 어리둥절할 정도의 한없는 애정을 보여 준 그들 덕분이었다. 인터뷰를 마치고 호텔로 돌아가는 지하철 안에서 나도 모르게 깊은 생각에 빠져든 나머지 내려야 할 역을 번번이 지나치곤 했다. 어떤 날에는 알 수 없는 심한 가슴앓이도 했다.

나의 질문은 일상적인 소재에 머물렀지만, 그들의 답변은 많은 것을 생각하게 하는 이야기로 이어졌다. 내가 보기에는 평범한 일상인 것 같은데, 그들은 그 일상에서 종종 예상치 못한 사유思惟를 이끌어내는 것이다. 또한, 인터뷰를 할 때마다 크게 느꼈던 부분은 그들 모두 각자 자신의 위치에서 최선을 다하며 자신만의 인생을 즐길 줄 아는 사람들이라는 것이다. 무엇보다 어떻게 하면 행복해질 수 있는지를 누구보다 잘 알고 있는 사람들이었다.

내 평생에 잊히지 않을 아름다운 추억을 얻었다. 나의 연애 상대가 되어준 그들에게 사랑을 가득 담은 프랑스식 인사, 비쥬Bisous를 보낸다.

Bisous!

"내 사랑을 가득 담아."